체리

군인 더 오거

수왕 마루

God bless me?

저, 능력은 평균치로 해달라고 말했잖아요!

저, 능력은 평균치로 해달라고 말했잖아요!

God bless me?

5

【티루스 왕국】

이세계에서 '평균적'인
능력을 부여받은 소녀.

신인 헌터.
공격마법이 특기.

신인 헌터.
연약한 소녀지만……

검사. 신입 파티
'붉은 맹세'의 리더.

【브란델 왕국】

마르셀라

아델의 친구.
귀족이며 마법을 잘 쓴다.

올리아나

아델의 친구.
평민의 딸

베일

양성 학교를 졸업한 신인 헌터.
슬럼가의 고아들을 돌보고 있다.

모니카

아델의 친구.
상인의 둘째 딸.

지난 줄거리

아스컴 자작가의 장녀 아델 폰 아스컴은 열 살이 되던 어느 날, 강렬한 두통과 함께 모든 것을 기억해냈다.

자신이 예전에 열여덟 살의 일본인 쿠리하라 미사토였다는 것과 어린 소녀를 구하려다가 대신 목숨을 잃었다는 것, 그리고 신을 만났다는 사실을……

너무 잘나서 주변의 기대가 커, 자기 생각대로 살 수 없었던 미사토는 소원을 묻는 신에게 이런 부탁을 했다.

"다음 인생에서 능력은 평균치로 부탁드립니다!"

그런데 뭐야, 어쩐지 이야기가 좀 다르잖아!

나노머신과 대화를 나눌 수 있고, 인간과 고룡(古龍)의 평균이어서 마력이 마법사의 6,800배?!

처음 다닌 학원에서 소녀와 왕녀님을 구하기도 하고.

마일이라는 이름으로 입학한 헌터 양성 학교에서는 졸업 시험에서 A급 헌터와 호각을 다투기도 하고.

학원의 동급생들과 결성한 소녀 사인조 파티 '붉은 맹세'도 대활약!

하지만 그녀들 앞에 골렘, 적국의 비밀부대, 거기에다 딸을 사랑하는 아버지와 세계 최강 고룡 등이 속속 등장해 문제가 일어난다.

이런저런 일이 너무 많이 있었지만 마일은 동료들과 함께 신인 헌터로 평범하게 살아간다!

그야, 나는 지극히 평범한 보통 여자아이이니까!

God bless me?

CONTENTS

보너스 스토리1 격투! 돌 레슬링

'붉은 맹세'가 티루스 왕국의 왕도에서 느긋하게 헌터 생활을 보내던 어느 날.

여느 때와 다름없이 넷이 나란히 왕도의 뒷골목을 거닐고 있는데, 앞쪽이 왠지 소란스러웠다. 무슨 일인가 싶어 보니 아이들이 길을 막고 서로 말다툼을 벌이고 있었다.

"그곳의 의뢰는 우리가 지금까지 줄곧 도맡아 왔다니까! 그런데 옆에서 가로채다니……. 그건 우리 일이야!"

"누가 정했는데?! 그냥 너희가 멋대로 주장하는 거지! 의뢰는 더 싸면서 더 만족스럽게 일하는 쪽이 받게 되어 있어. 의뢰처를 정하는 건 고객이지 일을 받는 쪽이 아니라고!"

"하지만 그건 우리가 줄곧……."

아무래도 아이들의 의뢰 쟁탈전 같았다.

소매치기나 날치기 따위가 아니라 제대로 된 일을 하려는 모습은 감동적이다.

게다가 한쪽 아이들이 내놓은 주장은 꽤 논리정연했다. 하지만 다른 한쪽, 그러니까 기득권익을 침해받아 위기감을 느끼는 아이들의 마음도 잘 알 것 같았다.

그렇게 생각한 마일이 참견하려는데, 레나가 한발 빨랐다.

"너희, 지금 뭐하는 거야! 길을 막아서면 민폐지, 얼른 비켜!"

그 말을 들은 아이들이 일제히 레나 쪽을 향해 입을 모았다.

""""""""절벽가슴 주제에 잘난 척 끼어들지 마!""""""""

"불타올라라, 지옥의 업화…… 뼈까지."

""""""허어어억! 아, 안 돼애애애애~~!""""

하마터면 대량 학살이 일어날 뻔했다.

마일뿐 아니라 누가 봐도 어른인 메비스와 폴린까지 필사적으로 레나의 입을 틀어막는 모습, 네 명이 헌터 파티이며 레나가 마술사 복장이라는 것, 그리고 방금 읊은 주문이 상당히 위험해 보였다는 점 등을 통해 그제야 자신들이 진짜로 죽음의 문턱까지 갔다 돌아왔음을 깨달은 아이들은 그 자리에 주저앉아 이마를 땅에 박고 싹싹 빌었다.

""""""""잘못했어요오오~!""""""""

'요즘 들어서 무릎 꿇는 광경을 자주 보네……. 유행인가?'

그리고 늘 그렇듯, 아무래도 상관없는 것을 생각하는 마일이었다.

"으, 으음, 뭐 그렇게까지 반성한다면 봐줄게……. 단, 말해두겠는데 다음에 걸리면 국물도 없어, 국물도!"

""""""""아, 아아, 네엣!""""""""

과연 여기서 더 화를 내는 건 어른스럽지 못하다고 생각했는지, 레나가 아이들을 용서해주었다. 이렇게 해서 한 사건이 마무

리되었다.

 아니, 메비스와 다른 멤버가 거기서 필사적으로 말리지 않았더라면 아마 대참사가 일어났을 테니, '여기서 더' 같은 건 애초에 없었겠지만.

 "뭐야, 그 눈빛은! 내가 진짜 쏠 리 없잖아!"

 "'거짓말!'"

 시선을 느낀 레나가 허둥지둥 변명했는데, 메비스를 비롯한 세 멤버는 그 말을 믿지 않았다.

 뭐, 마일이 격자력 배리어를 준비해둔 상태여서 만약 그녀를 말리지 못했더라도 큰일은 일어나지 않았겠지만……. 그리고 설령 그 마법을 정말 썼다고 해도, 위력을 대폭 줄여 뜨거운 맛만 조금 보여주는 선에서 그쳤으리라. 아무리 그래도 별로 대수롭지 않은 험담 좀 들었다고 아이들을 죽일 레나가 아니었고, 그런 짓을 저지른다면 사형당하거나 범죄 노예로 전락할 것이다.

 하지만 거기까지 생각이 미치지 못하는 아이들은 그 대화가 무엇을 의미하는지 깨닫고 몸을 부들부들 떨기 시작했다.

 "앗, 쌌다……."

 그렇다, 마일의 말대로 몇몇 아이들이 극도의 공포에 질려 오줌을 싸고 말았다.

 "어쩔 수 없네……."

 마일은 실수한 아이들에게 청정 마법을 걸어주었다. 그러자 옷에 묻은 때와 지린내가 깨끗이 씻겨 나가고 곧바로 건조되어 원래 상태대로 돌아왔다. 아니, 오줌을 싸기 전보다도 훨씬 깨끗해졌다.

　그나저나 이렇게까지 얽혀 버렸으니 이대로 순순히 안녕 하고 보내줄 수는 없다.

　아니, 꼭 보내줄 수 '없는' 건 아니지만, 이왕 이렇게 된 김이라고 할까 왠지 재미있을 것 같아 간섭하고 싶었다고 할까…….

　어쨌든 아이들은 거부할 수 있는 상황이 아니어서 레나에게 소몰이 당하듯 근처 공터로 향했다.

※　　※

　"흐음, 그래서 고객층의 경합이 일어나기 시작했다고…….."

　아이들에게 사정을 묻는 역할에 레나는 부적합했다. 대답을 유도하는 비결을 모를 뿐만 아니라 아이들이 완전히 겁먹은 상태였기 때문이다. 그래서 아이들과 나이가 가장 비슷하고 왠지 마음이 놓이게 생긴 마일이 그 역할을 맡았다.

　그리고 마일이 알아낸 결과는 이랬다.

　두 무리의 아이들 중 한쪽은 고아원 출신이고, 또 다른 한쪽은 부랑아들이었다.

　고아원 아이들은 허름하기는 해도 깨끗이 빤 옷을 입어 청결했고 소속이 확실했다. 반면 부랑아들은 일반적으로 불결하고 더러운 옷차림에 머리에는 이가 들끓었으며 신원이 불확실했다.

　그래서 길드에 의뢰할 정도는 아닌 어중간한 일 중에서 다른 사람과 접촉 또는 접근이 필요한 일이나 먹거리 혹은 금전과 관련된 일 등은 보통 고아원 아이들에게 맡겼고, 반대로 다른 사람과의 접촉이 없거나 위험한 일, 불결한 일, 범죄와 연관된 일 등은 값이 싸고 때에 따라서는 '사라져도 문제가 되지 않는 점'이 편리한 부랑아에게 맡겼다.

이런 식으로 아이들 사이에 일이 분화되어 있었던 것이다.

그런데 최근 들어서 상황이 바뀌었다.

부랑아들 ……사실 폐가나 다리 밑이라고 할지언정 한곳에 정착해서 생활하는 사람은 부랑아가 아니라 노숙자라고 부른다지만……의 사정에 변화가 생겨, 싸면서도 깨끗한 옷을 입고 떡 감기와 때밀이로 한결 청결해졌으며, 길드 등록 및 승급에 의한 신용 획득 등으로 이제는 범죄와 얽혔거나 조건이 열악한 일은 거절하고 그때까지 고아원 아이들이 독점했던 일을 점점 가로채기 시작한 것이다.

몸도 청결해졌고, 고아원 아이들보다 싼 값에 더 열심히 일한다. 길드 승급 포인트를 신경 쓰는지 허튼수작도 부리지 않았고, 무슨 사고라도 쳤다간 모든 동료에게 큰 피해가 돌아가는 데다 길드에서 처벌도 내리는 만큼 어느 정도는 믿을 수 있었다.

그리고 뒤가 켕기지 않는 버젓한 일을 맡을 수 있음에 감사하면서 자신이 꿈꾸는 미래에 대해 눈동자를 반짝이며 이야기하는, 열 살 미만의 아이들.

그들을 한 번 고용해본 사람은 그 이후로 어중간한 일이 있을 때마다 그들을 썼고, 아예 처음부터 그들을 위한 일을 마련할 때도 있었다.

게다가 부랑아 출신인 헌터와 앙도민의 일부기 그리한 활동을 뒤에서 밀어주었다.

부랑아들이 '인간 취급도 못 받던 자'에서 '인간'의 테두리 안으로 들어오게 된 것이다. 어딘가의, 한 '바보' 덕분에······.

하지만 그 바람에 손해 보는 사람이 생겨났다. 그렇다, 바로 고아원 아이들이었다.

고아원 아이들은 대부분 자신이 불행하다고 생각했다.

부모님이 없고, 낡은 옷에, 결코 충분하다고 말할 수 없는 식사.

그들은 고아원에서 가꾸는 텃밭 일을 돕는 것 이외에도 마을에서 어중간한 일을 찾아 번 돈을 넉넉하지 않은 고아원 운영 자금의 일부로 냈다. 그 덕분에 식사량이 조금씩 늘어나기도 했다.

하지만 최근 들어서 마을에서 구할 수 있는 일의 양이 확 줄어들었다.

부랑아들 때문이었다.

불행하다고 여겼던 자신이 왕후 귀족이었나 싶은 생각이 들 정도로 열악한 환경 속에서 기어 다니던 부랑자의 존재. 그리고 그들에게 점점 빼앗기는 자신들의 일터.

그 사실을 알게 되었을 때 고아들이 느낀 동요와 혼란, 위기감은 무척 컸다.

고아원에 있는 사람은 헌터 길드에 등록할 수 없다.

'고아원이 고아들에게 위험한 헌터 일을 시키는 것'이나 다름없기 때문이기도 하고, 헌터로 돈을 벌면 고아원에 굳이 남을 이유가 없는데 있는 셈이니 나라에서 그 고아원에 보조금을 줄 필요성이 사라지기 때문이다.

그래서 헌터가 되려는 사람은 고아원을 나온다. 바꿔 말하면 고아원에 있는 사람은 헌터가 아니라는 소리다.

결국 열 살 미만은 G등급 견습생, 열 살 이상은 정식 헌터인 F등급으로 등록할 수 있고, 헌터로서의 일과 길드를 통할 필요가 없는 어중간한 일을 모두 받을 수 있는 부랑아 쪽이 압도적인 우위를 차지하게 되었다.

……이런 이유로 조금 전의 다툼이 일어났던 것이다.

"""""아~…….""""""

어쩔 방법이 없다.

그것이 '붉은 맹세'의 네 멤버가 내린 결론이었다.

"자, 그럼 그런 걸로 알고!"

네 사람이 그 말을 남기고 떠나려는데, 누군가가 폴린의 발목을 확 붙잡았다.

"꺄아악!"

자기도 모르게 비명을 지르는 폴린을 향해, 눈물이 그렁그렁 맺힌 동그란 눈동자가…….

"우릴 버리지 마세요……."

도저히 달아날 수 없을 것 같았다.

19

　　　　　　　　　　*　　　*

　아이들에게서 조금 떨어져서 자기들끼리 소곤소곤 의논하는 '붉은 맹세'의 네 멤버.

　"……어떻게 한담?"

　"어떻게 하죠……?"

　레나가 물었지만 천하의 마일도 좋은 생각이 떠오르지 않았다.

　일은 한정되어 있는데 공급 과다인 노동력.

　부랑아들더러 원래 했던 일만 하라고 강요할 수도 없는 노릇이다.

　"고아원은 고아들이 밖에 나가 일하지 않아도 굶어 죽을 일은 없죠. 일단은 보조금과 기부금도 있고 밭도 있고……. 하지만 부랑아들은 스스로 벌지 않으면 며칠 안에 굶어 죽을 테니까요."

　"그럼 고아들보고 포기하라고?"

　메비스가 묻자 폴린도 말문이 막혔다.

　"""ㅇ ㅇ ㅇ ㅇ ㅇ 음…….'"""

　넷이서 계속 고민하다가 갑자기 마일이 크게 외쳤다.

　"일단은 친목회를 하는 거예요!"

　"""친목회?"""

　"네, 근본적인 문제는 우리가 지금 당장 어떻게 해줄 수 없잖아요. 그러니까 일단은 고아원 아이들과 부랑아들이 친해지게 해서 앞으로는 싸우지 않게, 비록 부모가 없어도 서로 미래를 향해 함께 노력하는 친구이자 동료로 인식시키고, 연대감을 형성시켜 주는 게 어떤가 하는……. 다시 말해 연민과 공감을 가지게 하는 거예요. 그렇게 해서 이해관계를 조정하고 서로 양보하는 토양을 만들어, 장차 공존으로 향하는 길을 모색하는 것도 가능하다고……."

마일의 설명에 어안이 벙벙한 레나 일행.

"마, 마일, 너, 뭐 잘못 먹었니?"

"열이라도 있는 거 아니야? 폴린, 마법으로 얼음을……."

"아, 네, 지금 당장……."

"아아아아! 아니, 그러니까 저 머리 안 나쁘다니까요! 지혜열(知惠熱, 원래 뜻은 젖니가 날 무렵에 나는 열이지만, 머리를 많이 썼을 때 나는 열을 가리키기도 한다)도 안 났다고요!"

이리하여 고아와 부랑아 합동 친목회가 결정되었다.

＊　＊

"여러분. 오늘 이렇게 모여 주셔서 감사합니다! 그럼 지금부터 티루스 왕국 왕도의 고아와 부랑아 대친목회를 시작하도록 하겠습니다!"

마일이 선언한 이벤트 명은 뭐랄까, 듣기 참 그런 명칭이었다. 한가하던 차에 소문을 듣고 구경하러 온 헌터들 그리고 변장하고 몰래 훔쳐보러 온 자들의 얼굴이 잔뜩 굳었다.

"요리는 충분히 준비되어 있으니까 마음껏 드시기 바랍니다.

그렇다고 너무 먹기만 하면 배가 금방 찰 테니, 다른 분들과 담소도 나누면서 정보 교환, 인맥 형성에 힘써주시기 바랍니다. 그럼 분명 장차 큰 도움이 될 거라고 생각합니다!"

고아와 부랑자끼리 인맥을 형성해서 뭘 어떻게 한다는 걸까? 그리고 정보 교환이라면 어느 식당의 밑반찬이 맛있다거나 쓰레기 배출은 몇 시라는 등의 정보를 말하는 걸까?

뒤에서 구경하던 사람들은 두통이 오는 것 같아 손가락으로 관자놀이를 문질렀다.

이곳은 왕도의 교회다.

고아원은 교회와 인접해 있었는데, 그 운영 모체가 바로 교회였다.

그 일이 있고 난 뒤, 마일 일행은 고아들과 함께 고아원으로 가서 원장님을 비롯한 사람들에게 친목회 계획을 설명했다.

개최 이유와 고아원 측은 동화 한 닢도 낼 필요가 없다는 것, 게다가 배불리 먹을 수 있도록 식사를 준비하겠다는 것을 설명하자, 고아원 측에서도 두 팔 벌려 환영했다. 그리고 장소를 빌려달라고 교회 측에 부탁해주었던 것이다.

교회 입장에서도 원래는 교회 근처에도 안 올 부랑아들이 교회에 가볍게 드나들 수 있는 계기가 될 수 있다면, 하고 기꺼이 제안에 응해 주었다.

생각보다 넓고 훌륭한 장소를 확보하자 마일은 친목회의 규모를 더욱 키웠다. 그렇다, 그때 만났던 부랑아 무리뿐 아니라 그들이 알고 지내는 다른 부랑아들까지 모두 초대했던 것이다.

그들 그룹처럼 일이 잘 풀리는 편이 아니어서, 옛날부터 '살아가는 것만으로도 벅찼던' 부랑아들은 굳이 친목회의 취지를 설명하지 않아도 배불리 먹을 수 있다는 한마디에 당장 달려왔다.

또 고아원 원장과 교회 관계자들은 선전 효과를 노리고, 보조금과 기부금을 주는 곳 등에 이 이벤트에 대해 알리고 다녔다.

아니, 물론 그들이 나쁘다는 건 아니다. 고아들을 위해, 다들 영업 활동에 애썼을 뿐이다.

그리고 마침내 찾아온 이 날. 온 마을의 고아와 부랑아들이 빠짐없이 모였나 싶을 정도로 많은 아이와 구경꾼들로 회장이 꽉 찼다.

먹어치웠다.

고아와 부랑아들은 먹고 또 먹었다. 마구 먹어치웠다.

아무리 먹어도 음식이 동 나지 않았다. 빈 접시가 조금씩 늘어나나 싶으면, 금세 요리가 듬뿍 담긴 접시로 교체되었다. 어디에서 온 건지는 모르겠지만.

"공중에서 요리가 담긴 접시가 갑자기 나타났다" 하는 주장도 있었는데, 그 말을 믿는 자는 아무도 없었다. 설령 희소한 '수납 마법 보유자'라고 할지라도 접시 가득 담긴 요리를 흘리지 않고 꺼내거나 식지 않게 보관하는 건 불가능하기 때문이다.

그리고 양뿐만 아니라 그 맛도, 지금까지 잔칫날에조차 먹어보지 못한 것들로 가득했다. 아무리 '먹기만 하지 말고 대화도 좀 나

뭐라'고 말했어도 어쨌든 배가 꽉 찰 때까지는 멈출 수 없었다.

"……이보게, 재무경. 저건 바위도마뱀인가?"

"네, 그러합니다."

"그리고 저건 사슴 통구이가 아닌가……. 부랑아들에게 도대체 금화 몇십 닢짜리를 먹이는 거야?"

"적어도 나라에서 고아원에 주는 연간 보조금보다 많은 액수를 오늘 하루 만에 다 쓸 모양입니다."

"…………."

그리고 드디어 모두 배가 빵빵해져 겨우 이성을 찾았을 무렵, 마일의 목소리가 다시 한 번 울려 퍼졌다.

"그럼 슬슬 공연을 시작하겠습니다!"

그렇다, 요리를 대접하고 자유롭게 대화를 나누게 하는 것만으로는 이벤트라고 할 수 없다.

이벤트에는 역시 공연이 빠질 수 없고, 마일은 그것을 잊지 않았다.

무엇보다도 전생(前世)에서는 문화제에도 학원제에도 배제되었던 마일인 만큼 이 기회를 놓칠 리 없었다. 반드시 자신이 기획한 연극을 올리고 싶었다. 그저, 그런 이유일 뿐이었다.

"그럼, 기대해 주세요! 돌 레슬링, 통칭 『돌레스』(애니메이션 『돌로레스 아이(Z.O.E Dolores, i)』의 패러디)입니다!"

그리고 설치된 무대 위에 키 30센티미터 정도의 인형 네 개가 모습을 드러냈다.

바람마법을 응용해 회장 전체에 목소리가 울리게 한 마일의 설명에 의하면, 그것은 '돌'이라는 소형 골렘이었다.

이 기술을 전쟁 병기로 이용하려는 한 조직이 게임으로 위장된 기술 개발을 통해, 다른 나라의 돌 기술을 차지하려고 든다. 그 음모를 막기 위해 정의의 히로인이 앞을 가로 막는다.

돌은 주인의 음성 명령에 의해 가동된다.

"더 오거 파이트!"

병사 장비를 갖춘 오거형 돌, 파워를 중시하는 슈퍼 헤비 웨이트(초중량급) '군인 더 오거'가 적진에서 걸어 나온다. 조종자는 악의 총사령관 폴린이다.

"가랏, 수왕 마루!"

정의의 히로인 마일이 조종하는 것은 수인형 돌로 스피드를 중시하는 경량급 '수왕 마루'.

마일이 수인을 정의의 아군으로 삼은 것은 전 세계 동물귀 소녀들을 위해 수인의 지위 향상을 노린, 스텔스 마케팅의 일환이었다.

그리고 각자의 어시스트로, 자립 행동형 돌이 등장했다.

적의 어시스트는 여우 귀에 여우 꼬리를 한 비서형 돌 제니오. 수왕 마루의 어시스트는 고양이 귀에 고양이 꼬리를 한 메이드형 돌 무루치.

그리고 시작되는 격렬한 싸움.

파워(힘) 대 스피드(속도). 파괴력 대 날카로운 기술. 서로에게 타격을 주고 에너지를 소모한다.

그리고 싸움 틈틈이 파손된 곳을 응급 수리하거나 에너지를 보충하는 어시스트 돌 제니오와 무루치.

하지만 경량급이어서 받는 대미지가 큰 수왕 마루의 움직임이 점차 둔해지더니 위기가 찾아온다.

여기까지인가 하고 생각한 순간 돌연 말을 타고 등장한, 경량급 공주기사형 돌 '체리'.

어시스트 돌은 보이지 않았는데, 체리가 뛰어내리자 타고 있던 말 '맹스피더'가 변형해서 인간형 어시스트 돌로 모습을 바꾸었다.

"너의 활약은 익히 들었다. 도우러 왔다, 수왕 마루!"

체리를 조종하는 사람은 물론 메비스였다.

사실 레나도 탐냈지만, 메비스가 마구 졸라 이 역할을 따냈던 것이다.

기사를 동경하는 메비스로서는 절대 양보할 수 없는 역할이었던 모양이다.

그리고 체리의 난입으로 시작된 삼파전.

아이들은 시끌벅적.

어른들은 아연실색.

그도 그럴 것이다. 이런 것은 처음 보았기 때문이다.

그리고 제일 처음에 말했던 '이 기술을 전쟁 병기로 이용하려는 조직'.

만약 이 돌들이 인간 크기라면.

아니, 그보다 더 큰 록 골렘 정도라면.

그리고 정말로 전쟁에 이용된다면.

몰래 숨어서 지켜보던 자들의 등에 서늘한 땀줄기가 흘러내렸다.

지금의 돌은 인간이 일일이 명령해서 움직였는데, 사실 그 정체는 물론 '나노머신에 의한 자립 제어'였다. 마일의 사전 명령을 받아, 지정자가 내린 명령 내의 허용 가능한 범위에 한해 지시에 따라 움직인다는 조건을 달고, '일시적인 명령권 위임'이라는 형태를 취했던 것이다.

물론 그 부분에 대해서는 나노머신과 깊이 의논해서 세세한 확인과 조정을 미리 끝내두었다.

마일은 평소 생활이나 헌터 임무를 할 때는 나노머신에게 쉽게 의지하는 것을 최대한 피했다. 하지만 일시적 놀이라면 괜찮지 않을까. 그렇게 생각했던 것이다.

공적인 일과 사적인 일은 구분해야 한다.

하지만 일이 아닌 정신적 사치라면 괜찮지 않은가?

그런 것이었다.

한편 나노머신들은 마일의 제안에 기꺼이 응했다. 간만에 생긴 '흥미로워 보이는 일'에 몹시 흥분했다. 그래서 이 이벤트는 나노머신 네트워크를 통해 전 세계에 전부 중계되는 모양이었다.

"어째서 우리에게 칼을 겨누는 것이냐. 수왕 마루!"

"어째서냐고? 정의에 따른 행동에 이유 따윈 필요 없어! 네놈들이야말로 왜 나쁜 짓을 저지르는 것이냐!"

물론 돌의 대사는 조작자인 폴린과 마일이 읊었다.

"푸하하. 똑같은 말로 갚아주지. 나쁜 짓에 이유 따윈 필요 없어! 뭐, 굳이 말하자면 즐거우니까, 라고 말해둘까? 산처럼 쌓인 금화를 헤아리는 게 얼마나 즐거운데! 푸~하하하!"

폴린한테 딱 어울리는 배역이다.

"금화도 사람의 목숨도, 올바르게 쓸 때 비로소 의미가 있는 거야! 그저 쌓기만 하는 금화, 아무 하는 일 없이 빈둥대기만 하는 목숨에 무슨 가치와 의미가 있겠느냐! 보여 주마, 내 목숨이 활활 불타오르는 모습을!"

대사도 곁들인, 공주 기사 체리를 포함한 셋의 격렬한 싸움에 아이들뿐 아니라 어른들까지 대흥분! 이것이 아이들을 위한 이벤트이고 자신들은 그저 구경꾼이라는 사실도 망각한 채 아이들과 함께 성원을 보내며 야단법석이었다.

무대 위에서는 격전이 이어졌고, 마일이 슬슬 마무리 지으려고 생각하던 순간.

채앵!

뚝

""""""아…….""""""

더 오거의 검을 맞아, 공주 기사 체리의 흉부 갑옷이 깨져 땅에 떨어졌다. 그리고 드러난 체리의 가슴.

완전히 노출된 그 부분에는 아무것도 없었다. 속옷까지도.

그리고 무슨 영문인지 그 부분이 쓸데없이 정밀하게 만들어져 있었다.

눈을 크게 뜨는 어른들. 뚫어지게 쳐다보는 남자들과 그들의 발을 있는 힘껏 짓밟는 여자들.

"브라레스(노브라)다! 끝, 이것으로 끄으으읕~!"

아니, 물론 현대 지구의 브레지어와는 차이가 꽤 있지만 일단 이 세계에도 가슴가리개가 있었고, 마일은 그걸 속으로 '브라'라고 불렀는데, 무심코 그 단어가 입 밖으로 튀어나오고 만 것이다.

쓸데없이 정밀하게 만들어놓고도 마일은 여성형 돌에 가슴가리개를 입히지 않았다. 미처 거기까지 생각이 미치지 못했던 것이다.

아무리 돌이라고는 하나 반전라 상태로 계속 싸우게 하는 건 아이들의 교육에 좋지 않다. 그래서 결말까지 가지 않고 도중에 강제로 끝냈다.

교회와 고아원 사람들이 스폰서를 불러 모은 모양이니 교육적으로 문제 있는 공연을 보여줄 수는 없다.

"허어어어억?!"

모처럼 마지막 장면을 보여줄 기회가 통째로 날아간 메비스가 한탄했지만 무시당했다. 마일은 서둘러 '명령권을 위임받은 자'보다 높은 권한으로 철수 지시를 내렸고 모든 돌을 회수, 상자에 넣는 척하면서 수납에 넣었다. 각 돌의 조작을 담당했던 나노머신은 이미 빠져나간 상태였다.

마일은 당장 내일이라도 이번에 도와준 나노머신들과 위로회

겸 반성회를 열 계획이었다.

뭐, 그냥 앉아 눈을 감고 머릿속으로 나노머신들과 대화를 나누는 것뿐이어서 누가 보면 위로회는커녕 마일이 꾸벅꾸벅 조는 것처럼 보이겠지만, 항상 마일의 머리카락에 달라붙어 있는 나노 이외의 나노머신이 마일과 직접 교류할 수 있는 흔치 않은 기회여서 나노머신들이 몹시 기뻐했다.

                    *   *

그렇게 해서 친목회가 어영부영 끝났다.

아니, 실패였다는 건 아니다. 오히려 대성공이라고 말해도 지장이 없으리라.

그 후 구경하러 왔던 어른들이 무대에 올라가 오늘 본 건 아무에게도 절대 말해서는 안 된다고 무서운 얼굴로 명령했기 때문에, '돌레스'에 대한 것은 그 자리에 있었던 사람들만의 비밀이 되었다.

그 놀라운 공연에 대해 말하고 싶어도 말할 수 있는 상대라고는 함께 있었던 고아와 부랑아들뿐.

공유된 비밀과 동료의식, 그리고 연대감.

예기치 않게 마일의 목적이 완전히 달성된 것이다.

그리고 구경 왔던 스폰서들은 고아들 뒤에 서 있는 엄청난 자금력과 기술력을 겸비한 존재에 깜짝 놀라, 언젠가 고아원을 매개로 이어지지 않을까 하는 기대감에 기부액을 늘렸다.

나라 역시 국가 차원의 지원이 민간인의 지원에 뒤처지면 체면이 구겨진다는 이유를 달아, 보조금을 대폭 늘렸다. 물론 거기에는 '붉은 맹세'에 대한 어필도 포함되어 있었는데, 마일 일행은 조금도 눈치채지 못했다.

또 그 후 '몰래 숨어 지켜본' 심부름꾼이 나타나서 '돌'에 대해 이것저것 캐물었다. 그래서 머나먼 나라의 유적지에서 발견한 것이라 그 원리를 모르며 명령자의 10미터 이내에서만 움직이고, 최초 명령한 자의 지시에만 반응하므로 명령자의 변경은 불가능하며, 예전에 부탁받아 마법 연구자에게 하나 양도해 주었더니 다음 날 그 사람의 아틀리에가 폭발해버렸다는 이야기를 들려주자, 포기하고 축 처진 어깨로 돌아갔다.

그로부터 며칠 후.

마일 일행은 큰 길을 걷다가 부랑아들과 재회했다.

"얼굴이 좋아 보이네요. 일은 좀 어때요?"

마일이 묻자 부랑아들이 생긋 웃었다.

"순조로워. 고아원 녀석들도 보조금이랑 기부금이 늘어서 살기 편해졌다고 하고, 우리가 마을의 어중간한 일에서 완전히 손을 뗐더니 그쪽도 순조로운 모양이야. 뭐, 조건이 안 좋은 일이나 범죄와 관련된 일을 시키려는 놈들을 뿌리치는 건 힘든 것 같았지만. 우린 이제 그런 거 일절 안 받기로 했으니까……."

""""엥…….""""

처음 듣는 이야기였다. 확 달라진 상황에 놀라움을 감추지 못하는 '붉은 맹세'의 네 사람.

"어, 어째서 그렇게……."

마일이 놀라며 묻자 소년이 오히려 놀란 표정을 지으며 알려 주었다.

"무슨 소리를 하는 거야. 그 친목회 덕분인 게 뻔하잖아. 그날 이후로 갑자기 고아원에 보조금이랑 기부금이 늘어났대. 그걸 본 어른들이 여러 가지로 해줬다면서. 그리고 우리는 남의 힘을 빌리지 않고 우리 힘으로 헌터로서의 신뢰와 실력을 쌓아서, 마을의 어중간한 일에 의지하지 않고 마을 밖으로 나가서 채취, 사냥, 소형 마물 토벌 등을 하게 되었어. ……뭐, 그것도 사실은 형아랑 은인님들 덕분이지만."

형아랑 은인님들이 누구를 말하는지는 모르겠지만, 아무래도 이 세상에는 부랑아들을 도와주는 사람들이 있는 모양이다. 착하다, 착해…….

보금자리인 폐가로 돌아온 부랑아들은 형아에게 보고했다.

"아까, 은인님들을 만났어."

"그래?"

"여전히 씩씩해 보이더라. 뭐, 그 사람이 안 씩씩한 모습은 상상도 안 되지만."

"그래?"

"뭐야, 계속 그래, 그래만 하고. 괜찮아? 안 만나봐도? 그날도 얼굴 보러 와놓고 몰래 숨어서 말도 안 걸고 그대로 돌아가 버리기나 하고. 그렇게 태평하게 굴었다가는 다른 남자한테 뺏긴다?!"

"그런가? ……그건 좀 화나는데."

"그러니까 빨리 만나서……."

소년이 그렇게 재촉하자, '형아'라고 불린 청년이 쓴웃음 지었다.

"아직 안 돼. 아직 나한테는 그럴 자격이 없어. 좀 더『좋은 남자』가 되어야……."

"또 그렇게 억지로 참다니……."

"괜찮아, 억지로 참아도. 그런 걸『이키(粹, 19세기 일본 에도에서 유행한 미의식. '세련된 멋')』이라고 한다지. 그 녀석의 나라말로는."

"이키?"

"그래. 이키."

"무슨 소리인지 모르겠는데……."

그 말에 청년은 그저 웃을 뿐이었다.

한편 예의 공연은 마일이 모르는 곳에서 이렇게 불리고 있었다.

'브라레스'.

물론 마일은 처음에 '돌 레슬링, 통칭『돌레스』'라고 설명했었다.

하지만 아무래도 마일이 마지막으로 외쳤던 말, '브라레스다!'가 몹시 강한 인상을 남긴 모양이었다.

그나마 다행인 것은 그 이름이 극히 일부 사람들 사이에서만 알려졌다는 것, 그리고 그대로 역사의 뒤안길로 사라졌다는 것, 그리고 그 사실을 마일이 모른 채 끝났다는 것이었다…….

제39장 언젠가 왔던 마을

"오늘 밤은 이 마을에서 묵자. 그러면서 할 만한 의뢰가 있으면 뚝딱 해치워 돈도 좀 벌고."

왕도를 출발한 지 열흘 가까이 지난 어느 날.

저녁 무렵 어느 작은 마을에 도착한 '붉은 맹세' 일행은 레나의 제안을 받아들였다.

그들은 여행하는 동안에는 왕도에서 벌었던 돈을 쓰지 않기로 결정했다.

수행을 목적으로 한 여행에서 모아둔 돈을 쓰며 사치를 부려서는 아무런 의미가 없다. 지금까지 번 돈은 봉인. 그리고 여행 중에는 독립 계산. 아니, 이미 저축이 쑥쑥 늘어나고 있었다.

"자, 숙소를 찾기 전에 일단 길드에 가서 정보 수집부터 하자고."

""""하잇!""""

구미가 당기는 의뢰, 재미있는 의뢰가 있는지 없는지도 모르는데 숙소 먼저 잡을 수는 없다.

때에 따라서는 곧바로 나가거나 의뢰주의 집에 초대받을 가능성도 있기 때문이다. 그렇게 될 확률은 상당히 낮지만……

딸랑……

길드 문을 여니 늘 그렇듯이 안에 있던 헌터들의 시선이 일제히 쏠렸다.

어느 도시의 길드에 가나 항상 이런 식이다. 이건 뭐, 헌터들의 습성이니 어쩔 수 없다.

그리고 여느 때와 다름없이 '뭐야, 여자애들이잖아' 하며 금세 흥미를 잃고 시선을 돌리는 자, 부적절한 방향으로 흥미를 가지고 뚫어지게 쳐다보는 자 등으로 분류되지……는 않았다.

"어이, 저건……."

"『동화 베기』 아니야?"

"『다른 헌터들의 자신감과 프라이드를 수납해버리는 소녀』! 드디어 돌아온 건가……."

소란스러워진 길드 안 분위기에 곤혹스러워하는 '붉은 맹세'의 네 사람.

"아앗, 마일 씨!"

그리고 접수 카운터 안에서 들려온 외침에 점점 더 모여드는 시선.

기억을 더듬어 겨우 떠올린 마일이 소리쳤다.

"아, 라오우 씨!"

"라우라예요!"

이름을 정정하는 접수원 아가씨의 목소리를 들으며 마일이 중얼거렸다.

"어쩐지 어디서 많이 본 마을 같다고 했어요……."

그 후 소식을 들은 길드 마스터가 2층에서 뛰어 내려와 눈물을 흘리며 마일의 두 손을 붙잡고 마구 흔들었다.

"잘, 아주 잘 돌아와 주었습니다! 잔치를 준비할 테니 조금만 기다려 주십시오!"

길드 마스터는 라우라에게 가게를 예약하라고 명령한 다음, 남은 일을 정리하기 위해 서둘러 방으로 돌아갔다.

"이게 어떻게 된 일이야?"

"아하하……."

레나가 도끼눈으로 쳐다보자 대강 설명에 나선 마일.

"그러니까, 저 길드 마스터가 널 헌터 양성 학교에 추천해준 사람이라는 거야?"

"아, 네."

"그럼 네 은인이잖아! 우리가 만난 것도 다 저 사람 덕분이고……. 그나저나 길드 마스터 추천제는 무슨 일이 생겼을 경우 길드 마스터가 전부 책임져야 하는데, 그걸 생판 처음 보는 여자애에게 쓰다니 어지간히 대단한 인물 아니면 바보, 그것도 아니면 속이 시커멓고 엉큼한 아저씨 아닌가? 그래서 저 사람은 어느 쪽이야? 도저히 『대단한 인물』로는 안 보이는데 말이지?"

"그게, 그러니까, 좋은 사람이에요!"

"'아아아, 사람 좋은 바보구나…….'"

레나를 비롯한 세 사람은 올바르게 이해했다.

의뢰 보드에 시시한 의뢰밖에 없어 이 마을에서는 일하지 않고 내일 곧바로 다음 마을로 향하기로 결정했을 때, 가게 예약을 끝마친 라우라가 돌아왔고 길드 마스터도 곧바로 2층 자기 방에서 내려왔다.

"자, 갑시다!"

무료로 밥을 먹을 수 있으니 불만은 없다.

'붉은 맹세' 멤버들은 기꺼이 길드 마스터와 라우라를 따랐다.

도착한 곳은 작은 마을 치고 그럭저럭 괜찮은 가게였다. 1층은 식당과 조리장, 3층은 점주 일가의 거주 구역과 창고, 그리고 2층은 투숙객이 묵는 객실이었다.

식사에 앞서 마일 일행은 이왕 온 김에 이곳에 방을 잡았다. 너무 많이 먹어 몸을 도저히 못 움직일 지경이 되어도 안심할 수 있다.

"정말 잘 돌아왔습니다. 열렬히 환영합니다! 그 졸업 검정, 라우라와 함께 보러 갔었지요. 이야, 정말 멋진 승부였습니다……."

"우와, 직접 보러 오셨다고요?"

길드 마스터의 말에 마일이 깜짝 놀랐다.

"네, 물론이지요! 제가 추천한 마일 씨의 경사스러운 졸업 검정이 아닙니까! 이야, 마일 씨가 멋진 성적으로 졸업해주신 덕분에 추천한 제 평가도 올라가서 영광스럽게도 올해의 『길드 마스터 유망 신인 발굴상』을 받아, 길드 마스터 랭크도 올라갔답니다. 이 모든 게 마일 씨 덕분입니다!"

진심으로 기뻐하는 길드 마스터였다.

"물론 다른 분들의 활약상도 전부 지켜보았습니다. 거기 계신 폴린 씨의, 치유마술사에게도 아랑곳하지 않고 쏜 그, 알갱이는 작지만 강력했던 염탄. 그리고 궁정에 소속된 치유마술사에 필적, 아니 어쩌면 그조차 능가하는, 한순간에 골절을 낫게 한 치유마법. 그리고 메비스 씨의 검선을 눈으로 따라가기도 힘든, 그 신속(神速)한 검. 또 공격계 마술사이면서도 공격 없이 승패를 결정지었던, 레나 씨의 철벽 방어마법까지!"

정말 모두의 싸움을 진지하게 지켜본 모양인지 길드 마스터가 극찬을 아끼지 않자 당연히 기분 나쁠 리 없어서 모두 살짝 쑥스러워했다.

자기들이 생각해도 그 대결은 역시 성공적이었기 때문에 단순한 인사치레로 여기지 않고 있는 그대로 칭찬을 받아들였다.

"그리고 마지막 마일 씨의 싸움! 그건 정말 훌륭했습니다!"

길드 마스터가 회상에 잠겼다.

B등급 파티 '미스릴의 포효'의 리더이자 개인 등급 A인 대검사 글렌과의 정면 승부.

A등급 검사를 상대로, 굳이 마법을 쓰지 않고 상대의 전공인 검술만으로 싸웠던 고속 전투. 그리고 뒤이은 힘겨루기와 계속해서 전개된 기동전, 마법 검!

그야말로 A등급끼리 맞붙었다고 표현해도 손색없는 대결이었다. 만약 헌터 승급에 일정 공적 포인트와 최소한의 기간이 필요하지 않았더라면, 당장 A등급 시험을 쳐도 될 정도였다.

이 인재를 바로 자신이 발굴해 추천한 것이다.

원래는 부하의 실수가 원인이지만 지금은 그것이 오히려 자신의 공적이 되었다. 뭔가 치사한 행동 같아 기분이 미묘하기도 했지만, 자신이 딱히 나쁘거나 부끄러운 짓을 한 건 아니다. 부하의 실수를 감싸기 위해 기꺼이, 만일의 경우 모든 책임을 질 각오로 헌터 양성 학교에 추천했던 것이다. 그 성의에 여신이 응답해주신 것일까……

그렇게 생각하고 감개무량해지는 길드 마스터였다.

즐거운 식사가 시작되고, 직접 본 게 아니라 그저 듣기만 했을 뿐인 라우라가 펼친 마일의 '대검 절단 사건', '동화 베기' 등의 에피소드로 분위기가 한껏 달아올랐다.

술은 길드 마스터와 라우라, 그리고 아직 미성년자인 마일을 제외한 세 사람이 와인을 조금씩 홀짝이는 정도였다.

아니, 이 나라에는 음주에 연령 제한이 없는데도 마일이 술을 마시지 않는 이유는 어디까지나 전생의 기억 때문에 마일이 '스스로 규제'하는 것에 지나지 않았지만……

그 대신 마일은 레나와 함께 요리를 잔뜩 먹었다. 원래라면 돈을 내는 사람의 얼굴이 확 굳어버릴 수준으로 말이다.

하지만 마일 덕분에 길드 마스터 랭킹이 올라가 월급도 많아진 길드 마스터에게 그런 것쯤은 사소한 일에 지나지 않았다.

'붉은 맹세'의 순조로운 활동 모습을 기뻐하는 길드 마스터를 보며 마일 일행은 아마도 시간이 꽤 흐르면서 왜곡된 일부 정보만 전해졌을, 예의 '고룡과 수인들의 조사 활동' 사건을 문제없는 선에서 정확하게 알려주었다.

귀한 정보에 기뻐하는 길드 마스터의 잔은 계속해서 채워졌다. 평소에 성가신 이야기만 들어왔던 길드마스터에게 이렇게 달콤한 술은 오랜만이었다.

자신이 발굴했고(그런 것으로 되어 있다) 장차 A등급이 될 게 틀림없는, 아니 S등급에도 충분히 도달할 길드의 기대주이자 초신성.

그리고 헌터 양성 학교를 수석에서 4등까지 독점하며 졸업했고 불과 하루 만에 왕도에서 그들을 모르는 사람이 없는 신인 미소녀 파티가 이 마을에 와준 것이다. 두 번 다시 돌아오지 않을 거라며 포기했던 그 소녀가, 혼자도 아니고 동료까지 데리고 돌아와 주었다.

이 작은 마을의 헌터 길드 지부는 일약 유명해질 것이다.

지금까지 다른 도시와 왕도로만 갔던 난이도 높은 의뢰도 이제 이 지부에서 대응할 수 있으리라.

자신의 지부가.

자신이 지부장, 길드 마스터로 있는 이 지부가…….

인생 최고의 날.

그런 말이 떠오르는 길드 마스터였다.

*　　*

다음 날.

약간 과음했던 마스터는 그래도 지각하지 않았다.

물론 평소처럼 아침 수주 러시 전에 출근, 까지는 아니었지만 어차피 평소에는 분쟁에 대비한 서비스 출근이었다. 정식 출근 시간인 아침2의 종(오전 9시에 해당)까지는 충분히 여유가 있는 길드 마스터.

접수원 아가씨는 당연히 길드 마스터인 자신보다 출근 시간이 빠르다. 숙취가 남은 기색도 없이 카운터에서 접수 업무를 보고 있는 라우라에게, 다음 손님으로 바뀌는 타이밍을 노리고 말을 걸었다.

"『붉은 맹세』분들은 오늘 일하러 가셨나?"

"아, 네. 아침 일찍 오셔서 어젯밤에는 고마웠다는 말씀이랑 출발 인사를 하시고, 그때 계셨던 헌터 여러분과 조금 대화를 나눈 후 가셨는데……."

라우라의 대답에 길드 마스터가 고개를 끄덕였다.

"호오, 젊음이란 참 좋구나. 도착하기가 무섭게 쉬지도 않고 바로 일이라니. 그래, 어떤 일을 수주했지?"

"아니, 아무것도요."

"뭐라고?"

길드 마스터가 어리둥절해했다.

"그게, 다음 마을로 떠나셨거든요. 딱히 할 만한 호위 의뢰도 없어서 아무것도 수주하지 않고요……. 도중에 상시 의뢰인 마물이나 소재 채취용 동물이라도 잡을까, 하고 말씀하시긴 했어요."

"엥?"

이야기가 이해되지 않는 길드 마스터.

"엥, 그러니까, 마일 씨 일행이 이 마을에 정착해서 헌터 활동을 하는 게……."

"네? 도대체 무슨 말씀 하시는 거예요, 마스터……. 지금 한창 주가를 올리는 기대주라고요. 이런, 변변한 의뢰 하나 없는 시골 촌구석에 정착할 리 없잖아요? 이동 중에 잠깐 들렀을 뿐인 게 뻔하잖아요?"

"엥……, 허어어어어억!"

절망한 길드 마스터는 그대로 무너져 내렸다.

불과 반나절의 행복이었다…….

*   *

"다음 마을에는 재미있는 의뢰가 있으면 좋겠네요!"

"재미있는 의뢰가 아니라 돈이 되는 의뢰여야지. 마일!"

가도를 걸으며 마일의 촐랑거리는 발언을 정정하는 폴린.

"아아, 난 빨리 B등급, 그리고 A등급이 될 수 있게 공적 포인트가 높은 의뢰를 받고 싶은데……."

메비스가 자신의 희망을 말했다.

"그럼 재미있고, 돈이 되면서, 공적 포인트가 높은 의뢰를 받으면 되지. 자, 얼른 다음 마을로 가자! 그리고 가는 동안 상시 의뢰 마물이랑 소재 목적인 동물을 사냥하는 거야! 우리는 힘이 부족하고, 지식이 부족하고, 경험이 부족하고, 그리고 무엇보다도 금화가 부족하니까!"

레나의 말에 세 사람이 쓴웃음 지었다.

하지만 이건 수행을 목적으로 한 여행이자 돈을 벌기 위한 여행이다. 그래서 다들 여느 때와 다름없이 입을 모아 대답했다.

""""하앗!""""

한편 행선지가 어디든 상관없었기 때문에 행상 시절 여행 경험이 있는 레나에게 모든 것을 맡긴 마일은 어쩌다가 우연히 추억이 있는 마을에 갔구나, 하고 생각만 하고 정작 중요한 것은 전혀 눈치채지 못했다.

그 마을은 자신이 모국에서 도망쳐 나와 간 마을이며, 그곳에서 나라의 중심에 있는 왕도로 향했다는 사실.

그리고 지금 자신들은 왕도에서 떠나 그 마을에 도착했다는 것.

즉, 이대로 계속해서 직진하면 어디로 향하게 되는지를 말이다.

'붉은 맹세'는 계속해서 나아갔다.

자신들이 떠난 왕도 방면과 반대쪽으로 나 있는 가도로.

과연 그 앞에 무엇이 기다리고 있을까 하는 기대를 가슴에 품고.

*　　*

"무어라?!"

이곳은 티루스 왕국 국왕의 집무실. 방에는 국왕, 재상, 일개 헌터에서 백작의 지위까지 오른 살아 있는 전설 성검 크리스토퍼 백작, 그리고 헌터 길드 왕도 지부의 길드 마스터까지 총 네 사람이 있었다.

"그래서 확실하게 확보해두라고 말하지 않았느냐!"

길드 마스터의 보고를 받고 국왕이 격노하자 크리스토퍼 백작이 겨우 달랬다.

"진정하십시오, 폐하. 길드 마스터가 보고했듯 그녀들이 딱히 다른 나라로 이적한 것이 아니지 않습니까……. 재미있는 의뢰, 보람을 느낄 수 있는 어려운 의뢰를 찾아 수행하는 여행을 떠난 것에 불과하옵니다. 젊은 헌터라면 당연한 행동이지요."

"……그러고 보니 백작도 헌터 시절에 여러 나라를 돌아다녔다고 했었지. 게다가 백작 지위를 받은 후에도 이따금 왕궁에 말도 없이 무단으로 다른 나라에 갔다는 소문도 들리던데……."

"아, 아하하하……."

웃음으로 얼버무리며 머리를 긁적이는 크리스토퍼 백작.

그리고 백작은 길드 마스터를 계속해서 옹호했다.

"그, 그게, 헌터란 원래 그런 법이어서……. 그리고 여행 중간이나, 어느 정도 만족하면 자국으로 돌아와 정착할 것입니다. 저도 그러지 않았습니까? 폴린이라는 소녀는 가족이 상점을 운영하고 있고, 메비스 양은 우리나라의 귀족이고……. 게다가 메비스 양은 여차하면……."

"여차하면?"

국왕이 묻자 크리스토퍼 백작이 사악한 미소를 지으며 대답했다.

"메비스 양이 그토록 바라는 기사가 되게 해주면 됩니다. 일대에 한해 기사 작위를 내려주는 것이지요. 그리고 그 사이에 무투파 귀족가의 유망주와 맞선이라도 보게 한다면 다른 나라로 빠져나갈 일 없이 그 뛰어난 재능과 기술을 우리나라에서 펼치게 될 것이옵니다."

"흐음……."

백작의 제안에 국왕이 안정을 되찾았다.

"하지만 마일은 어떻게 한단 말이냐. 그 아이는 다른 나라 출신이지 않은가. 모국으로 돌아갈 가능성이 있을 텐데?"

"그렇지 않사옵니다. 동기생들로부터 들은 정보에 의하면 마일이 모국에서 도망친 전 귀족가의 딸이라는 소문이 있는데, 고생한 흔적이 보이지 않는 가늘고 아름다운 손가락, 세상 물정을 너무 모르는 발언 등으로 미루어보아 그럴 가능성이 농후하옵니다. 만약 그렇다면 이야기는 간단하지요."

중요한 대목에서 백작이 말을 멈추자 국왕은 빨리 뒷말을 마저 하라며 눈빛으로 재촉했다.

크리스토퍼 백작은 왼손 엄지를 세워 자신을 가리켰다.

"저처럼 하면 되옵니다. 나라, 가족, 귀족 신분, 그 모든 것을 잃고 타국으로 달아난 소녀. 그리고 그곳에서 그녀의 재능을 알아보고 귀족으로 등용해주신 국왕 폐하. 충성심 대폭발, 이 될 거라는 생각이 드시지 않습니까?"

"""아하!"""

백작의 제안에 모두가 감탄했다.

과연 크리스토퍼 백작처럼 백작 지위를 줄 필요까지는 없다.

남작이나 일대에 한한 귀족 기사 작위 정도로 해도 좋고, 준귀족
에 해당하는 준남작도 있다.

"길드 마스터, 그쪽에 문제가 생기는 것 아니냐. 이런 걸 인정
해서 전례를 남기는 것은……."

국왕이 묻자 길드 마스터가 살짝 곤란하다는 표정으로 주뼛주
뼛 대답했다.

"아니, 그것이, 전례라고 말씀하셨지만 이미 이런 사례는 몇 번
이나……."

"무어라?!"

"그것이, 크리스토퍼 백작이 말씀하신 것처럼 헌터란 원래 그
런 것이오라……. 일반적인 루트로 헌터가 된 자들은 대부분 젊
을 때 각 나라를 떠도는 여행을 하는 것이 일반적이고, 헌터 양성
학교 졸업생 역시 이미 몇 명이나 5년을 채 기다리지 못하고 떠
나는 실정입니다. 그걸 허가하지 않는다면 헌터 전체의 반감을
살 우려가 있어서……. 물론 정식으로 해외에 이적하는 것은 허
락하지 않고, 어디까지나 일시적인 원정이며 해외에서 활동하는
동안은 국내 활동 의무인 5년을 세지 않사옵니다. 어느 정도 기
간이 지나면 반드시 귀국한다는 조건만은 분명히 인식시키고 있
지요. 그녀들은 아직 한참 어리고, 이상할 정도로 재능이 출중하
옵니다. 다른 나라에서 남자에게 빠지거나 할까 봐 어떻게든 막
아보려고 노력했사오나, 아무래도 전례가 있다는 사실을 안 모양
인지, 그리고 길드의 입장이 아주 곤란해질 짓궂은 행동을 암시
하기에 결국 저항하지 못하고……."

““………….””

길드 마스터의 설명을 듣고 뚱한 표정을 짓는 국왕과 재상. 크리스토퍼 백작은 물론 그 정도쯤이야 알고 있었다.

“그리고 타이밍을 봤을 때 그녀들의 급한 행동은 그것과 관련이 있지 않은가 하고 사료되옵니다…….”

“역시, 그렇게 생각하는가…….”

길드 마스터를 향한 국왕의 말에 재상과 크리스토퍼 백작도 고개를 끄덕였다.

“그런 이유라면 그것도 괜찮겠다고 생각하여, 의뢰비도 들지 않고 설령 무슨 일이 일어난다고 해도 일부 헌터가 허락 없이 독단적으로 벌인 일이라고 둘러대면 나라와 길드가 책임질 필요도 없지 않사옵니까. 게다가 그녀들이 다른 나라에서 어떤 공적을 쌓았을 경우, 그녀들은 우리나라 국민이며 우리나라에 적을 둔 헌터, 다시 말해 우리나라의 덕이라고 주장하는 것도 가능하옵니다.”

너무 심한 본심에 이번에는 크리스토퍼 백작이 인상을 찌푸렸다.

“아니, 아무리 그래도 기대하는 신인인데 조금 더 배려해줄 수는 없나……?”

그리고 결국 ‘붉은 맹세’가 알아서 하게 내버려 두자는 식으로 결론 났다.

단, 다른 나라로 이적하거나 영원히 정착하는 것만은 반드시 막아야 한다.

다른 나라 남자에게 푹 빠지는 것 역시 막아야 한다.

자국 남자라도 그녀들에게 어울리지 않는 자, 나라에 불이익을 줄 소지가 있는 자는 금지다.

어떤 공적을 쌓았을 경우에는 작위 수여를 검토한다.

이상이 결정된 사항이었다.

이렇게 해서 '붉은 맹세' 네 멤버는 본인들이 전혀 모르는 곳에서 남자친구를 사귀는 기준이 아주 높아지고 말았다.

물론 그녀들이 그 기준에 따를지 말지는 또 별개의 문제지만……

제40장 　승합마차

"저희는 호위 의뢰를 받은 C등급 헌터『붉은 맹세』입니다. 잘
부탁드립니다."

"아이고, 아닙니다. 저희야말로 잘 부탁드립니다!"
파티 리더인 메비스의 인사에 상인은 어린 소녀라고 함부로 대
하지 않고 정중하게 인사를 받아주었다.
그렇다, 이곳은 국경선에 인접한 마을로, 세 상인이 이끄는 마
차 다섯 대라는 소규모 상단을 이웃 나라의 도시까지 호위하는
의뢰를 받았던 것이다. 사람은 마일 일행과 상인, 그리고 마부 둘
까지 포함해 총 아홉 명이었다. 물론 마차 세 대는 상인들이 직접
몰았다.
왕도나 대도시에서 출발하는 대규모 상단과 달리 국경의 시골
에서 출발하는 상단은 대체로 이 정도 규모였다.

일의 발단은 "나라를 떠나려면 형식만이라도『국외로 가는 의
뢰를 받았기 때문에』라는 구실이 필요하지 않을까?"라고 한 레나
의 말 때문이었다.
그 말에 다들 하긴 그렇겠다며 납득했고, 크게 수고스러운 일

도 아닌 데다 호위 의뢰를 받으면 수입도 늘어나니, 조건에 맞는 호위 의뢰기 니올 때까지 며칠 동안 상시 의뢰 토벌과 수렵 등으로 돈을 벌며 기다리고 있었다.

모처럼 나온 국경을 넘는 호위 의뢰를 다른 파티에 빼앗기는 일이 일어나지 않도록 상시 의뢰는 세 사람만 맡고 한 명씩 교대로 길드에 붙어 있었는데, 레나가 길드에서 망을 서는 차례가 되었을 때 마침 적당한 의뢰가 나왔다. 레나는 의뢰 보드에 의뢰표가 붙자마자 마치 가루타 대회(전통시조의 상구가 적힌 카드를 읽으면 그 하구가 적힌 카드를 찾는 일본 전통 카드놀이)의 결승전처럼 전광석화로 그것을 떼어냈다.

그리고 수주 수속을 마치기가 무섭게 상인들을 찾아가서 다음 날 아침에 출발한다는 것과 그 밖의 세세한 사항 등을 조율한 후 숙소로 돌아가 동료들이 돌아오기만을 기다렸다.

이제 할 일을 다 끝냈으니 혼자 우두커니 길드에서 기다릴 필요는 없었다. 숙소에서 느긋하게 있으면 그만인 것이다.

그리고 지금, 드디어 상단은 여행길에 올랐다.

과연 이런 외진 곳까지는 '붉은 맹세'의 소문이 흘러 들어오지 않았다.

아무리 왕도에서 좀 유명세를 치렀다고는 하나 그래 봐야 C등급 파티이다. 이런 지방의 작은 마을까지 소문이 도는 것은 S등급 아니면 적어도 A등급 상위이다. B등급 파티라면 기껏해야 이웃 마을에 조금 지명도가 있는 정도였다.

그래서 마일 일행은 왕도에서 조금 유명해졌다는 사실을 다 잊기로 했다.

C등급 파티가 "왕도에서 좀 유명한 파티라서……" 하고 말해봐야 비웃음만 살 뿐이다.

앞으로는 그저 무명 신인 C등급 헌터로, 초심으로 돌아가 신인답게 겸손한 자세로 활동하자. 중견이라고 당당하게 말할 수 있는 실력을 갖출 때까지. 다들 그렇게 결정했던 것이다.

선두 마차에는 마일과 폴린이, 가장 뒤 마차에 메비스와 레나가 배치되었다.

전위와 호위의 균형, 공격력 배분 등을 고려했을 때 이 배치가 가장 낫다고 판단한 결과였다. 또, 색적(素敵) 마법을 쓸 수 있는 마일이 선두에 있는 것은 당연했다.

너무 편리한 마법을 쓰는 건 모두에게 도움이 되지 않는다. 하지만 마일의 색적 마법은 이미 다들 알고 있었고, 사람 목숨이 걸린 호위 임무이니만큼 너무 딱딱하게 굴지 않기로 했다.

그렇게 해서 마일은 이동 중에는 폴린과 마부와만 대화를 나누었다. 폴린이 마부 옆에 앉았고, 마일은 여느 때와 다름없이 마차 덮개 위에 걸터앉았다.

선두마차였기 때문에 상인이 아니라 고용된 프로 마부가 마차를 몰았다. 그래서 절대 고개를 돌려 소녀의 치마 속을 훔쳐보는 발칙한 행동은 하지 않았다.

마일은 이 나라에 대해서는 왕도 그리고 자신이 헌터 등록을 했던 마을 정도 밖에 알지 못했다. 나머지는 의뢰 임무 때문에 몇몇 마을에 짧게 머무른 정도다.

그래서 이동 루트나 목적지에 대해서 별로 흥미가 없었다. 도로의 이름을 들어도 몰랐고, 마을 이름을 들어도 어차피 금방 잊어버렸다. 호위는 습격해오는 도적이나 마물을 쓰러트리고 쫓아내는 일이었으며, 상단의 행동에 대해서는 간섭할 권한이 없다. 그저 함께 있기만 하면 되므로 다른 일은 신경 쓸 필요가 없다.

그리고 이번 수주 처리, 의뢰주와의 조정 등은 전부 레나가 도맡았다.

레나도 행상인의 딸이어서 여행이나 거래에 대해서는 전혀 문외한이 아니었다. 그래서 마일은 아무런 걱정도 하지 않았다. 게다가 처음 가는 마을에는 이렇다 할 예비지식이 없는 편이 더 두근두근 설레는 법이다.

그래서 이동 내내 레나와 함께 있는 메비스나 정보를 공유했던 폴린과 달리, 마일은 목적지에 대해 아무것도 몰랐다.

그리고 물론 마일은 1년 전에 빠른 속도로 한 번 지나친 게 전부인 길을 기억할 만큼 기억력이 좋은 편도 아니었고, 역방향에서 보는 풍경은 또 완전히 새롭게 보이는 것이 사실이다.

이제 국경선까지 얼마 남지 않았다.

그리고 마차는 계속해서 나아갔다. 기분이 날아갈 듯한 마일을 태우고.

*　　*

"그럼 염치 불고하고……."

싱글벙글거리며, 잘 구워진 고기를 볼이 미어터지게 입안으로 밀어 넣는 상인과 마부들.

그렇다, '붉은 맹세' 멤버들은 늘 그렇듯이 도중에 잡은 사냥감을 요리해서 사람들에게 대접했다.

"그나저나, 수납마법인 겁니까……? 예전에 조금 수납할 수 있는 마술사를 본 적 있습니다만, 그것과는 비교도 안 될 만큼 용량이 엄청나군요. 이야, 정말 부럽습니다……."

하긴 상인 입장에서는 부럽기도 하리라. 심지어 텐트가 조립이 다 된 상태로 나오는, 상식에서 한참 벗어난 사용법. 수납의 한계가 도대체 어디까지라는 말인가.

"이야, 솔직히 말씀드려서 어린 여성분들이라 조금 걱정했던 것도 사실입니다만, 설마 이 정도일 줄이야……."

활활 타오르는 모닥불, 그 옆에 쌓인 장작과 생생해 보이는 마차 말, 그리고 듬뿍 쌓인 뿔토끼 고기를 바라보며 다른 상인이 중얼거렸다.

메비스가 갓 벤 나무는 불이 잘 붙지 않는다면서 쓰러진 나무를 골라 검으로 순식간에 베어 만든 장작.

레나가 회복마법을 써서 체력을 회복시킨 말들.

그리고 마일이 꺼낸 텐트와 사냥감들.

상인들은 지금껏 수도 없이 호위를 고용해왔기 때문에 C등급 헌터의 평균 능력에 대해서는 충분히 파악하고 있었다. 그런데 '붉은 맹세'는 명백히 그것을 능가했다. 싸우는 모습을 굳이 볼 필요도 없다.

국경선은 해가 지기 한참 전에 이미 넘었다.

말이 국경선이지, 딱히 벽이나 철조망으로 구분되어 있거나 감시병이 서 있는 것은 아니었다. 아무도 없는 황무지가 끝없이 이어진 국경에 그런 것을 배치할 예산과 인원도 없었고 그렇게 해봐야 아무런 의미도 없었다.

중요한 도시는 벽으로 둘러싸서 성곽 도시로 만든다. 반면 전략적으로 중요하지 않은 마을에는 그런 수고를 들이지 않는다. 그런 마을의 수호는 병사나 용병, 헌터들의 전투력에 의지했다.

사실 현대 지구에서도 꽤 많은 나라가 국경선이 자유롭다. 아니, 물론 모두 다 그렇다는 것은 아니고 국경선을 엄중하게 지키는 나라 역시 많지만 말이다.

그리고 '국경 감시'의 주목적은 자기 나라로 넘어오는 자를 막기 위함이기도 하지만, 자기 나라에서 달아나는 자를 막기 위함이기도 하다.

*　　*

다음 날 늦은 오후, 다른 가도와 합류 지점을 지나 얼마간 더 나아갔을 때.

마일은 전방에 수상한 낌새를 느끼고 상단을 멈추게 한 다음 모두를 불러 보았다.

"전방에 배치가 수상한 집단이 있어요. 가도 위에 말 두 마리가 멈춰 있고, 말 바로 옆에 서 있는 사람이 여덟. 그리고 그 주위를 둘러싼 사람이 여섯이에요."

"엥, 그 말은……."

레나의 말에 마일이 고개를 끄덕였다.

"네, 아무래도……."

"도적이랑 도적의 습격을 받은 마차?"

"마차 한 대에 사람이 여덟 명이라는 건 짐마차가 아니라 승합마차인 걸까요……?"

메비스와 폴린도 같은 의견 같았다.

"그밖에 근처에 복병 등이 있는 낌새는 없어요. ……가 봐도 될까요?"

마일이 상인들에게 허락을 구했다.

고용된 호위인 이상 고용주의 허락도 없이 그 자리를 이탈할 수는 없었다. 자신들에게 돈을 지불하고 고용한 측은 이 상인들이지, 공격당하는 듯한 마차 쪽 사람들이 아니기 때문이다.

심지어 상대는 여섯, 이쪽은 어린 소녀가 넷이다. 심지어 그중 두 명은 미성년자처럼 보인다.

자칫 보복이라도 당해서 이쪽 상단의 존재가 알려지면 이쪽 역시 피해를 입을 가능성이 있다. 마차에 짐이 가득 실린 상태에서 도적들을 따돌릴 수 있는 속도로 달아나는 것도 도저히 불가능했다.

이대로 조금만 기다리면 무사히 피할 위험을 굳이 무릅쓰는 것은 바보나 하는 짓이며, 그런 바보는 상인으로 부적합하다.

"네, 다녀오십시오!"

……바로 대답했다.

그 말을 듣고 살짝 놀란 표정을 짓는 폴린, 그리고 이를 드러내며 웃는 레나와 다른 일행들.

상인 집안에서 태어난 폴린으로서는 의외로 느껴지는 대답이었을 텐데, 상인의 그 즉답이 마음에 들었는지 폴린도 곧바로 미소 지었다.

"도적 퇴치 보상금이 일인당 3닢. 생포해가면 범죄 노예로 넘기고 받는 대금의 몫이 7닢이니까 총 10닢. 모두 여섯이니까……. 으헷. 우헤헤헤……."

……그리고 그 미소는 살짝 음침했다.

한편 '붉은 맹세'의 실력을 믿고 참전 허락을 내린 상인들은 이길지 질지 걱정하기는커녕 전원 생포가 기정사실인 양 구는 폴린을 보고 쓴웃음을 지었다.

* *

"이제 그만 포기하고 나오시지!"

승합마차를 에워싼 도적들 중 두목으로 보이는 남자가 벌써 몇 번째인지 모르는 위협을 했다.

도적들에게 빙 둘러싸인 이 상태에서 마차를 움직여 강행 돌파하려다가는 속도가 채 붙기도 전에 칼에 베여 떨어지고 말리라. 말고삐 아니면 마부의 어깨 아니면 목 중 어느 하나가 말이다.

도적들은 본격적으로 토벌대가 편성되는 것을 최대한 피하기 위해 승합마차를 공격할 때는 마부와 마차 말, 그리고 마차 본체에 가능한 한 위해를 끼치지 않으려고 하는 습관이 있었는데, 도망치거나 저항할 때는 물론 예외였다. 그래서 보통 마부는 도적의 뜻에 거스르지 않으려고, 저항하거나 무리해서 달아나지 않았다.

마부 역시 남의 목숨보다 자신의 목숨이 훨씬 소중했으며, 그건 아무도 비난할 수 없는 일이었다.

게다가 승객들도 얌전히 따르기만 하면 딱히 살해당하지 않았다. 금품을 빼앗길 뿐, 무리해서 달아나려다가 마차가 옆으로 넘어지는 쪽이 훨씬 생명의 위험이 크다.

다만 여성들은 끌려갈지도 모른다. 그 점은 가엾긴 하지만 그래도 죽이기야 하겠는가. 도적들과 함께 살거나 어딘가에 팔릴지는 알 수 없지만. 하지만 그래도 죽는 것보다야 낫다.

그렇게 생각한 마부는 죄책감으로부터 자신의 눈을 가리고, 마부석에 가만히 앉아 사태를 방관했다.

하지만 승객들은 도저히 가만히 있을 수 없었다.

짐과 장식품 등을 포함해서 가진 돈 전부를 빼앗기는 것도 참을 수 없지만, 무엇보다도 여성과 소녀, 그리고 그 가족들의 입장에서는 그것이야말로 세상의 끝이나 다름없었다.

승객 중에 호위와 어쩌다 타게 된 병사, 헌터가 있을 가능성이 있다. 또 처자식을 지키기 위해 죽음을 무릅쓰고 저항하는 자가 없다고도 장담할 수 없다. 그래서 도적들은 부주의하게 마차에 접근하지 않고 승객들에게 밖으로 나오라고 명령하고 있었다.

하지만 사실 이 마차에 탄 승객 일곱 명 중 도적들과 제대로 싸울 수 있는 자는 거의 없었다.

젊은 헌터가 한 명. 호신용 단검을 지닌 중년 상인이 한 명. 열 살 안팎의 소녀가 한 명. 나머지는 전투력이 거의 제로인 젊은 부부와 그 자식으로 보이는 대여섯 살짜리 여자아이. 그리고 지팡이를 가진, 뼈가 앙상한 노인.

"미안하지만 난 도저히 여섯이나 되는 도적을 상대할 수 없어. 처음부터 무저항으로 나가도록 하지."

그렇게 말한 젊은 헌터를 비난하는 사람은 아무도 없었다. 호위 의뢰를 받은 것도 아닌데 승산 없는 싸움에 나서서 죽으라고 강요할 수는 없으니까.

이제 승객들의 현안사항은 대여섯 살짜리 여자아이를 끌고 가느냐 마느냐 하는 것 정도였다.

그 아이의 어머니와 열 살 남짓한 소녀는 틀림없이 끌려갈 테니 생각할 것도 없다.

하지만 그때 열 살짜리 소녀가 뜻밖의 발언을 했다.

"제가 마법으로 최소 한 명, 가능하면 두 명에게 중상을 입힐게요. 그렇게 하면 부상자를 옮기는 것만으로 힘에 부쳐서 당신들을 끌고 가는 걸 단념할지도 몰라요. 그리 높은 확률은 아니지만 가만히 당하는 것보다는 낫잖아요."

"엥······."

소녀의 말에 젊은 부부가 깜짝 놀라 눈을 동그랗게 떴다.

"그, 그렇게 했다가는 네가 죽을……."

"산 채로 끌려간 뒤의 일을 상상하면 차라리 지금 죽는 게 나아요."

그렇게 말하며 어깨를 으쓱해 보이는 소녀. 담담하게 말했지만 손이 떨렸다. 아직 어린 소녀이니 무리도 아니다.

"그냥 나 혼자 맡으마."

노인의 말에 네? 하고 놀라며 모두의 시선이 집중되었다.

"난 이미 살 만큼 살았어. 앞으로 살날도 얼마 안 남았으니 여기서 공덕을 쌓아 저세상에서 위계를 높이는 편이 더 이익이 아닐까 싶은데, 핫핫핫!"

"차라리 제가 혼자."

단검을 지닌 중년 상인이 뒤이어 나섰다.

"무, 물론 저희도 싸울 겁니다!"

젊은 부부도 그렇게 말했지만, 제대로 싸울 수 있을 것처럼 보이지 않았다.

"당신들, 지금 장난해?! 그렇다면 나도 할 수밖에 없잖아!"

젊은 헌터가 내키지 않는다는 투로 말했지만 얼굴은 웃고 있었다.

"잘 들어. 아가씨가 말했듯 모두 죽일 필요는 없어. 두세 놈만 중상을 입혀서 여자들을 못 끌고 가게만 하면 그 시점에서 우리의 승리야. 그 과정에서 설령 우리가 죽는다고 해도 승리했다는 사실은 달라지지 않아. 싸움이 끝나면 녀석들 역시 남은 사람들을 몽땅 죽이려고 하지는 않을 거야. 그랬다간 습격한 상대를 모조리 죽이는 도적이 등장했다면서, 녀석들에게 상당히 곤란한 방향으로 일이 커지고 말 테니까. 우리가 싸움을 선택했다는 것, 그리고 항복하면 무익한 살생은 하지 않는다는 걸 어필하고 싶겠지. 반대로 녀석들이 전부 쓰러졌을 때 만약 우리가 아직 살아남아 전투력이 있다면……."

젊은 헌터가 히죽 웃었다.

"목숨이 붙어 있는 도적들을 붙잡아서 당당히 왕도에 입성. 토벌 보수를 나누는 거야!"

그렇게 해서 작전회의가 시작되었다.

* *

"작작하고 이제 그만 나와! 얼른 안 나오면……."

아무리 겁박해도 승객들이 마차에서 내리려고 하지 않자, 마침내 마음이 다급해진 도적 두목이 수하에게 턱으로 신호를 주었다.

그 모습을 본 수하 중 하나가 승객을 끌어내리기 위해 마차 객실의 뒤편에서 손을 짚고 올라간 다음 가림막을 들추고 안으로 들어가려는데…….

"으악!"

그만 마차에서 굴러떨어지고 말았다.

"으아아악! 눈이! 눈이이이!"

떨어질 때 땅에 심하게 부딪쳤는데, 그것과는 상관없이 두 손으로 눈을 꽉 누르며 마구 몸부림치는 수하.

"뭐야! 이 자식아, 지금 뭐하는 거야!"

두목이 굳이 물을 것도 없었다. 그냥 봐도 알 수 있다.

두 눈을 찔리고 만 것이다. 단지 그게 전부였다.

그는 손이 자유롭지 않은 상태에서 천막 안으로 고개를 밀어 넣었다. 완전한 무방비 상태로 들어온 절호의 목표물을 찌르는 것은 어린아이라도 얼마든지 가능하리라.

이렇게 해서 승객 쪽의 전력을 들키지 않고 상처 하나 없이, 상대 쪽의 전력을 하나 줄였다.

심지어 철수할 때 이 자를 부축해야 하니, 도적 측은 건재한 사람 한 명의 수고가 더 들어간다.

"제기랄!"

두목이 불같이 화냈지만 마차 안에 쌓여 있는 간이 계단을 연결하지 않는 이상 객실에 들어가려면 팔로 몸을 받쳐 들어 올릴 수밖에 없고, 그럼 객실 내의 공격을 받아도 속수무책이다.

대신 불이라도 쓴다면 값나가는 물건이고 여자고 못 쓰게 되니 아무런 이익도 챙길 수 없다. 그렇다고 이대로 가만히 있을 수도 없는 노릇이다.

"마차 덮개를 찢어버려라! 안에 탄 놈들이 다쳐도 다 자업자득이야!"

두목의 명령에 수하들이 검과 창을 앞세우고 마차로 접근하려고 했을 때.

"움직이지 마!"

바로 뒤 길모퉁이에서 헌터 복장을 한 네 사람이 등장했다.

깜짝 놀란 도적들은 순간 겁에 질렸지만, 상대를 자세히 살펴보니 열두세 살 정도 되는 아이가 둘, 열예닐곱 살로 보이는 소녀가 둘.

베테랑 C등급 헌터라면 혼자 도적 둘을 상대할 수 있지만, 저래서는 자신들 다섯을 절대 당해낼 수 없다. 게다가 네 명 모두 보기 드문 미인이었다.

분수도 모르는 바보인가, 하고 생각한 두목은 히죽 웃으며 망설임 없이 소리쳤다.

"마차 쪽은 뒤로 미룬다. 저 녀석들을 생포하라! 될 수 있으면 다치지 않게 해. 몸값 떨어지니까!"

*　　*

"……저렇게 말하는데요?"

"그럼 우리도 될 수 있으면 죽이지 말고 잡아주자. 다소 다치게 하는 건 상관없어. 나중에 치유마법을 걸면 범죄 노예로 팔 때 몸값도 떨어지지 않을 테니까."

흐흥, 하고 코웃음 치며 마일에게 알리는 레나.

"다 함께 나설 필요는 없어 보이는 상대 같은데요. 누가 할래요?"

"될 수 있으면 다치지 않으면서도 충분히 반성하게 만들려면……, 폴린, 네가 해."

마일이 묻자 레나가 그렇게 대답했고, 폴린이 고개를 끄덕였다.

마일은 도적이 승객을 인질로 삼을 경우에 대비해 언제든 달려

나갈 수 있도록 태세를 갖추었다. 뭐, 설령 인질을 붙잡는다고 해도 어떻게든 되겠지만.

폴린은 소리 내지 않고 속으로 주문을 외웠다.

도적들은 이렇게 어린 소녀가 무영창으로 공격마법을 쓸 거라고는 생각하지 못하고, 영창이 시작된 순간 공격하면 된다고 여기는 모양이었다. 게다가 만약 공격마법을 썼다고 해도 위력이나 속도가 약한 파이어볼 정도라면 충분한 거리가 있고 방심만 하지 않는다면 여유롭게 피할 수 있었다.

어린이 둘은 아예 제쳐두었는지 도적들의 주의는 대부분 메비스에게로 향해 있었다. 그리고.

"……윽?"

"켁!"

"""""크허어어어억!"""""

갑자기 양손으로 얼굴을 감싸고 기절할 듯 쓰러지는 다섯 도적들.

불에 타는 듯한, 이라는 표현도 미온적인, 참기 힘든 격렬한 통증이 눈, 코, 입, 그리고 목구멍을 덮쳤다. 이미 점막 부분뿐 아니라 노출된 뺨과 목둘레, 팔, 다리에도 엄청난 통증이 찾아왔다.

머지않아 옷 안쪽도, 엉덩이의 그곳까지 불에 타듯…….

"으악, 으악, 으아아악!"

"으으윽! 아, 악마, 악마가 나타났다아아!"

다섯 명이 땅을 마구 굴렀다.

폴린의 마법 효과 범위 밖에서 두 눈을 누르며 몸부림치는 남자는 무해해 보여 그대로 내버려두었다.

"……공기 중의 마력이여, 분해하여 그 힘을 소멸시켜라!"

중화마법으로 공기 중에 떠도는 매운 성분을 분해하고, 도적들의 몸에 들어갔거나 달라붙은 것은 그대로 남긴 폴린.

"승객 여러분, 저희는 헌터 『붉은 맹세』입니다! 도적들을 모두 무찔렀으니 안심하십시오!"

마일이 그렇게 소리치자, 들려온 목소리가 소녀의 것이어서 조금 안심했는지 승객 중 하나가 슬금슬금 객실 가림막 사이로 얼굴을 내밀었다.

"엥……, 허억! 우와, 진짜다! 여러분, 진짜예요! 도적들이 다 쓰러지고 소녀 헌터들이!"

밖의 상황을 살핀 후 소리친 상인으로 보이는 자의 목소리에, 가림막이 활짝 젖혀지면서 안에 있던 모두가 모습을 드러냈다.

"오오! 오오오!"

"여, 여보! 사, 살았어, 우리!"

점점 높아지는 안도와 기쁨으로 가득한 목소리.

그리고 폴린이 중얼거렸다.

"……왠지 구조 요금을 많이 청구하기 힘든 분위기네요……."

마구 몸부림치고 날뛰는 도적들의 포박은 팔 힘이 센 마일과 메비스가 맡았다. 물론 밧줄은 마일의 수납에서 꺼냈다.

이번에는 지극히 평범한 밧줄이었다. 필요 이상으로 오버 테크놀로지, 그러니까 '시대를 아득히 초월한 기술'을 사용할 필요는 없었다.

폴린이 상단을 부르러 가고, 레나는 승객들과의 절충 역할을 맡았다.

이런 걸로 돈 벌 생각은 별로 없지만, 아예 공짜로 해줄 수도 없는 노릇이었다. 그런 전례를 남기면 다른 헌터에게 피해가 돌아가므로 금액은 최대한 낮추더라도 '보수를 받았다'는 실적만큼은 만들어 둘 필요가 있었다.

일단은 안전부터 확인하려는지 마차에서 젊은 헌터가 내려와 주위를 살폈고, 뒤이어 다른 승객들이 하나둘 나왔다. 상인으로 보이는 중년 남성, 백발에 흰 수염을 기른 품위 있어 보이는 노인, 어린 여자아이의 손을 잡아끄는 젊은 부부, 그리고 혼자 여행하는 듯한 열 살 남짓의 소녀.

"엥……!"

소녀를 본 레나가 놀라서 소리쳤다.

그 소리에 마일도 포박하던 손을 멈추고 마차 쪽으로 시선을 옮겼다가 경악했다.

"허어어억?!"

긴 방학을 맞아 지방 도시에 있는 친가에 돌아가는 길이던 그 소녀는 사복이 아니라 학원 교복을 입고 있었다.

딱히 사복을 살 돈이 없었던 것은 아니지만 지방 도시에서는 왕도 학원에 입학하는 것을 아주 높게 보기 때문에, "돌아올 때 꼭 교복을 입고 와야 한다!" 하고 부모님이 몇 번이나 신신당부했던 것이다.

한편 레나는 그 교복을 본 기억이 있었다. 물론 마일도.

마일이 주뼛주뼛 소녀에게 물었다.

"저, 저기. 여, 여기가 어느 나라죠……?"

소녀가 영문을 모르겠다는 표정으로 대답했다.

"네? 그, 그게, 브란델 왕국인데요? 아아, 티루스 왕국 쪽에서 오셨나 보군요! 이미 국경선을 지나쳤어요."

"으……."

"으?"

"으아아아아아악~!"

* *

"……그렇게 해서 애클랜드 학원에 입학했답니다!"

왕도의 애클랜드 학원 초급생이라는 프세릴이 기쁜 듯이 말했다.

그 사건이 일어난 후 상단은 편성을 조금 바꾸었다.

선두는 승합마차. 그곳에 도적들을 전부 태웠다. 두 눈을 찔린 도적은 폴린이 치유마법으로 치료해주어 시력이 원래대로 돌아왔다. 그게 온정 때문인지 아니면 범죄 노예로 거래할 때 몸값을 고려해서인지는 확실하지 않다.

두 번째는 원래 상단에서 제일 처음에 섰던 마차. 그곳에 '붉은 맹세'가 전원 탔다. 만일 승합마차에서 무슨 일이 일어났을 경우 곧바로 파악하기 위해서였다.

그리고 그렇게만 해서는 승합마차가 터져나갈 듯 꽉 차고 어린 소녀에게 오물을 보여주는 것은 교육상 좋지 않았기 때문에 젊은 부부와 그 딸은 마지막 마차에 타고, 그리고 열 살 소녀 프세릴은 '붉은 맹세'와 같은 마차로 이동하게 되었다.

짐마차에 공간을 만들기 위해 짐의 일부는 마일이 수납에 넣었다. 그걸 목격하고 할 말을 잃은 상인들의 모습에 왠지 미안한 생각이 들긴 했지만.

그리고 레나는 승객들과 보수 협상에 나섰다.

하지만 말이 협상이지, 레나가 폴린의 불평을 무릅쓰고 제시한 가격이 무척 저렴했기 때문에 승객들은 불만을 느끼기는커녕 뛸 듯이 기뻐하며 기꺼이 받아들였다. 그리고 그 김에 목적지까지 동행을 부탁해서, 속도가 느린 짐마차에 맞춰주는 조건으로 상인들의 허락을 구한 후 계약을 맺었다.

불과 조금 전에 생명과 재산을 잃을 뻔하지 않았는가. 그러니 절대 무적인 호위가 같이 가준다면 승객들에게 있어서 약간의 추가 요금쯤이야 싸게 느껴지는 법이었다.

현지에서의 긴급 지명 의뢰로 간주되기 때문에 사후 처리가 되는데, 심사를 거쳐서 승인을 받으면 정식 길드를 경유한 것이나 마찬가지여서 수수료가 발생해도 공적 포인트가 틀림없이 붙는다. 레나가 너무 싼 값을 부른지라 수수료도 적어 길드 쪽에서 시큰둥하게 나오겠지만…….

이번에는 승객들이 별로 유복해 보이지 않았고, 어차피 원래 가는 방향이어서 수고스럽지도 않았으며, 폴린을 제외하면 남의 약점을 이용하는 짓을 별로 내키지 않아 한다는 점도 작용해 가격이 아주 저렴했는데, 사실 현지에서의 긴급 지명 의뢰란 상대의 약점을 이용해서 도가 지나친 금액을 제시하는 것이 상식이었다.

여하튼 그렇게 해서 프세릴로부터 여러 가지 이야기를 전해 들은 '붉은 맹세' 멤버들이었는데…….

마일이 결국 참지 못하고 신경 쓰이는 부분을 묻고 말았다.

"저기, 혹시 그 학원에 고양이가 있지 않나요?"

프세릴은 살짝 놀란 표정을 지었다가 금세 생글거리며 대답했다.

"아, 네! 그런 경우가 자주 있나 봐요? 애클랜드 학원에도 살고 있어요.『벌레잡이』님이."

"""버, 벌레잡이?!"""

"님?!"

레나, 메비스, 폴린은 그 과도한 이름에. 그리고 마일은 '님'이라는 높임말에. 저마다 경악해서 소리쳤다.

"네, 여신님의 사자『벌레잡이』님이요. 여신님의 총애를 받은 최고의 세 자매『원더 쓰리』언니들 곁을 지켜주신답니다. 그리고 이따금 저희 초급생과 중급생의 기숙사에도 친히 들르셔서 벌레와 쥐를 잡아주십니다."

"""…………."""

레나가 조용해진 마일 쪽을 슬쩍 쳐다보니, 마일이 눈에 흰자만 보인 채 거품을 물고 있었다.

*　　*

야영할 시간이 되자 프세릴은 승합마차 승객들과 합류했다.

그리고 저녁을 먹은 후.

"……마일. 이 나라 맞지?"

"……네……."

"그런데 지금, 왕도로 가고 있는데. 상단이랑 승합마차, 이중계약을 해버리는 바람에."

"…………."

마일은 레나의 말에 대답할 수 없었다.

승합마차 쪽은 교복을 보고 상황을 눈치챘으면서도 레나가, 하고 생각한 메비스였지만, 물론 여기서 그런 말을 입 밖으로 꺼낼 만큼 바보는 아니었다.

"마일, 넌 어떻게 하고 싶어?"

"……어요……."

"응? 뭐라고 했어?"

"마, 만나고 싶어요오! 인사도 못하고 헤어진 친구들을, 만나고 싶어요오!"

훌쩍거리기 시작하는 마일의 머리를 레나가 가볍게 쓰다듬어 주었다.

"그래도 괜찮아. 너, 이제 겨우 열세 살인걸. 더 어리광부리고, 더 떼써도 돼. 양성 학교 동기생이기는 하지만, 우리는 너보다 훨씬 나이가 많은 언니들이잖아."

"흑, 흐흑, 우에에에엥……!"

레나에게 매달려 엉엉 우는 마일을 보며 다정하게 미소 짓는 폴린. 그리고 두 손을 쥐었다 폈다 하며 안절부절못하는 메비스.

아무래도 레나를 대신하고 싶은 모양이었다.

하지만 레나에게 그럴 생각이 전혀 없는지 무시해버리자, 메비스는 어깨를 힘없이 떨어트렸다.

제41장 그리운 왕도로

그리고 며칠 후.

상단과 승합마차는 무사히 왕도에 도착해서, 각각의 의뢰 완료 증명서와 승합마차 쪽의 의뢰비를 직접 받았다.

상인 쪽은 길드에 항상 어느 정도의 돈을 공탁하기 때문에 길드를 통해 보수를 받는 반면, 승합마차 쪽은 경영자가 아니라 승객이 마음대로 의뢰한 것이어서 승객들에게 직접 받아야 했다. 그리고 길드를 통하지 않은 것으로 하면 전액을 얻을 수 있지만, 사후 처리로 길드가 끼게 되면 길드의 몫을 떼어 주어야만 한다.

따라서 보통은 무사히 끝낸 일에 군이 길드를 끼워서 수수료를 내는 자는 별로 없다. 하지만 '붉은 맹세'는 공적 포인트와 B등급 승격을 중요하게 여겼고 금전적으로 그리 아쉬움이 없었기 때문에, 현지 지명 의뢰라는 포인트로 보나 파티의 신뢰도로 보나 구미가 당기는 일은 길드를 통하고 싶었던 것이다.

네 사람은 상업 길드 앞에서 상단, 승합마차 승객들과 헤어진 후 헌터 길드로 향했다.

마일은 가문(街門)을 통과하기 전부터 마차 안에 계속 있다가 상단과 헤어지자마자 일단 모두를 기다리게 한 후 뒷골목으로 들어갔다. 그리고 곧바로 대로로 돌아왔을 때 마일의 머리카락은 금색으로, 또 눈동자의 색깔은 갈색으로 바뀌었으며 얼굴 역시 낯설게 변해 있었다.

머리카락과 눈동자는 색소 변환. 그리고 얼굴은 광학적인 변환처리에 의한 카무플라주였다. 전체적으로 극단적으로 바뀌지는 않았지만 그래도 인상이 확 달라져 도저히 동일인물로는 보이지 않았다.

마일 이외에는 그대로였다. 이 나라에는 아는 사람이 없었고, 설령 있어도 마주친다고 해서 문제될 게 전혀 없었으니까. '아델'이라는 정체가 노출되면 곤란한 마일을 뺀 나머지 멤버들에게 이 도시는 그저 여행 중인 곳에 지나지 않았다.

그래서 마일이 변장한 지금, 네 사람은 마음 놓고 길드로 향했다.

메비스의 손에는 밧줄이 쥐어져 있었고 그 끝에는 남자 여섯 명이 이어져 있었다. 승합마차에서 내리게 한 도적들이었다.

남자들은 양 손목은 물론 팔 자체가 몸에 딱 붙게 꽁꽁 묶인, 꼭 번데기 같은 상태여서 전속력으로 달리는 것이 불가능했으며 '당기면 확 줄어들도록 묶은' 밧줄이 목에 걸려 있었다.

그렇다, 편집광(偏執)인가 하는 의심이 들 정도로 절대 달아날 수 없게 정성껏 포박했던 것이다.

누가 그렇게 묶었는지는 알 수 없다.

오랜만에 오는 브란델 왕국의 왕도였다.

마일은 이 도시에 1년 하고도 2개월을 머물렀는데, 이곳의 헌터 길드에는 가본 적이 없었다.

긴장해서 길드 안으로 발을 들이자 도어벨 소리와 함께 쏠리는 시선. 그 시선들은 곧바로 신입 헌터냐, 하고 흥미를 잃고 다시 제자리로 돌아갔다. 지금까지 각지 길드에서 수도 없이 겪어 익숙한 광경이었다.

"실례합니다. 호위 의뢰 완료랑 현지 긴급 의뢰의 사후 처리를 부탁드려도 될까요?"

"아, 네. 이쪽으로 오세요!"

입구 근처에서 마일이 보고하자, 긴급 의뢰 처리는 수속이 조금 복잡하다며 접수원 아가씨가 카운터에서 나와 상담용 테이블로 안내했다.

그녀의 뒤를 잇는 마일, 레나, 폴린, 메비스, 그리고 메비스가 잡은 밧줄에 끌려서 문을 통과해 주뼛주뼛 길드 안으로 들어오는 여섯 명의 도적들.

""""뭐얏!""""

테이블 석에 있던 헌터들과 카운터 너머의 길드 직원들이 자기도 모르게 자리에서 일어났다.

"아, 죄송해요. 도적 인수도 부탁드립니다."

마일이 당황하며 처리 추가를 신청했다. 정말로 깜박 잊어버렸던 것이다.

*　　*

길드에서의 수속은 무사히 끝났다.

현지 긴급 의뢰의 사후 처리도 심사가 순조롭게 진행되어 도적 포획 보상금, 범죄 노예 대금의 배당금도 예상액대로 받았다. 그리고 승합마차 마부로부터 받은 봉투를 열었을 때, 그리 많지는 않아도 승합마차 조합에서 준 보상금이 들어 있었던 건 뜻밖이었다.

금액은 적지만 이런 것을 받으면 '길드의 명예를 드높였다'라는 이유로 공적 포인트를 받을 수 있었다. 그래서 입이 귀까지 걸려 길드를 나서는 '붉은 맹세'의 네 사람이었다.

"으음~……."

'붉은 맹세'가 나간 후 그녀들을 응대했던 접수원이 생각에 잠겼다.

"왜 그래? 체렌?"

동료가 걱정스레 묻자 그녀는 아무래도 개운치 않은 듯한 표정으로 대답했다.

"으음, 왠지 낯이 익어서. 아까 그 애들……. 저렇게 어리고 귀여운 아이들이 고작 넷이서 상처 하나 없이 여섯이나 되는 도적을 큰 부상도 입히지 않고 포박하다니, 그런 파티를 알고 있다면 절대 잊어버릴 리가 없는데 말이야……. 아아, 생각이 안 나! 답답해라!"

하지만 떠오르지 않는 것도 당연하다.

아는 사람을 쏙 빼닮은 인형을 봤으면 눈치챌지도 모르지만, 반대로 인형을 쏙 빼닮은 사람을 봤을 때는 아무래도 확 와 닿지 않는 법이다. 심지어 늘 눈에 익숙한 자기 인형이라면 모를까 몇 번 힐끔 본 것이 전부인, 상사의 책상 위에 놓여 있는 인형이라면 말이다.

게다가 그중에서도 유독 시선을 끄는 은발 인형에 해당하는 사람이 모습을 바꾸었다면.

"으음, 으음……."

"아. 정말! 그만 포기하고 얼른 일이나 해!"

이름이 체렌이라는 접수원 아가씨는 동료에게 잔소리를 듣고 생각을 단념했다.

이리하여 어쩌면 있었을지도 모를 역사의 분기점 중 하나가 사라지고 말았다.

그날 마일 일행은 숙소를 잡지 않았다. 마일의 존재를 들킬 위험을 최대한 피하려고, 오늘 밤 용무를 끝마치면 바로 왕도를 떠날 예정이었기 때문이다.

"그럼 저쪽의 식사 후 시간을 가늠해서 가자. 편지는 다 썼어?"

"아. 네. 다 썼어요……."

마일은 수납에서 꺼낸 편지를 레나에게 건넸다.

"그럼 우리도 빨리 식사를 끝낼까. 마일, 그렇게 걱정스러운 표정을 짓지 않아도 돼. 쥐도 새도 모르게 잠입할 테니까!"

레나는 마일이 맡긴 편지를 품속에 넣으며 그렇게 말하고는 송곳니를 드러내며 활짝 웃었다.

＊　＊

　저녁 무렵, 이미 한참 전에 수업을 마치고 과외 활동 그리고 기숙사의 저녁 식사 시간까지 슬슬 끝나가려 할 때쯤.

　세 소녀가 애클랜드 학원의 정문을 통과했다.

　수업 후 짧은 외출을 마치고 돌아온 학생이리라. 학교 교복을 입은 붉은 머리 소녀와 혼자 단련하러 갔다 왔는지 운동복 차림에 신체 일부가 유난히 큰 소녀. 상급생이겠지만 도저히 12~13살로는 보이지 않는 그 몸매에 경비의 시선이 노골적으로 못 박혔다.

　그리고 마지막 하나는 아마도 그녀들의 언니나 그 비슷한 사람이겠지. 금발에 검사처럼 보이는 소녀가 살짝 어색한 동작으로 함께 문을 통과했다.

　문제없다. 자신이 막아야 할 대상인 수상한 자의 침입과는 거리가 한참 먼 광경이다.

　경비원은 그대로 감시를 이어갔다.

＊　＊

똑똑!

"누구세요?"

누가 방문을 노크해서 마르셀라가 묻자 문 너머에서 목소리가 들려왔다.

"도둑……."

"너 지금 뭐라는 거야!"

"아니, 마일이 이럴 때는 그렇게 대답하는 게 관례라고……."

"도대체 어디 관례야?! 수상하게 여기면 어쩌려고 그래!"

이미 충분히 수상했다.

마르셀라는 양손의 중지로 관자놀이를 문질렀다.

뭔가, 이런 종류로 피곤해지는 게 오랜만이어서 조금 그리운 생각도 들었다.

"……누구신지?"

"도둑……."

"아, 좀 그만하라고!"

초급생이 갓 입학했을 무렵에는 이런 일이 종종 있었다.

대화를 나누고 싶어서.

친구가 되고 싶어서.

스루(여동생)로 삼아 주세요!

저에게도 여신님의 가호를!

제가 원더 쓰리에 들어가 드릴게요. 그럼 오늘부터는 원더 포네요. 호호호.

하지만 그런 건 전부 배제시켰다. 그러니 이제 와서 찾아오리라는 생각은 들지 않았다.

어떻게 할지 고민하고 있는데 이번에는 작은 목소리가 들려왔다. 저렇게나 큰 소리로 다 떠들어놓고 왜 이제 와서 갑자기 작은 목소리로······.

그렇게 생각하면서도 인간의 습성이 원래 그런지라 자기도 모르게 귀를 기울이는 마르셀라였다.

"빵집. 공기를 꼭 비틀어. 흰 꼬리의 뼈. 새엄마와 데려온 아이. 어느 시골마을······."

쾅!

"으악!"

문에 얼굴을 바싹 대고 소곤거리던 레나.

그리고 갑자기 활짝 열린 문.

레나는 코피를 쏟으며 그 자리에 쓰러졌다.

＊　　＊

"······죄송합니다."

몇 분 후.

폴린의 치유마법으로 겨우 코피가 멈추고 통증도 멎은 레나.

"음, 뭐 일부러 그런 것도 아니니까 괜찮아······."

그 후 마르셀라는 허둥지둥 세 소녀를 방 안으로 안내한 다음 곧바로 모니카와 올리아나를 불렀다. 모니카와 올리아나는 저마다 자기 의자를 들고 마르셀라의 방을 찾았다.

레나와 메비스, 폴린은 침대에 걸터앉았고, 마르셀라와 모니카, 올리아나는 각각 의자에 앉아 서로 마주 보았다.

대화는 위에서 내려다보는 위치에 있는 쪽이 위압 효과가 있어서 심리적으로 유리해진다. 마르셀라는 그것까지 고려해 자리를 이렇게 배치했던 것이다.

그리고 일단 다치게 한 것을 사과했다.

다른 일은 그렇다고 쳐도 그것만은 제대로 사과해야 성에 찰 것 같았다.

하지만 그것만 끝나면 양보란 없다.

"그럼 본론으로 들어가죠. 당신의 그 교복 리본타이 색깔은 상급생의 것이죠. 우리 학년에 당신 같은 사람은 없어요. 그리고 운동복 차림인 거기 당신. 그것도 상급생 체육복 색깔이고, 당신 역시 우리 학년에서는 본 적 없어요. 즉, 가짜 학생, 불법 침입자인 거네요. 이 학원의 학생은 과반 이상이 귀족의 자녀입니다. 그런 이곳에 침입했다는 건 물론, 사형당할 각오가 있다는……."

그 말에 얼굴에서 핏기가 가시는 세 사람.

"자, 잠깐! 이, 이걸!"

레나가 허둥지둥 대나무 줄기를 반쯤 갈라 사이에 끼운 편지를 품에서 꺼냈다.

그것을 내밀며 레나가 소리쳤다.

"토, 통촉하여 주시옵소서어어~!"

"뭐, 뭐에요. 그 이상한 말투는……."

"아니, 이럴 때는 이렇게 말하는 거라고 마일이……."

레나도 남에게 뭐라고 할 처지가 못 됐다.

"도대체 뭔가요, 이게……."

그렇게 물으면서도 편지 같다고 판단한 마르셀라는 대나무 줄기에서 편지를 빼냈다. 그리고 일단 뒤로 뒤집어 보았다.……보낸 사람의 이름이 없었다.

하지만 물론 마르셀라는 알아차렸다.

문 밖에서 속삭이던 목소리. 그리고 왠지 낯익은 이 세 사람.

그렇다, 어딘가에서, 그것도 살아 있지 않은 몸뚱이로 본 기억이 있는 세 소녀.

그리고 풀가동되는, 아델 시뮬레이터……

"지능을 낮추고 상식을 제쳐두고 깜박하는 성분을 다섯 배로 끌어올려서……"

마르셀라가 이상한 주문을 외자 살짝 깬다는 표정의 레나 일행, 그리고 또 시작됐네 하며 아무렇지도 않은 표정인 모니카와 올리아나.

바로 그때.

"거기군요!"

마르셀라가 갑자기 메비스의 옆, 아무것도 없는 공간으로 오른손을 쑥 내밀었다.

뭐야, 하며 모니카와 올리아나가 경악했다.

아무것도 없었던 공간이 흔들리더니 사람의 형상이 나타났다. 마르셀라에게 멱살을 붙잡힌 채.

"으아아악!"

""허어어억!""

소리치는 그림자 그리고 비명을 지르는 모니카, 올리아나.

"거기 있을 줄 알았어요!"

"어, 어떻게……"

마르셀라는 의기양양한 표정이었고, 마일은 완전히 모습을 드러내며 아연실색했다. 그리고 그 모습을 본 모니카와 올리아나는 눈이 휘둥그레졌다.

마일은 광학 조작으로 한 변신 마법을 이미 해제한 상태여서 원래 얼굴과 은발로 돌아와 있었다.

그리고 마구 동요하며 믿을 수 없다는 표정을 지었다.

알 리가 없는데. 절대로 있을 수 없는 일이라고!

그렇게 생각하는 마일에게 마르셀라가 아무렇지 않게 말했다.

"……어떻게 알았냐고요? 그야 간단하죠. 당신은 아델 씨이고, 저는 마르셀라이니까요. 제가 당신을 못 찾을 거라고 설마 정말 그렇게 생각한 것은 아니겠죠?"

그리고 점점 찌푸려지는 눈썹.

눈가에 맺히는 물방울.

마르셀라가 마일을 꼭 끌어안았다.

"흑……, 흐흐, 흑……."

"아델!"

"아델 씨!"

마르셀라에 뒤이어 양쪽에서 모니카와 올리아나가 끌어안자, 마일 역시 엉엉 울음을 터트렸다.

그 모습을 보며 덩달아 눈시울을 붉히는 메비스와 살짝 언짢은 듯 볼을 부풀리는 레나.

그리고 마일을 안고 눈물 흘리면서도 곁눈질로 레나의 표정을 야무지게 확인하는 마르셀라였다.

'……라이벌, 이군요!'

마일은 아무것도 모르고 하염없이 울기만 했다.

왠지 무서운 일이 일어날 듯한 예감이야. 폴린은 그런 생각이 들었다.

* *

"……그래서 제가 달아난 후에 상황은 어땠나요……?"

모두 겨우 진정하고, 정보 교환 시간에 들어갔다.

일단 방음과 진동 차단 결계를 치고 난 마일의 질문에 마르셀라가 세 사람을 대표해서 대답했다.

"왕궁에 연줄을 좀 만들어 놔서 꽤 정확한 정보를 입수할 수 있게 됐어요. 우선 그게, 정말 말하기 어려운데 아델 씨, 당신의 아버님은 돌아가셨어요. 어머님과 할아버님을 살해한 것도 모자라 유일한 정통 후계자인 아델 씨를 쫓아내고 아스컴가(家)를 차지하려 한 죄를 물어, 사형에 처해졌답니다. 사형 3회에 해당하는 중죄였기 때문에, 아무리 옹호해줘도 사형은 면할 수 없었다고 해요. 뭐, 어차피 아무도 옹호해주지 않았다고 하지만……. 아, 아델 씨, 아버님은 데릴사위여서 정식 계승권이 없고 아델 씨가 정식으로 물려받을 때까지의 대리인일 뿐이며, 아스컴가의 핏줄인 정통 후계자는 아델 씨가 유일하다는 걸 알고 계시나요?"

마일이 고개를 끄덕였다.

정식으로 들은 것은 아니지만 미사토의 의식을 각성한 후로 그때까지 아델이 보고 들었던 기억과 일어난 일을 상세히 분석 검토한 결과, 그럴 확률이 상당히 높다고 판단했던 것이다.

그리고 그 남자가 아무리 지독하다고 해도 마일에게는 친아버지이다. 마일, 그러니까 아델의 심정을 헤아려 침통한 표정을 짓는 마르셀라였는데 정작 마일은 아무렇지도 않았다.

그 남자는 의식이 통합되기 전, 그러니까 미사토의 자의식이 없었을 때 아델의 기억 속에 있는 것이 전부였고, 그것도 결코 많은 양이 아닌 데다가 썩 좋은 추억도 아니었다.

아무런 감흥도 없는 타인.

아니, 다정했던 어머니와 할아버지를 죽이고 각성 전의 아델을 학대한 악인.

마일에게 아버지는 단지 그런 의미에 불과한 인간이었다.

결국 마일에게 아버지는 전생에서 미사토의 아버지가 유일했던 것이다.

"……그런가요. 다른 분들과 아스컴가는 어떻게?"

전혀 동요하지 않고 태연한 마일의 태도에 내심 놀라면서도 마르셀라는 설명을 이어갔다.

"새어머니도 같은 죄목이었어요. 그밖에도 협력자와 실행범, 뇌물을 받고 위증한 자, 보고도 눈감아준 자 등은 저마다 그에 상응하는 벌을 받았답니다."

"새 동생은, 프리시는 어떻게 됐나요?"

"아아, 그 아이는 부모가 꼬드기는 바람에 그런 언동을 했을 뿐이지, 어린아이에게는 죄가 없다는 결론이 나왔어요. 하지만 부모가 중죄로 처분당하고, 귀족 신분도 박탈당한 어린 소녀의 미래야 뻔하죠. 그래서 수도원에 보내자는 이야기가 나온 모양인데, 아델 씨의 친가 쪽에서 아들은 구할 수도 구할 생각도 없지만, 손녀만은 구하고 싶다며 양녀로 들였다고 해요. 폐하도 그걸 허락해주셨고요. 아무래도 우리는 자비심이 깊은 왕을 섬기고 있는 것 같아요. 귀족 신분이 아니라 평민 취급으로, 계승권 따위도 없지만, 귀족 가문의 신세를 지는 평민으로서 나름대로 행복은 거머쥘 수 있지 않을까요……?"

"다행이에요……."

그동안 못 되게 굴었던 프리시지만, 그래봐야 어린아이의 짓궂은 행동일 뿐 목숨이 걸린 심각한 상처를 준 적은 없었다.

단지 부모를 잘못 만났을 뿐인 새 동생이, 너무 힘든 일을 당하지 않고 나름대로의 인생을 걸어갈 수 있게 되었다는 사실을 알자 마일은 반사적으로 중얼거리며 기쁜 미소를 지었다.

'역시 아델 씨는 이런 사람이군요. 친구 된 보람이 있다니까요!'

'마일은 일관적으로 애가 착하다니까…….'

옛 친구, 새 친구 할 것 없이 모두 비슷한 생각을 하고 있었다.

"그리고 아델 씨. 아스컴 자작가는 당신이 대를 잇게 되었어요. 본인이 자리를 비운 상태지만 폐하가 정식으로 수속을 밟고 그 뜻을 왕궁 회의석상에서 선언하셨답니다. 그러니까 지금은 당신이 아스컴가 당주, 아델 폰 아스컴 자작 각하예요. 지금은 폐하가 대관을 세워 영지를 운영하게 하셨는데, 아델 씨를 노리는 가족 문제도 이제 더는 없으니까 아델 씨가 돌아오시는 대로 인수인계를 하고 영주의 임무를 맡게 할 예정이라든가……. 또 현재는 불상사를 일으킨 귀족 가로 여겨지는 아스컴 자작가이지만, 아델 씨가 운영하기 시작한 시점에서 나라로부터 영지 경영 전문가와 명망 높은 가령, 집사 등을 파견해서 영지의 발전을 도와주시고, 영지 발전의 공적을 제3왕녀 모레나 전하의 일까지 더해 백작으로 승작, 그 후로 왕태자 전하와 혼약 또는 제2왕자 전하와 혼약. 전자의 경우는 다시 대관을 세워 언젠가 2세가 태어나면 이어받게 하고, 후자의 경우는 결혼과 동시에 공작 가로……."

"자, 그럼 이 나라에서 볼일도 다 끝났으니 슬슬 다음 나라를 향해 출발해볼까요!"

"""응!"""

"앗?"

갑자기 자신의 말을 뚝 자른 아델의 당돌한 발언, 그리고 그에 찬성하며 자리에서 일어서는 소녀들을 보고 마르셀라가 당혹스러워했다.

"무, 무슨? 잠깐, 기다려요. 어딜 간다는 거예요! 모니카 씨, 문 앞을 막아요! 올리아나 씨, 창문을 맡아 주세요! 도망갈 수 없어요오옷!"

          *   *

""""""""""하아하아하아하아………."""""""""

지쳐서 방에 쓰러진, 옷이 엉망진창이 된 일곱 소녀들.

그렇다, 마침내 울트라 파이트, 가 아니라 캣 파이트(여자들 싸움)가 끝난 것이다.

"뭐, 뭐야, 이 녀석들은! 어째서 우리가 나이도 어린 그냥 학생한테 진 거냐고!"

밑에 깔린 채 소리치는 레나.

그렇다, 싸움은 『붉은 맹세』의 완패였다.

학원의 여자 기숙사 방에서, 헌터가 아닌 평범한 학생을 상대로, 심지어 상대가 잘못한 것도 없는데 위해를 가할 수는 없었다.

그래서 불마법을 비롯한 살상력 높은 마법을 쓰지 못하고 오로지 완력과 구속 계열 마법으로 상대를 제압하고 달아나려고 했던 '붉은 맹세' 멤버들이었는데, 완력은 없어도 시간 손실이 거의 없이 쓸 수 있는 구속 마법과 물마법에 맞서지 못하고 너무 쉽게 제압당하고 말았던 것이다.

"어, 어째서……."

아무리 제한을 걸었다고는 하나 구속마법으로 간단히 제압당해 어이없어하는 마일에게, 마르셀라가 의기양양한 표정으로 대답했다.

"아델 씨, 당신이 떠난 1년이 넘는 시간 동안 우리가 그냥 놀고만 있었을 것 같아요?"

"으윽……. 아, 아무리 그래도 너무 많이 늘었잖아요……."

마일은 울고 싶은 심정이었다.

"그럼 하던 이야기를 계속 이어가 볼까요?"

*　　*

"……그럼 영지를 팔아 현금을 받는 건……."

"그게 가능할 것 같나요!"

영지와 작위를 내던지고 싶어 하는 마일의 제안을 마르셀라가 곧바로 부정했다.

"영지는 국왕 폐하께서 맡기신 것. 그걸 지키고 유지 및 관리하고, 발전시키는 대가로 귀족이라는 특권을 부여받는 거라고요! 멋대로 팔 수 있는 게 아니란 말입니다!"

메비스도 고개를 마구 끄덕였다.

"그럼 폐하께 돌려드리는 걸로 하면……. 혹은 친척에게 물려준다거나."

"뭐, 보통은 그럴 수 있겠죠. 불상사가 일어난 영지는 몰수하거나 멸문 등으로 번질 수도 있고, 당주는 칩거하게 하고 아이는 신분을 박탈하고 먼 친척이 이어받도록 하는 것도 있겠죠. 다만 그건 일반적인 경우일 때예요. 아델 씨, 당신은 안 돼요."

"엥?"

마일의 제안을 마르셀라가 딱 잘랐다.

"그도 그럴 게, 아델 씨는 국왕 폐하가 절대 놓아줄 리 없으니까요. 당신의 할아버님의 여동생의 아들인가 뭔가 하는 분이, 자신에게 아스컴 자작가의 상속권이 있다고 억지를 부렸는데 폐하가 물리치셨답니다. 정통 후계자가 있다고 몇 번이나 설명해도 도망쳐서 행방불명이 된 사람 따위 지위를 박탈해야 한다고 주장하면서 아주 집요하게 달라붙기에, 장차 아델 씨에게 위해를 가하거나 어떤 걸림돌이 되면 안 된다면서, 그러니까, 가여운 결과로…… 국왕 폐하는 무슨 수를 써서라도 아델 씨를 아스컴 자작가의 당주 자리에 앉히시려는 것 같아요, 그런 걸 보면…….”

“…………..”

마일, 아연. 아연 샐러드유 세트. (‘아젠 샐러드유 세트’라는 제품의 패러디. 브랜드명인 ‘아젠’은 ‘아연’과 발음이 같다)

“어, 어떻게 해야…….”초조해하는 마일과 레나 일행.

냐옹

바로 그때, 검은 고양이 한 마리가 창문을 통해 방으로 들어왔다.

“앗, 흰 꼬리!”

오랜만에 만난 흰 꼬리, 또 다른 이름 ‘벌레잡이’가 등을 비비자 마일이 미소를 되찾았다.

“……저거, 그냥 냄새를 묻히는 거지?”

“그게 아니라 그저 등이 가려워서 그런 거 아닌가요?”

“이 녀석은 내 하인이다, 하고 소유권을 주장하기 위해 어필하는 거 아니야?”

“시, 시끄러워요!”

메비스, 폴린, 레나의 주장에 드물게도 발끈하는 마일이었다…….

그 후 한참을 필사적으로 설득한 끝에, 마침내 마르셀라 일행은 마일을 놔주기로 했다.

"하긴, 아직 약혼이나 결혼 같은 걸로 구속당하기에는 너무 이른 나이니까요. 우린 아직 열두 살밖에 안 됐으니까……. 조금 더 자유를 만끽하세요."

마르셀라가 그렇게 말했지만, 생일이 빠른 마일은 이미 열세 살이었다.

"마, 마르셀라 씨……."

눈물을 글썽거리는 마일.

"아직은 시간에 여유가 있죠? 그날 이후로 어떻게 지냈는지 들려주세요."

"아, 넷!"

그렇게 해서 마일, 아니 아델이 학원을 떠난 후에 서로 어떻게 지냈는지 털어놓는 마일과 마르셀라 일행.

레나와 다른 멤버들은 묵묵히 그 모습을 지켜봐 주었다. 자신들은 마일과 나중에 얼마든지 이야기를 나눌 수 있다면서, 마르셀라 일행에게 있어서 무척 소중하고 짧은 이 시간을 방해할 생각이 없었다.

* *

"이제 슬슬 됐지?"

그대로 내버려두면 동이 틀 때까지 네 사람이 이야기가 이어질 듯하자 마침내 레나가 끼어들었다.

너무 늦어지면 상황이 어려워진다. 저녁 무렵에 출입하는 학생은 보고도 그냥 넘어갈 수 있지만, 늦은 밤이나 평일 아침에 학원을 나가는 학생에게는 경비원이 외출증 제시를 요구할 게 뻔하다.

아쉽지만 무슨 일이든 끝이 찾아오기 마련이다. 그걸 모르는 마르셀라 일행이 아니었다.

"어쩔 수 없네요. 하지만 이게 이번 생의 마지막 만남인 건 아니겠지요. 조만간 또 만날 수 있겠죠? 아델 씨."

"그, 그럼요. 물론이에요!"

그리고 마지막 아쉬움을 달래는 마일, 마르셀라, 모니카, 올리아나.

"아, 맞다!"

마르셀라가 갑자기 생각났다는 듯 말했다.

"우리, 감시가 따라붙었어요. 아무리 그래도 학원 내에서는 감시하지 않지만 밖에 나갈 때는 늘 감시하는 사람이 있고, 학원을 출입하는 학생이랑 관계자 이외에는 미행이 붙어 조사한대요."

"""""헉…….""""""

마일 일행의 얼굴이 그대로 굳었다.

"아아, 하지만 이번엔 괜찮을 거예요. 다행히 아델 씨를 못 봤을 거고 학생 교복을 입으신 두 분과 그 언니로 보이는 분이니 분명 아무 의심도 안 했을 거라고 봐요. 지금이라면 동생을 살피러

온 언니가 집으로 돌아가고, 여동생이 그걸 배웅한다고 생각하겠죠. 그래도 다음에 오실 때는 조심하세요. 또, 저희 앞으로 오는 편지나 물건은 분명히 전부 뜯어서 조사하고 있을 거예요. 예전에 아버지께 부탁해서 함부로 열어보면 뒤섞이는 카드를 실험삼아 받아봤는데, 포장도 미세하게 비뚤어졌고 카드 순서도 뒤죽박죽이더라고요. 전체적인 상태가 이미 한 번 뜯어봤다는 걸 가리켰어요."

"""""…………."""""

모두 마르셀라의 치밀함에 아연실색했다.

'이, 이 아이, 마일이랑 동갑 맞지……? 아니, 마일도 평소에는 어리바리하지만 중요한 순간에는 머리가 꽤 잘 돌아가는데. 무서워, 브란델 왕국의 하급 귀족!'

'난 그런 걸 눈치는커녕 짐작도 못 할 텐데……. 열두 살짜리 애한테도 못 미치다니 한심하다…….'

레나와 메비스는 아직 열두 살에 불과한 마르셀라의 통찰력에 놀라움을 감출 수 없었다. 폴린만이 흐음, 좀 하는군요, 하고 여유로운 표정을 지을 뿐이었는데…….

하지만 레나 일행은 다들 모르고 있었다.

늘 '원더 쓰리' 리더로 주도권을 쥔 마르셀라이지만, 사실 이 셋 중에서 정말 머리가 좋은 사람은 마르셀라가 아니라 얌전해서 눈에 잘 띄지 않는 올리아나라는 사실을 말이다.

그리고 그 올리아나는 모든 정보를 기억하고 분석하기 위해 별로 말하지 않고 경청하고만 있었다는 사실도.

늘 마르셀라를 앞세우지만 중요한 순간에는 마르셀라를 잘 유도해서 가장 좋은 답으로 인도한다. 마르셀라가 스스로 그렇게 판단했다고 여기게 하면서.

귀족 전형이나 일반 입학이 아니라 가장 어렵다는 장학생 전형으로 입학한, 가난한 평민 올리아나. 사실은 '원더 쓰리'의 조커였던 것이다.

＊　＊

학원을 뒤로한 '붉은 맹세' 일행.

그냥 평소대로 걸어서 당당하게 정문을 나왔다. 물론 마일은 광학 위장으로 스텔스화해서, 육안으로는 확인할 수 없는 상태였다.

메비스가 경비원에게 가볍게 고개 숙이니, 그도 미소를 지으며 오른손을 살짝 들었다.

"자, 이쯤 해서 옷을 갈아입을까요? 저기서 왼쪽으로 들어가요."

학원에서 조금 떨어진 곳까지 오자, 광학 위장 때문에 모습이 보이지 않는 마일이 그렇게 말하고 뒷골목으로 향했다.

다른 일행들도 별로 놀라지 않고 묵묵히 마일을 따랐다. 학원에 가기 전에도 이런 식으로 옷을 갈아입었으니까.

밤도 상당히 깊어진 후에야 떠나는 왕도.

상인과 헌터라면 그리 이상한 일도 아니지만, 애클랜드 학원 교복을 입은 소녀라면 이야기가 다르다. 반드시 멈춰 세워 확인할 것이다.

심지어 그냥 교복이어도 의심을 살 텐데, 사이즈가 맞지 않아 터질 듯한 운동복을 입은 거유 소녀라면 틀림없이 포박과 통보하는 데에 아무런 문제가 없다.

"이제 더는 이 옷 못 입겠어요!"

학원에 갈 때, 그리고 학원을 나온 후로도 통행인의 시선을 한 몸에 받은 폴린이 눈물로 호소했다.

아니, 물론 학원 안에서도 학생과 경비원들의 시선을 모았지만…….

그리고 여느 때처럼 사이즈가 아예 맞지 않아 피해를 면한 메비스는 시선을 피했다.

"자, 거기서 옆으로 꺾어서, ……앗."

"""앗……."""

바로 그때 불량배 다섯이 등장했다. 다들 싸구려 검을 몸에 지니고 있었다.

레나 일행은 발길을 되돌리려고 했다.

하지만 그 전에 포위당하고 말았다.

"오호, 애클랜드 학생이잖아? 이렇게 늦은 시간에 뒷골목에 오다니, 밤마실이라도 나온 거야? 게다가 뭐야, 거기 누나는! 유혹하는 거야, 응?!"

"아, 이래서 내가 입기 싫다고 했잖아!"

겁에 질리지도 않고 허공을 향해 버럭 화내는 폴린.

"자, 여기요."

모습을 여전히 감춘 마일이 수납에서 꺼낸 스태프와 검을 한꺼번에 받은 폴린은 레나와 메비스에게 각각 무기를 건넸다.

마법 소녀의 지팡이가 아니라, 스태프는 단순한 호신용 구타 무기여서 마법 공격과는 별로 관계없었다. 하지만 마일은 지금 폴린에게 이것이 필요하다고 판단했던 것이다.

한편 허공에서 갑자기 불쑥 튀어나온 무기를 보고 깜짝 놀라는 불량배들.

"수, 수납마법인가? 붙잡으면 비싼 값에 팔 수 있겠어!"

수납마법은 물론 쓰는 자가 극히 드문 고위 마법이지만, 그렇다고 해서 수납마법을 쓰는 자가 반드시 공격마법도 잘한다고 단정 지을 수는 없다. 훌륭한 지원마법을 쓰는 자가 공격마법은 전혀 못 쓰는 경우도 결코 드물지 않다.

그리고 불량배들은 폴린의 나이와 얌전하고 연약해 보이는 외모를 보고, 공격마법에 약하리라고 단정 지었다.

어째서 생각이 그리도 얕을까? 그건 물론 '불량배들'이니까.

나머지는 어린아이와 여검사. 다섯 명이면 손쉽게 붙잡을 수 있다. 그렇게 여기고 검을 쥔 불량배들이 일제히 공격에 나섰다.

물론 사냥감을 죽일 생각은 없었다. 죽이면 돈도 되지 않고 즐길 수 없으니 당연하다.

불량배 하나가 검을 쥐고 폴린에게 접근했다. 검은 폴린이 스태프를 휘두르려고 할 때 떨어뜨리기 위함이었는데, 여자의 스태프 따위는 전혀 무섭지도 않았다. 게다가 이렇게 가까운 거리에서는 마법 영창도 늦을 거라며.

"수류 분사!"

쏴아!

"으악!"

폴린의 영창 생략 마법으로 가늘고 거센 물줄기를 두 눈에 맞은 남자는 비명을 내지르며 양손으로 눈을 눌렀다.

"눈이! 눈이이!"

아직 검을 떨어트리지는 않았지만, 그 자리에 멈춰서 양손으로 눈을 누르고 있는 남자를 때려눕히는 것쯤이야 간단했다. 어린애 장난이나 다름없다.

폴린은 탁, 하고 스태프로 남자의 손을 쳐서 검을 떨어뜨렸다.

그리고 이어지는 폴린의 공격.

탁탁탁탁탁탁탁탁탁!

그렇다, 레나가 잘 쓰는 바로 그것이다. 스태프를 이용한 연속 구타. 평소의 주된 표적은 마일.

남자가 맞은 물줄기는 상당히 강했지만, 그렇다고 눈알이 터지거나 시력을 잃은 것은 아니다. 단순한 잽, 견제 공격이다.

그리고 이어지는 폴린의 본격적인 공격. 분노와 울분을 해소하기 위한 진짜 구타였다.

탁탁탁탁탁탁탁탁탁!

"아, 아야, 그만, 그만, 그마아아안~!"

지원 마술사에게 접근한 동료의 설마 했던 패배에 네 남자가 깜짝 놀라며 어서 도우러 가기 위해, 현재 자신이 맡고 있는 상대를 서둘러 제압하려고 했다. 하지만.

"아이시클 재블린!"

네 개의 얼음창이 나타나더니, 두 남자의 배에 각각 두 개씩 명중했다.

"헉! 이 녀석도 영창 생략 마법을 쓰다니!"

레나의 공격을 받지 않은 두 남자가 깜짝 놀라 무심코 멈춰 서서 소리쳤다.

얼음창을 배에 맞은 둘은 찍 소리도 못 내고 몸을 웅크렸다. 물론 힘을 조절해서 끝을 뭉툭하게 만들었기 때문에 찔리지는 않았다. 강력한 보디블로를 두 발 받은 것과 같은 상태다.

폴린도 레나도 주문을 외지 않고 발동 키워드인 마법명을 말하는 것만으로 마법이 발동되었다.

주문 그 자체는 머릿속으로 외우고 마법명만을 말하는, 무영창 마법에 이어 난이도가 있는 영창 생략 마법. 이렇게 해서 공격마법을 쏘는 마술사는 그리 많지 않았다.

"마지막은 내 차례인가?"

나머지 둘에게 메비스가 말했다. 워밍업 대신 손에 쥔 검을 엄청나게 빠른 속도로 휘두르면서.

그와 동시에 뒤돌아 달아나려고 하는 남자들.

그 눈앞의 공간이 비틀어지더니 사람의 형상이 나타났다.

"……어딜 달아나시려고?"

""으아아아악!""

＊　　＊

"고작 이 따위야?"

"네, 더 이상은 없는 것 같아요……."

남자들이 몸에 걸친 것을 몽땅 빼앗고 포박한 레나와 폴린. 마일은 어딘가에 도움이 될까 싶어서 일단 검과 나이프 등의 무기를 몰수해 수납에 넣어두었다.

"이 녀석들은 헌터가 아니니까 길드랑 상관없고, 도적 수준도 안 되는 단순 불량배들이니까 보상금도 안 나올 거고, 범죄 노예도 안 되지. ……그러니까 붙잡아서 넘겨봐야 돈도 안 되고, 이렇다 할 처벌도 내릴 수 없는 귀찮기만 하고 이익이라고는 하나도 없는 녀석들이라고. 그러니 이 정도 선에서 그쳐도 될 것 같아. 싸구려 검이라도 녀석들에게는 상당한 타격일 테고, 무방비 상태로 허둥거리고 있다 보면 지금까지 이 녀석들한테 당했던 사람들이 어떻게 할지도 모르니까. ……애초에 몸이 꽁꽁 묶여서 땅을 뒹굴고 있는 이 녀석들을 누가 먼저 발견할지, 볼 만하겠네."

레나의 말에 세 사람이 고개를 끄덕였다.

"자, 그럼 할게요. 다크니스 커튼!"

수납에서 옷을 꺼낸 마일이 마법으로 반경 몇 미터를 어두컴컴하게 만들자, 레나와 폴린이 서둘러 옷을 갈아입기 시작했다. 마일과 메비스는 학원 교복을 입지 않았기 때문에 옷을 갈아입어야 하는 사람은 두 사람뿐이었다. 벗은 옷은 다시 수납했다.

가문(街門)은 별일 없이 무사통과.

헌터가 한밤중에 서둘러 출발하는 것은 그리 드문 일도 아니다.

현재까지는 마일, 아니 아델의 존재를 들키지 않은 듯하지만 어쨌든 안전제일이다. '붉은 맹세'의 네 사람은 마법으로 등불을 켜고 잰걸음으로 왕도에서 멀어져갔다.

* *

"가버렸네요."

"가버렸어요……."

마일 일행이 간 뒤 마르셀라와 그 친구들은 얼마간 멍하니 있었다. 그러다가 이제야 겨우 정상으로 돌아온 상태였다.

"뭐, 어쨌든 무사하고, 꽤 즐겁게 지내는 것 같아서 무엇보다 다행이에요."

그렇게 말하면서도 마르셀라의 표정은 시원찮았다.

"하지만 좀 거슬리네요……."

모니카의 말에 무엇이? 하고 묻는 사람은 아무도 없었다. 굳이 물을 것도 없었기 때문이다.

"아델이랑 계속 함께 모험 여행, 이라니요……."

""………….""

웬일로 분위기 파악을 못한 올리아나의 말에 입을 꾹 다무는 마르셀라와 모니카.

"저기, 마르셀라 씨, 모니카 씨. 저, 좀 생각해 봤는데요……."

그리고 올리아나가 말을 이었다.

"앞으로 몇 달 뒤면 우리, 졸업하잖아요. 졸업하고 나면 마르셀라 씨는 영지로 돌아가서 신부 수업을 받고 모니카 씨는 집안일을 도우며 역시 혼인 준비를 하겠죠. 그리고 저는 장학금 변제를 면제받기 위해 어느 국가기관에서 일하게 되겠죠. 만약 우리가 졸업한 후에 아델이 귀국한다면 두 번 다시 못 만날지도 몰라요. 아델이 우리를 찾아오면 국왕 폐하의 사람이나 집요하게 냄새를 킁킁 맡으며 돌아다니는 귀족과 신전 쪽 사람들에게 들킬 위험이 너무 크니까요……."

"'엥……."'

올리아나의 말에 아연실색하는 두 사람.

"그래서 고민해봤어요. 마르셀라 씨도 모니카 씨도, 평범한 귀족의 따님이나 상인의 딸보다 훨씬 부가 가치가 높아진 지금, 조금은 결혼할 나이가 뒤로 밀려도 문제없지 않은가 하고. 이를테면 5년이나 10년이 지나 열여덟이라든가, 스물셋이라든가 된 후에도 얼마든지 좋은 혼담이 들어오지 않을까 하고……."

올리아나가 한 말의 결론이 어디를 향하고 있을까.

왠지 그것을 본 듯한 두 사람의 눈이 반짝 빛났다.

그리고 아델이 사라진 후로 줄곧 흐릿했던 마르셀라의 두뇌가 급속도로 돌아가기 시작했다.

"졸업 후, 왕녀 전하께 고용되는 건 어떤가요? 왕녀 전하 직속,

아스컴 자작 수색대 같은 역직을 만들어 주십사 부탁하는 거예요. 그렇게 되면 나라의 임무이니 저는 장학금 변제 면제 대상이 되고, 귀족 가문의 직력으로도 부끄럽지 않고, 상인의 딸로서도 나라와 왕족에 연줄이 닿는 일에 불만을 표출할 부모는 없을 테고, 예산과 급료를 받고 당당하게……."

"좋아요!"

"처, 천재 아니에요?!"

"아하……."

"우후……."

""""아하하하하!""""

반드시 만날 수 있다.

이쪽에는 '슈퍼 아델 시뮬레이터'가 있으니까.

그리고 아델을 만나게 되면 왕녀 전하께 이따금 적당히 보고를 올리면 그만이다. '아델 폰 아스컴 자작의 수색 계속하고 있음'이라는 식으로.

그리고 우리는 마일이라는 이름의, 그저 헌터에 불과한 소녀와 함께 여행을 떠나는 것이다.

그건 수십 년 인생 중 아주 짧은 찰나의 순간일지도 모른다.

그래도 분명 그건 멋지고 즐거운, 생애의 보물. 눈부시게 빛나는 시간이 되리라.

그런 예감이 들어 견딜 수 없었다……

보너스 스토리2 『붉은 맹세』VS『원더 쓰리』마일 쟁탈전

시간이 조금 흘러, 어느 나라의 왕도에서.

갑자기 누군가가 뒤에서 '붉은 맹세' 멤버들에게 말을 걸었다.

"오랜만이네요!"

"우웩! 또 너희야……?"

오늘은 마일이 개인적인 용무로 단독 행동 중이어서 레나, 메비스, 폴린만 함께 있었다. 그렇게 세 사람이 거리를 거닐고 있는데 갑작스레 아는 척을 한 것이다.

상대의 얼굴을 확인하자마자 레나가 노골적으로 싫은 표정을 지었다.

"순수한 소녀한테 우웩은 좀 아니지 않나요, 우웩은?! 그리고 애당초 그건 숙녀가 입에 올릴만한 단어가 아니랍니다."

"시끄러워. 난 네 그 귀족 같은 말투가 마음에 안 들어."

"아니죠, 귀족 같은, 이 아니라 진짜 귀족 맞거든요!"

레나가 반론했다.

"하지만 메비스도 마일도 그런 말투는 안 쓰거든."

"윽……. 두, 두 분이랑 비교하진 말아 주시죠! 안 그러면 행상인의 딸인 당신을, 떨이팔이 장사치 제인 씨랑 비교해서 논할 겁니다!"

"······미안합니다."

레나가 순순히 사과했다.

"그런데 내 이름을 거들먹거리면서 비교한 그『떨이팔이 장사치 제인』이가 뭔가 하는 인물은 뭐하는 작자야?"

"'미안합니다!'"

과연 살짝 불쾌한 듯 메비스가 묻자 머리를 조아리며 사과하는 두 사람.

아무래도 형편없는 인물인 모양이다. '떨이팔이 장사치 제인'인 가 뭔가 하는 자 말이다.

"그나저나 이번에는 무슨 용건이야?"

레나가 묻자 소녀가 가슴을 당당하게 펼치며 대답했다.

"이번에야말로 아델 씨를 넘겨주시죠. 아델 씨는 우리와 함께 있을 때 비로소 본연의 모습이 나오니까요!"

그 말에 마구 고개를 끄덕이는 두 소녀.

"우리는 여신의 축복을 받은 최고의 세 자매,"

"'원더 쓰리!'"

퍼엉!

거리 한복판인 것도 잊고 특유의 포즈를 취한 후 폭발 효과음 과 세 가지 색깔의 연기를 피워 올리는 '원더 쓰리'의 마르셀라, 모니카, 올리아나였다.

아무래도 어딘가에서 헌터 양성 학교 졸업 검정 때의 '붉은 맹 세'에 관한 정보를 입수한 모양이었다.

"아~······."

레나가 머리를 감싸 주었다.

"젠장, 질 것 같아?! 우리는 영혼으로 이어진……."

"하지 마!"

퍼억, 하고 메비스의 정수리를 손날로 때리는 레나.

"일단 장소를 바꾸자! 따라 와!"

무슨 일인가 하고 사람들이 모여들기 시작해서, '붉은 맹세' 플러스 '원더 쓰리' 여섯 명은 서둘러 현장에서 벗어났다.

"……그래서 무슨 용건이라고?"

"아까 말했잖아요! 아델 씨는 우리와 함께 있어야 한다고……."

마르셀라가 그렇게 말하며 레나에게 달려들었다.

"아~, 그래 그래. 그렇게 믿는 불쌍한 여자애가 있었다네……."

마일에게 들은 '일본 전래 허풍동화'식 말투를 흉내 내는 레나.

"사람 무시하지 마세요! 당신들은 아델 씨의 뭘 안다는 거죠? 아델 씨는 당신들과 함께 있어서 정말로 행복할까요? 당신들은 결국 아델 씨만 믿고 의지하는 짐일 뿐 아닌가요?"

"야! 지, 지금 뭐라고……. 너희야말로 아델, 아델 거리는데……. 그런 애는 이미 이 세상 어디에도 없거든?! 지금 존재하는 건 우리 헌터 양성 학교 동기생이자 룸메이트였던, C등급 헌터 마일이라고! 아델인가 뭔가 하는 애를 찾고 있다면 다른 데 가서 알아보시지! 그 아이는 옛날 이름이고 집이고 다 버리고 『신인 헌터 마일』로서의 길을 선택했으니까, 그런 그 애의 마음을 무시하고 아직도 옛날의 그 아이에게만 집착하고 있는 너희야말로 그 아이한테 해로운 존재일 뿐이라고!"

"그, 그그그런……!"

"뭐!"

"뭐가요!"

""으으으윽…….""

서로의 아픈 곳, 마음 쓰이던 부분을 정통으로 후벼 파며 머리 끝까지 피가 솟구쳐 더는 물러설 곳이 없어져버렸고, 모니카와 올리아나, 메비스와 폴린이 주뼛거리는 사이에 마침내 결정적인 단어가 등장하고 말았다.

"승부를 가리자!"

"승부를 내자고요!"

"우선 대결 방식부터 정해요. 나중에 『그 대결은 약하니까 봐달라』라거나, 『자기들한테 유리한 종목을 골라서 그런 거』라며 징징거리거나 변명을 늘어놓으면 곤란하니까요."

"사돈 남 말 하시네!"

"우이씨!"

"우우씨!"

""으으으윽…….""

이대로라면 영원히 평행선을 달릴 것 같아 나머지 네 사람이 이야기를 진행해 겨우 대결 방법을 결정했다.

아니, 정확히 말하면 '대결 방법을 정하는 방법을 결정했다'고 말해야 옳으리라.

저마다 네 가지 대결 방법을 쓰고, 서로 상대가 쓴 것 중에서 두 개씩 고르는 것이다. 그 네 가지를 대결 방법으로 정했다.

그 결과 요리 대결, 쇼핑 대결, 웃기기 대결, 그리고 마일 기쁘게 하기 대결이 선택되었다.

각 팀에서 대표 한 명을 뽑아 대결에 나서는 방식이다. 누구를 내보낼지는 팀의 자유였다.

승부 판정은 마일이 내려야 했기에 오늘은 이만 해산하고 내일 마일과 함께 다시 만나기로 했다.

"내일이면 뼈저리게 느끼게 될 거야."

"그쪽이야말로 아델 씨와의 마지막 밤을 충분히 맛보는 게 좋을 거예요."

""으으으윽…….""

                          *   *

그리고 맞이한 다음 날.

"뭐, 뭔가요, 도대체……."

무슨 영문인지 레나 일행이 막아서 조식을 먹지 못하자, 배가 고팠던 마일은 기분이 조금 상했다.

하지만 단순히 괴롭히려고 그런 짓을 할 레나 일행이 아니라는 것 정도는 충분히 알기에, 이상하게 생각하면서도 조식 시간이 완전히 끝난 후 레나에게 등 떠밀리다시피 1층으로 내려왔다. 그리고 식당에 단 한 팀만 앉아 있는 테이블을 보고 무심코 소리를 질렀다.

"마르셀라 씨, 모니카 씨, 올리아나 씨! 오랜만이에요! 뭐야, 그런 거였어요?! 아 진짜, 이거 몰래카메라예요?!"

에헤헤, 하고 기쁜 미소를 짓는 마일을 무시하고 레나가 선언했다.

"자, 그럼 시작하자!"

그리하여 대결이 시작되었다.

"첫 번째는 요리 대결!"

"앗? 아앗? 아아아앗?"

"우리는 올리아나가 출전합니다."

"우리 쪽은 폴린. 자, 시작!"

영문을 몰라 어리둥절해하는 마일을 곁눈질하며 재빨리 주방으로 들어가는 올리아나와 폴린. 여인숙 주인에게 이미 말해두었는지 어느새 뒤쪽 테이블 석에 주인장 일가가 앉아 있었다. 아무래도 시식에 동참할 모양이다. 맛을 훔칠 생각……, 아니 왕성한 연구 욕심 때문이리라.

이쯤 되니 과연 마일도 무슨 일인지 알 것 같았다.

'아아, 나를 즐겁게 해주려고 각자 대결 형식으로 잘하는 요리를 만들어서 나보고 점수를 매기라고 하려는 거구나? 옛날에 그런 방송이 있었지, 맛집 방송이 유행하던 시절에…….'

그리고 30분 후.

마일의 앞에 놓인 두 가지 요리.

공평성을 위해 재료는 이 가게에 늘 있는 것만 사용했고 특별히 비싼 소재 등은 허용되지 않았다. 그리고 대결 요리는 각자 하나만으로 정했다. 제한된 소재를 가지고 어떤 요리가 완성되었을까…….

마일은 한쪽 접시를 자기 앞으로 끌어당겼다.

덥석.

"아…….."

덥석덥석덥석덥석!

"맛있어……."

마일이 무심코 흘린 말을 듣고 씩 웃는 폴린.

그것은 마일의 특기 마법을 구사한 요리, 튀김이었다.

일반 조미료로 튀김가루를 조합했고, 마일의 독자적인 마법에 의한 조리 대신 지혜와 기술을 짜내 냄비와 기름을 이용하는 방법을 썼다. 그렇게 해서 나온 완성품은 마일의 요리를 완벽 재현한, 아니, 대충 마법으로 조리한 것이 아니라 섬세한 수작업을 통해 그것을 뛰어넘고야 만 기적의 일품이었다.

바위도마뱀이 아니라 닭고기를 썼는데, 그것은 예기치 않게 마일이 전생의 지식으로 알고 있는 오리지널 닭튀김 요리가 되었다.

마일도 설마 자신 말고 다른 사람의 손으로 만드는 닭튀김 요리를 먹을 날이 올 줄은 생각지도 못했으리라. 자신의 요리가, 다른 사람의 손으로 재현되어 이 세상에 퍼지게 된 기쁨. 그 기쁨은 뛰어난 향신료가 되어, 요리의 감동을 한층 더 끌어올려줄 게 틀림없었다.

충분히 만족한 표정인 마일을 보며 폴린은 승리를 확신했다.

마일은 다음 접시로 손을 뻗었다.

"앗?"

덥석덥석덥석덥석덥석덥석덥석덥석!

"이, 이것은⋯⋯."

깜짝 놀라는 마일에게 올리아나가 설명했다.

"네, 할머니께서 어머니에게, 어머니께서 제게 전수해주신 저희 집의 전통 요리, 『있는 재료로 대충 만드는 스튜』랍니다. 아델 씨라면 분명 좋아할 줄 알았어요⋯⋯."

올리아나의 설명을 듣고 속으로 싱글벙글하는 폴린.

그래도 자작가의 영애였던 마일은 고급 입맛일 것이다. 성격적으로 뭐든 불평하지 않고 맛있게 먹지만, 맛을 비교하는 자리에서는 그런 음식에 높은 평가를 내릴 리가⋯⋯.

"굉장히 맛있어요! 처음 먹어봤는데 뭐랄까, 그리운 맛이 나서⋯⋯. 두 요리 다 맛있었지만, 둘 중에 어느 것을 먹고 싶으냐고 묻는다면, 저는 이쪽이에요!"

"헉⋯⋯."

폴린이 어이없어하며 바닥에 그대로 주저앉았다.

그렇다, 마일은 할머니의 스튜와 같은 집밥을 좋아한다고 할까, 동경했던 것이다. 전생에서는 할아버지 할머니와 사이가 나빴고, 어머니는 요리를 그다지 잘하지 못했고, 이번 생에서는 친가인 귀족 집안의 요리나 기숙사의 식당 등에서만 먹어보았기 때문에 이제껏 그런 요리를 만나지 못했었다.

"죄송해요. 닭튀김도 맛있었지만, 이건 아마도 『어느 쪽의 요리가 더 맛있는가』가 아니라 『어느 쪽을 제가 더 마음에 들어 하는가』겠죠? 그렇다면 이쪽을 선택할게요."

평소 같으면 애매모호한 대답으로 얼버무리겠지만, 마일은 음식이나 대결에 관해서는 진지했다.

"승패가 가려졌네요! 그럼 다음으로 이동해볼까요!"

의기양양하게 숙소를 나서는 '원더 쓰리'와 살짝 어두운 표정인 '붉은 맹세', 마일은 제외. 그리고 그 뒤로는 남은 음식 시식을 묵묵히 이어가는 주방장 일가가 남았다.

*　　*

"두 번째, 쇼핑 대결!"

왕도의 상점가로 장소를 옮긴 후, 레나가 다시 선언했다.

"이번에는 누가 더 적은 금액으로 마일을 기쁘게 할 물건을 살 수 있는가 하는 대결이야. 각 팀마다 세 사람이 은화 한 닢씩 내고 대표자가 그걸 사용해 마일에게 줄 선물을 사는 거야. 우리는 폴린이 나간다!"

무려 폴린, 연속 출전이다. 첫 번째 대결의 설욕을 갚기 위해 의욕을 불태우는 폴린. 어쨌든 주제가 장사와 얽힌 것이니 자신만만했다.

"우리는 모니카 씨입니다!"

장사와 관련된 대결은 평민인 올리아나와 귀족의 딸인 마르셀라에게는 짐이 너무 무겁다. 지금은 모니카 말고 다른 선택지가 없었다.

　"제한 시간은 앞으로 30분. 그럼 시작!"

　레나의 호령과 함께 은화 세 닢을 꼭 쥐고 상점가로 달려가는 폴린과 모니카.

　그리고 30분 후.

　"……펜던트, 인가요?"

　그렇다, 폴린이 사온 것은 귀여운 펜던트였다.

　"마일은 머리를 묶는 리본을 빼면 장신구가 하나도 없잖아? 물론 일할 때 반지를 끼고 있으면 검을 잡는 데 방해가 되고, 보석 따위는 빛을 반사시켜서 적이나 사냥감에게 들킬 가능성이 높고, 뭔가에 부딪치면 소리가 나는 장식품도 곤란하긴 하지만, 도시에 있을 때만큼은 좀 꾸미고 다녀도 좋다고 생각해. 여자애니까!"

　"고, 고맙습니다!"

　그리고 기뻐하며 펜던트를 받는 마일.

　"에헤헤……."

　그녀의 기뻐하는 얼굴을 보자 적인 마르셀라 일행도 무심코 미소를 머금었다.

　다음으로 모니카가 내민 종이꾸러미.

　"……이건?"

　"다른 사람들이 못 보게, 혼자만 살짝 확인해요."

"아, 네……."

마일은 조금 의아해하면서도 모니카의 말에 따랐다.

"엥……."

팬티.

꾸러미 속에 들어 있었던 것은 팬티였다.

"팬티?"

마일의 중얼거림을 들은 순간 폴린은 확신했다.

……이겼다고.

"어제 언뜻 봤어요, 아델. 도대체 언제까지 그 팬티를 입고 있을 건가요……."

"엥, 하지만 깨끗하게 빨아 입고, 자주 갈아 입……."

"바보, 아무리 여러 장을 돌려 입는다고 해도 그렇게 오래 입으면 천이 얇아져서 속이 다 비치거나 쉽게 찢어지고 만다고요. 왜 새로 사 입지 않은 거예요? 지금이면 주머니 사정도 별로 나쁘지 않을 텐데."

모니카의 말에 마일이 고개를 푹 숙였다.

"하지만, 하지만……."

그리고 점점 울먹이는 마일.

"이, 이건 마르셀라 씨가……. 제, 제가 태어나서 처음으로 받은, 친구가 준 선물……."

"헉! 아델 씨, 고작 그런 이유로 계속 그걸!"

마르셀라가 얼굴이 새빨개져서 당황하며 소리쳤다.

"…………아니……."

"엥?"

"고작 그런, 이 아니라고요! 저한테는, 저한테는 처, 처음으로 친구한테……."

울음을 터트린 마일의 등을 토닥이는 모니카.

"그럼 우리 세 사람이 주는 이 선물도 입어 줄 거죠?"

엉엉 울면서도 고개를 마구 끄덕이는 마일.

그리고 다시 한 번 두 손을 바닥에 짚으며 주저앉고 만 폴린.

누가 봐도 '원더 쓰리'의 승리였다.

                    *   *

"세 번째, 웃기기 대결!"

노골적으로 불쾌감을 드러낸 레나가 세 번째로 선언했다.

장소는 '붉은 맹세'의 숙소였다.

"마일을 먼저 웃게 하는 쪽이 승리입니다! 선공은『원더 쓰리』!"

그러자 올리아나가 한 걸음 앞으로 나왔다.

"아델 씨, 벌레잡이가 말이죠, 장가를 가서 아이를 만들었어요. 그런데 얼마 되지 않아 아내가 도망가는 바람에 남겨진 애들을 필사적으로 키웠답니다."

푸흡!

이번 대결은 시간 싸움인 만큼 올리아나는 거두절미하고 강력한 한 방을 노렸다. 그리고 얼마 가지 않아 무너져 내려 웃음을 터트린 마일.

그 어마어마한 속도에 폴린의 표정이 굳었다.

"다음은 폴린!"

레나의 말에 의아해하는『원더 쓰리』의 세 멤버들.

"그쪽은 매번 폴린 씨를 내보내네요?! 당신들, 인재가 그렇게 없어요? 그렇다면 아델 씨한테 집착하는 것도 이해가 되네요……."

마르셀라가 어이없다는 듯 말하자 레나가 분한 표정을 지었다.

"알맞은 인재를 선택해서 최고의 효과를 내는 건 대결의 상식이야!"

"뭐, 상관없어요. 딱히 규칙 위반도 아니니까요."

후훗, 하고 일부러 바보 취급 하는 듯한 마르셀라의 태도에 이를 바득바득 가는 레나. 하지만 여기서 싸울 수는 없었다. 사실 이번에 하는 모든 대결에서 자신과 메비스가 썩 도움이 되지 않는 게 사실이어서 레나 본인도 속상했던 것이다.

그리고 '원더 쓰리'가 세운 기록에 얼굴이 굳은 폴린이 나섰다.

"꺅, 아하하, 그만, 그만 하세요, 폴린 씨!"

그렇다, 대뜸 마일에게 달려가 옆구리를 마구 간질였던 것이다.

"승자, 폴린. 따라서 이번 대결은『붉은 맹세』의 승리야!"

"""반칙이에요!"""

이의를 주장하는 '원더 쓰리'에게 레나가 씩 웃으며 말했다.

"어머, 물리적 방법은 금지라는 규칙이라도 있었어? 그냥『빨리 웃기는 쪽이 승리』라는 조건밖에 없었잖아? 더 좋은 방법을 생각해낸 쪽, 그러니까『머리가 좋은 쪽』의 승리이고, 그게 마일의 동료로 더 어울리는, 능력이 뛰어나다는 증거 아니겠어? 아니면 뭐야? 자기들이 졌으니까, 이제 와서 규칙에도 없는 걸로 불만을 터트리고 승부를 없었던 일로 돌리고 싶니?"

"으……. 아, 알겠습니다! 어차피 우리가 이기고 있으니까, 한 번 정도는 상관없어요! 그럼 다음 승부로 넘어가죠!"

한편 마일은 레나와 마르셀라의 말다툼을 듣고 고개를 갸우뚱 거렸다.

*　　*

"네 번째, 기쁘게 해주기 대결! 이게 마지막 승부야. 대결 방식은 누가 마일을 더 기쁘게 할 수 있는가! 선공은 『원더 쓰리』!"

첫 번째, 두 번째 대결은 '붉은 맹세'가 선공이었기 때문에 세 번째에 이어 네 번째 대결 역시 '원더 쓰리'가 먼저 나섰다.

마르셀라가 한 걸음 앞으로 나왔다.

"아델 씨, 지금부터는 저희가 아델 씨와 계속 함께할 거예요. 그리고 아델 씨가 헌터를 은퇴하고 결혼하고 아이를 낳아도, 저희는 변함없는 친구이니까요. 가족까지 몽땅, 계속, 앞으로 영원히 사이좋게 즐겁게 살자고요……."

"마, 마르셀라 씨이이이~!"

감격한 나머지 마르셀라에게 뛰어가 안기는 마일.

"바, 반칙이야!"

"……뭐가 말이죠?"

레나의 항의를 가볍게 받아넘기는 마르셀라.

"마일의 소유권을 놓고 하는 대결인데 멋대로 그걸 결정하는 내용의 약속을 하는 건 반칙이지! 게다가『저희도』라면 또 모를까『저희가』라니 무슨 소리야.『저희가』라니! 우리를 쫓아내고 자기들만 마일과 함께……."

"어머, 규칙에는 그게 반칙이라는 소리가 하나도 없는데요? 정해진 규칙에 저촉되지 않는다면 무슨 소리를 해도 괜찮은 것 아닌가요? 그걸 알아차린『머리 좋은 쪽』의 승리, 라고 말한 건 누구였더라?"

"윽……, 우씨……, 이, 이……."

"뭐요?"

"이, 이 성악녀가……."

"무슨 소리를 하는 거예요?"

""엥…….""

서로 노려보는 레나와 마르셀라에게 마일이 뒤에서 말을 걸었다.

"제 소유권이라는 둥 제 동료로 어울리는, 이라는 둥 아까부터 도대체 무슨 말씀들을 하시는 건가요?"

……화나 있었다. 마침내 상황을 모두 알아차린 듯한 마일이, 진심으로 화내고 있었다.

마일이 볼을 부풀리고 뿡뿡거리며 화낼 때는 괜찮다. 그건 단순히 토라진 것일 뿐이니까.

마일이 무표정이 되었을 때, 그것은 기분이 상했을 때이다. 일단은 이성적으로 대응하지만 진지하고 차갑다. 그럴 때는 빨리 사과하고 기분을 풀어주는 것이 무난하다.

그리고 마일이 무표정을 넘어서서 겉으로 화를 드러냈을 때.

위험했다. 엄청나게 위험했다.

지금까지 발현했던 사례를 들면, 고룡과의 싸움에서 동료가 죽을 뻔했을 때라든가 그 정도 수준이었다.

((((((⋯⋯⋯⋯큰일났다!))))))

"어쩐지 이상하다고 생각했어요. 처음에는 다들 대결 형식으로 저를 즐겁게 해주는 무슨 이벤트인 줄 알고 즐겼는데, 왠지 다들 분위기가 험악하고 이상한 발언이 이어지고. 그랬는데⋯⋯. 그런 거였나요. 그런 거였단 말인가요⋯⋯."

""저, 저저, 저기, 그게, 그러니까⋯⋯.""

초조해하는 레나와 마르셀라. 다른 네 사람은 조금 뒤로 물러났다.

"저는 경품이 아니거든요!"

""""""자, 잘못했어요오옷!""""""

진심으로 화내는 마일은 무서웠다. 평소에 늘 온화한 만큼 더욱⋯⋯.

"애초에 무슨 속셈이죠, 저보고 친구를 선택하라는 건! 마르셀라 씨!"

"아, 네에엣!"

"마르셀라 씨, 만약 모니카 씨와 올리아나 씨 중에 한 사람과만 계속 친구가 될 수 있고, 다른 한 사람과는 인연을 끊으라고 한다면 누구를 선택하실 건가요?"

"그, 그런! 그게 가능할 리 없잖아요! 그때는 그런 말을 한 쪽과 인연을 끊겠어요!"

마일은 이번에는 레나 쪽을 돌아보았다.

"레나 씨는 메비스 씨와 폴린 씨 중에 누굴 선택할 거죠?"

"으……. 선택할 수 있을 리 없잖아!"

그렇게 소리치는 레나.

하지만 예전에 '숙소에 혼자 내버려두기 미수 사건'을 떠올린 폴린은 어차피 자기가 버려질 것이라고 중얼거렸다.

"……바로 그거예요. 그런데 여러분은 저에게 그걸 강요하려고 했어요. 심지어 제 의사는 무시하고 자기들끼리 멋대로……."

"""""""아…….""""""""

반성하면서 입을 꾹 다무는 여섯 명이었다.

"……하지만 일곱 명은 C등급 파티 치고 인원이 너무 많아서 수익 효율이……."

"게다가 전위 검사 1.5명, 후위 마술사가 5.5명이라는 건 좀 균형이 안 맞는 것 같아요."

참고로 0.5명은 마일을 가리킨다. 양쪽에 반씩 더해졌다.

폴린과 마르셀라의 말도 일리 있었는데 그때 모니카가 폭탄 발언을 날렸다.

"마술사가 너무 많은 것도 그렇지만, 뭔가 역할이 너무 겹치지 않아요? 출신별로 따지면 상인 집안의 딸 둘에 행상인의 딸이 하나, 그리고 귀족이 셋. 역할별로 나누면 중복되어서 참모 역할 둘에 특정사항에 한정된 임시 참모 역할을 하는 아델, 재정과 상담(商談) 담당이 둘에 지휘관 타입이 둘. 그리고 무심코 상식에서 벗어나는 담당이 하나……."

"누굴 말하는 거죠? 그 무심코 상식에서 벗어나는 담당이란?"

마일의 질문은 그대로 무시당했다.

"무리야. 부딪칠 게 뻔해……."

"무리인 것 같네요……."

다들 비관적이었다. 하지만 마일은 분위기 파악을 못 했다.

"괜찮아요! 우리나라에는『사공이 많으면 배가 산으로 간다』라는, 많은 지휘관이 힘을 모으면 불가능한 일도 가능해진다는 뜻의 속담이 있답니다!"

"……마일, 그거 정말 그런 뜻이야? 정말로 그 해석이 맞는 거야?"

의심스러운 표정으로 묻는 메비스. 기사 가문, 즉 군인 집안의 핏줄인 만큼 지휘관이 많은 소부대의 말로가 쉽게 상상이 갔던 것이다.

"아무튼 아델 씨는 우리『원더 포』와 함께 행동하는 게 가장 좋아요."

"어수선한 틈에 무슨 말도 안 되는 소리를 하는 거야! 그리고 너희 파티명은『원더 쓰리』잖아?!『포』가 아니라『쓰리』! 뭘, 약삭

빠르게 인원수를 늘리고 있어?! 마일은 우리 거야!"

마르셀라의 말에 즉시 반박하는 레나.

"마일이 없으면 곤란하다고요! 우리 『붉은 맹세』의 소중한 돈주…… 아니, 동료니까요."

"잠깐만! 폴린 씨, 방금 뭐라고 했죠?! 돈주? 도대체 무슨 단어를 말하려다 만 거예요?! 그리고 여러분, 아까 제 말 어디로 들은 건가요! 왜 또 다시 문제 삼아서……."

"하지만 현상 유지라는 건 아델 씨가 이대로, 라는 거잖아요. 그건……."

"그럼 마일을 억지로 빼내겠다는 거야? 아까 마일이 한 이야기를 듣긴 들었어?"

"자기 좋을 대로만 해석하지 마시죠!"

"아니, 마일은 우리가 돌볼……."

"돌보다니 그게 무슨 소리예요?! 애예요, 제가?!"

""""""애 맞잖아.""""""

"으헤에에에에엑~!"

아주 엉망진창이다.

이렇게 해서 오늘도 역시, 아무런 진전도 없이 헛된 하루가 끝나고 말았다…….

제42장   향신료

어느 도시에 도착한 '붉은 맹세' 일행.

아직 브란델 왕국을 완전히 벗어나지는 않았지만, 마일의 정체
가 발각된 낌새도 없어서 그리 서두를 필요는 없었다. 또 설령 들
켰다고 해도 진짜 힘을 살짝 내면 뿌리치는 것쯤은 그리 어렵지
않으리라.

"이 도시에 며칠 머물까? 지금까지 계속 걷기만 했고, 일도 좀
해야 할 것 같으니까. 모처럼 이 나라에 왔는데 아무것도 안 하고
그냥 바로 지나가기만 한다면 각 나라를 여행하는 의미가 없어.
이 나라에서도 일했다는 실적도 있으면 좋겠고. 만약 마일이랑
관련된 무슨 일이 일어난다면 그때는 곧바로 국경을 향하면 그만
이잖아?"

레나의 말을 듣고 보니 최근 들어서는 의뢰를 받지 않았구나,
하고 반성하는 세 사람이었다.

그리고 모두 길드로 직진해서 의뢰 보드를 들여다보았는
데……

"향신료?"

마일의 목소리에 다들 그 시선을 따라가자.

'향신료 입수. 의뢰비는 입수한 향신료의 종류와 양에 따라 달라짐. 상세한 내용은 면담을 통해.'

"……이걸 받자고? 향신료 같은 걸 어떻게 구해? 너도 처음 와 본 도시일 거 아냐, 여기. 연줄도 아는 사람도 하나 없고, 그게 가까운 곳에 많이 자생하는 것도 아니라는 사실은 요리가 특기인 네가 모를 리 없을 텐데."

레나가 난색을 표시했지만 마일이 의미심장하게 웃었다.

"괜찮아요. 재고도 조금 있고. 그리고 향신료라면 보통은 전문점이나 시장에서 사거나 입수 의뢰도 상업 길드에 부탁하기 마련이죠. 그런데도 헌터 길드에 의뢰를 냈다는 건……."

"그럴 만한 이유가 있다는 거야?"

메비스가 묻자 마일이 고개를 끄덕였다.

"달리 재미있어 보이는 의뢰도 없네. 이제 와서 고블린 토벌을 하긴 그렇고, 가끔은 색다른 의뢰를 받는 것도 좋은 경험이 될지도 몰라. 다들, 그렇게 정하는 데 찬성해?"

메비스와 폴린, 그리고 당연히 마일도 동의했다.

"좋아. 그럼 이 도시에서의 첫 의뢰는 이걸로 결정하는 거야!"

레나가 그렇게 말하며 의뢰 보드에서 그 의뢰 용지를 떼어내려는 순간, 폴린이 당황하며 막았다.

"이거, 여러 헌터가 수주해도 되는 의뢰예요. 떼면 안 돼요! 그리고 면담해서 조건이 맞아야 비로소 수주가 성립되는 거예요. 지금 여기서 수주 처리가 완료되는 게 아니라고요!"

"아⋯⋯."

그렇게 해서 '붉은 맹세' 일행은 접수원 아가씨에게 이 의뢰 면담을 하겠다는 뜻을 전하고 길드를 빠져나왔다.

* *

"⋯⋯여기네."

레나가 어느 식당 앞에 장승처럼 우뚝 버티고 서서 간판을 올려다보며 중얼거렸다. ⋯⋯쓸데없이 대단해 보인다.

"자, 들어가자!"

그리고 '임시 휴업' 팻말이 걸린 문을 연 레나를 따라 세 사람도 가게 안으로 들어갔다.

그렇다. 지극히 평범한, 아니 평범하다기보다 살짝 고급스러워 보이는 식당 '카라미테이'의 점주가 바로 그 의뢰를 낸 사람이었다.

'향신료를 구하는 카라미테이⋯⋯, 매운맛정(辛味亭, '카라미테이'라고 발음한다)? 카라미티(애니메이션 『자이언트 로보』에 나오는 살인병기), 액션! 아, 이게 아니고. 그런데 카라미테이를 영어로 쓰면 캘러미티(Calamity)로 재난과 참사, 역병의 신을 가리키잖아! 불길한데⋯⋯.'

마일은 속으로 그렇게 중얼거렸는데, 이곳 사람들은 영어 따위 알 리 없으니 어쩔 수 없다. 단순한 우연에 불과하리라.

"실례합니다. 헌터 길드에서 의뢰를 보고 왔는데요⋯⋯."

125

대외적인 교섭은 메비스의 역할이다. 나이가 가장 많은 데다가 성실해 보이니까…… 아니, 파티의 리더이니까.

이 파티의 리더는 메비스이다. 다들 종종 깜박하지만.

"오오, 그 의뢰를 받아주는 건가! 이 부근에서는 향신료를 도저히 구할 수가 없고 다음 입수 예정까지 한참 남아서 몹시 곤란하던 차였어! ……하지만 방법이 있나? 이 근처에서 손쉽게 채취하기란 불가능하고 당연히 상점이나 상업 길드에 가도 팔지 않을 텐데. 거긴 내가 이미 한참 전에 다 싹쓸이했거든. 그리 쉽게 구해지는 거라면 군이 비싼 헌터 길드에 의뢰를 내지 않았겠지."

메비스의 목소리에 주방 안쪽에서 나온, 40대로 보이는 점주가 기쁨 반 불안 반인 표정으로 그렇게 말했다.

점주의 설명에 따르면 이 가게는 고가의 향신료를 듬뿍 쓰는……이라고 말해도 마일의 전생 감각에서 보면 상당히 인색한 양이었지만…… 어쨌든 가격이 상당히 높았지만 고급 요리점으로 많은 이익을 벌어들인 모양이었다.

그리고 경영이 계속 순조롭게 이어져 오다가 최근 들어 재앙을 만났다. 먼 도시에서 공수해오는 이 가게의 주요 무기인 향신료를, 도중에 도적을 만나 통째로 잃고 만 것이다.

좀처럼 도적을 만날 일이 없는 루트였는데, 이미 공격당한 건 어쩔 수 없었다.

다행히 물건을 받기 전에 일어난 일이라 값을 치를 필요는 없어서 곧바로 다시 발주했지만 너무 멀기도 하고 그쪽도 예상치 못한 대량 주문에 곧바로 대응하기가 불가능해서, 당분간 향신료

없는 상태가 이어지고 만 듯했다.

하지만 향신료가 주 무기인 고급 요리점에 향신료가 없어서는 말이 되지 않는다. 그래서 다소 품질이 떨어지는 것은 눈을 꼭 감고서라도 가까운 곳에서 대체 향신료를 긁어모으려는 의도 같았는데…….

"원래 값비싼 향신료가 들어가는 요리 따위, 귀족 아니면 위세 좋은 상인 정도 밖에 먹지 않지. 일반 가정에서는 물론이고 요리점에서도 대체로 향신료 따위는 쓰지 않아. 기껏해야 매운맛이 나는 채소나 허브, 그리고 소금을 쓰지. 향신료를 쓰면 원가가 훌쩍 올라가서 음식 값을 확 높이지 않으면 이윤이 별로 남지 않으니까. 손님도 맛이 약간 더 좋아지는 것보다는 싼 쪽을 원하고 말이야. 뭐, 우리는 향신료를 쓰는 게 특징인,『서민이 한 해에 몇 번의 사치를 부리는 음식점』이니까 비싼 것도 당연, 아니 비싼 게 오히려 고마운 가게니까 문제없지만. 그런 이유로 향신료가 원래의 유통량이 줄어들었어. 이미 우리가 다 긁어모은 지금, 이 도시에서 향신료를 공수하기는 어려울걸. 옆 도시도, 왕도 쪽과 국경 쪽도 벌써 내가 다 싹쓸이했거든."

상당히 까다로워 보이는 의뢰였다.

그래서 일반 헌터는 어떻게 해결할 수 있는 문제가 아니라는 생각이 드는 '붉은 맹세'의 세 사람이었다.

그렇다, '세 사람'이다.

게다가 '일반 헌터는'이었다.

"그 부분은 저희가 해결할 문제니까 걱정하지 마세요. 그리고 의뢰 조건의 자세한 내용 말인데요…….”

메비스에게서 이야기의 주도권을 이어받은 폴린이 점주와 구체적인 교섭에 나섰다.

그 결과 확보 가능한 향신료의 종류와 질, 양 등을 모르는 상태에서 의뢰비를 책정하기란 곤란했기 때문에, 의뢰비 방식이 아니라 매입 방식을 취하기로 결정했다.

아무리 향신료를 원한다고는 하나 너무 비싼 값에 사도 점주의 입장이 곤란하므로, 매입 가격은 통상가의 1.5배까지였다. 그 이상은 아무래도 가게에 수익 면에서 문제가 발생하기 때문에 그러리라.

결과적으로, 내용이 까다로운 의뢰인데다가 ‘붉은 맹세’가 이 의뢰에 실패해도 가게에 아무런 손실도 없다는 점, 이 의뢰는 다른 헌터들도 계속해서 모으고 있다는 점을 고려해서 실패해도 페널티를 줘서 위약금을 매기지 않고, ‘성과는 없지만 의뢰는 완료’라고 하기로 합의했다.

이런 계약 내용이면 ‘붉은 맹세’가 입을 리스크가 거의 없다. 최악의 경우라도 귀한 시간을 허비한 것으로 그칠 수 있다. 과연, 폴린이었다.

“그럼 이 조건으로 결정하겠습니다. 계약서는 의뢰 수주 보고와 함께 길드에 제출해두죠.”

마지막은 메비스가 정리했고, 모두 자리에서 일어서려고 했을 때.

“잠깐만 기다려.”

점주가 무슨 일인지 모두를 붙잡았다.

"모처럼 왔으니 우리 요리를 먹고 가. 멀리서 공수해오는 원래 향신료가 아직 좀 남아 있거든. 그걸 쓴 요리랑 향신료 없이 나름대로 연구해서 만든 요리를 내어 올 테니까 두 음식의 차이점을 자네들이 직접 맛보고 갔으면 해. 그렇게 해서 조금이나마 의욕이 더 샘솟는다면 우리한테도 좋은 거니까!"

그렇게 말하며 웃는 점주.

진심으로 그렇게 생각하는 것인지, 아니면 단순히 자신의 실력을 보여주고 싶을 뿐인지, 그것도 아니면 가난한 헌터에게 한 번쯤은 자기 돈 주고는 절대 못 먹을 맛있는 요리를 대접해주려고 생각한 것인지…….

어떤 이유인지는 몰라도 딱히 거절할 까닭도 없었다.

게다가 이미 레나가 다시 자리에 앉아 먹을 준비를 하고 있었다.

"……그럼 사양하지 않도록 하겠습니다……."

그렇게 말할 수밖에 없는 메비스였다.

"마늘종과 부추와 버섯과 참마와 소고기 매콤 볶음, 향신료를 쓴 원래 요리와 향신료를 쓰지 않은 쪽이야. 향신료가 없는 쪽은 매운맛이 아는 채소와 근처에서 채취한 허브, 소금으로 간을 했어."

잠시 후 겉보기는 별반 다르지 않은 두 요리가 잇달아 나와 모두 맛을 비교해 보니…….

"완전히 다르네……."

"정말요. 향신료가 없는 쪽은 주인아저씨께는 죄송한 말씀이지만, 아무리 연구했다고 해도 역시 비교도 안 되는데요…….”

메비스와 마일이 미안하다는 듯 말하자 점주가 웃으며 대답했다.

“아니, 너무 마음 쓸 것 없어. 그 평가야말로 우리 향신료 요리에 대한 칭찬이자 내가 향신료를 반드시 구하려는 마음의 원천이니까. 그걸 알아주었다면 요리를 대접한 의미가 있었다는 거야.”

듣고 보니 일리 있는 말이었다. 마일 일행은 정말 무슨 수를 써서라도 향신료를 구해주고 싶은 마음이 마구 솟구쳤다.

“그럼 부탁 좀 하겠네. 우리는 주 고객층이 귀족인 일류 요리점은 아니지만, 서민들이 이따금 호사를 누릴 수 있는, 변두리의 고급 음식점 같은 느낌이니까. 결코 싸지는 않아도 살짝 무리하면 먹을 수 있는 정도의, 꿈과 동경을 제공하고 있지. 나는 한 해에 몇 번의 사치를 즐기러 온 손님의 만족스러운 표정, 기뻐하는 얼굴을 보는 게 좋아. 그러니 얼른 가게를 정상적으로 운영하고 싶어. 그러기 위해서는 반드시 향신료가 필요해…….”

마일 일행은 고개를 끄덕인 후 자리에서 일어나려고 했다. 접시가 이미 텅 비었기 때문이다.

“뭘 벌써 돌아가려는 거야? 요리는 아직 한참 남았는데!”

그리고 점주의 말에 다시 의자에 앉는 마일 일행이었다.

＊　＊

고급 식당 ‘카라미테이’를 나와, 헌터 길드에서 접수원 아가씨에게 수주 보고를 하고 합의사항을 작성한 계약서를 건넨 '붉은 맹세'는 도시 근교에 있는 숲으로 향했다.

"……그런데 폴린 씨, 의뢰 실패 시의 조건에 왜 그렇게 연연한 거예요? 알잖아요, 제 수납에 늘 상당한 양의 향신료가 들어있다는 걸. 못 구했을 경우에는 그걸 내면 의뢰 실패는 절대 없을 텐데……."

"보험이야, 보험!"

"엥……."

놀랍게도 이 세계에는 이미 '보험'이라는 개념이 있었다.

물론 현대 지구와 같은 것이 아니라 상조회 같은 역할이었지만 그래도 여기서 폴린이 그 단어를 입에 올렸다는 사실과 원래 실패가 불가능한 의뢰인데 왜 그렇게 했는지 이해하지 못해 멍한 표정을 짓는 마일이었다.

*　　*

"자, 슬슬 실토해 보실까?"

"네?"

숲에 도착하자마자 마일의 어깨를 탁 친 레나의 말에 어리둥절해하는 마일.

"네가 요리용으로 비축해둔 향신료를 건네고 의뢰 완료, 같은 짓을 할 리 없잖아! 자, 무슨 꿍꿍이야? 탐지 마법으로 고추 군생지라도 찾아내려는 거야? 아니면 그 도적들을 덮쳐서 향신료를 돌려받기라도 할 거야?"

메비스와 폴린도 마일이 어느 쪽을 택할지 두근대는 마음으로 지켜보았다.

"둘 다 아니에요! 애초에 이 부근에 그런 군생지가 있을 리도 없고, 도적이 한둘도 아닌데 어떻게 찾아 붙잡겠어요!"

……지당한 주장이었다.

"""뭐야……."""

그리고 낙담하는 세 사람.

마일에게 상당히 중독되어 있었던 것이다.

"그러니까, 향신료를 만드는 거예요."

"""뭐어어어어어어~?!"""

하지만 아직까지 덜 중독된 듯하다.

"그럼 폴린 씨, 이 냄비 안에 『워터 볼 울트라 핫』을 부탁드릴게요. 넘치지 않게 살짝만 해주세요. 조심해서…….."

마일이 수납에서 꺼낸 커다란 냄비에 신중하게 마법을 쏘는 폴린.

"워터 볼 울트라 핫……."

풍덩

큰 냄비를 가득 채운, 강렬한 붉은색 액체.

코끝이 찌릿해지는 향이 풍겼다.

"자, 이제 이걸 어떻게 분리하느냐인데……."

마일은 생각해냈다.

냄새로 봐서 분명 캡사이신 계열인 듯한 울트라 핫 종류의 마법.

그 마법으로 생긴 액체는 물질로 존재한다. 그렇다는 건 거기서 캡사이신 성분만 분리하면 향신료로 쓸 수 있지 않을까.

이 물질이 분자 변환으로 생성된 것인지, 어딘가에서 전송이나 다른 무슨 방법에 의해 옮겨 온 것인지는 알 수 없지만, 현재 여기에 있는 것이 중요하니 깊이 생각하지 않았다.

향신료의 매운맛 성분은 고추, 하바네로 계열의 캡사이신 이외에도 와사비, 겨자, 마늘 등에 포함된 알릴 화합물 등도 있는데, 알릴 화합물은 휘발성이 강해서 요리로 쓰기에는 제한적이다.

또 향신료에는 그밖에도 육두구, 생강, 바질, 커민, 고수, 산초, 시나몬, 세이지, 타임, 양하, 월계수 등 종류가 다양했는데, 아마도 그 점주가 구하는 건 주로 캡사이신 계열이리라. 그것만 충분하다면 다른 건 어떻게든 될 수 있다.

그렇게 생각한 마일은 폴린에게 울트라 핫 마법을 부탁했는데……

"알릴 화합물과 달리 아무리 휘발성이 없고 화학적으로 안정적이라고는 해도 끓이면 매운맛이 다소 줄어들지도 몰라요. 게다가 열을 가해 증발시키려면 시간도 걸릴 것 같고……"

냄비로 몇 번 만드는 것으로는 얻을 수 있는 양이 너무 적고 끓이거나 증발하는 등 정제하면 대량 생산하기에 효율이 나쁠지도 모른다. 그렇게 생각한 마일은 지혜를 짜냈다.

그리고 마침내 획기적인 방법을 떠올렸다.

"그렇지! 옛날에 읽었던 근세, 근대 물리학 책에 실려 있던 그 방법이라면!『러브플러스의 악마』! 아, 아니, 그건 다른 건가. 그건『모든 프로그램을 아는 지적 존재가 있으면 연애 시뮬레이션 게임의 결과를 전부 예측할 수 있다』였나. 그거 말고 다른 쪽! 그렇지, 분명『미지근한 커피를 두 잔으로 나눈 다음 그 사이에 열고 닫을 수 있는 셔터를 단다. 그리고 그 셔터의 개폐를 자유자재로 할 수 있는 악마에게 맡기고, 운동 속도가 빠른 분자가 오른쪽에서 왼쪽으로 갈 때와 운동 속도가 느린 분자가 왼쪽에서 오른쪽으로 갈 때에만 셔터를 올리라고 지시를 내린다. 그렇게 하면 아무런 에너지를 받지 않고 뜨거운 커피와 차가운 커피로 나눌 수 있게 되어, 엔트로피가 감소하는 현상이 일어난다』, 이 원리를 이용하면……. 아, 그렇지, 이름이『맥스웰의 악마』라고 했나, 이 이론……. 뭐, 실제로는 정보의 소실 때문에 엔트로피가 늘어나는 모양이지만, 그런 건 상관없어! 어차피 작업은 악마가 아니라 나노들이 해줄 테니까……."

웅성
웅성……웅성……

왠지 주위 공기가 술렁이는 듯한 느낌이 들었다.
하지만 마일은 개의치 않고 마법을 행사하기로 했다.
"냄비의 일부를 나노머신의 힘을 빌려 얇은 막으로 공간을 나누고, 물 분자와 캡사이신 분자를 셔터로 분리……."

으아아아악~!

……무슨 소리가 들렸다.

"……하는 건 그만두고, 나노들이 좋아하는 방법으로 캡사이신을 분리해줘. 아, 수분은 필요 없으니까 버려도 좋아."

슈웅!

다음 순간, 큰 냄비의 물기가 모습을 감추고 냄비 바닥에 소량의 붉은 분말만이 남았다.

'그렇게 싫었나, 그 분리 방법이…….'

머리를 갸우뚱거리는 마일.

그야 당연했다. 그렇게 정신이 아득해질 것만 같은 방법은 천하의 나노머신이라도 죽는소리가 나오고 만다.

참고로 캡사이신은 하얀 분말 결정이지만, 그래서는 매운맛의 이미지에 어울리지 않는 듯하여 나노머신이 자체 판단으로 붉은 색소 성분까지 남겨두었다. 과연 나노머신답다.

"아까부터 혼자 뭐라고 중얼거리는 거야?! ……그래서, 이게 그 마법으로 만든 향신료라고?"

레나가 냄비 바닥에 있던 가루를 한 움큼 집어 슬쩍 핥아보았다.

"으아아아악!"

캡사이신의 순수한 결정이다. 매운맛의 정도를 나타내는 수치인 스코빌 척도로 환산했을 때 그 값이 무려 16,000,000.

참고로 일반 타바스코가 2,500~5,000정도이므로, 약 3,200~6,400배에 달하는 셈이다. 인간이 도저히 견딜 수 있는 맵기가 아니었다.

"……! ……!! …………!!"

더는 소리도 내지 못하고 땅을 마구 뒹구는 레나.

자신도 맛을 보려고 손을 뻗었던 폴린이 새파랗게 질린 채 그대로 굳었다.

"레, 레나 씨, 입을 벌려요! 그리고 혀를 최대한 빼 봐요!"

레나가 눈물 콧물 범벅이 된 얼굴로도 겨우 힘을 쥐어짜내 마일의 지시에 따라, 있는 힘껏 혀를 내밀었다.

"아이스 워터!"

마일이 레나의 혀에 마법으로 만든 물줄기를 쏘았다.

캡사이신은 혀의 온도를 느끼는 부분과 통각 신경을 자극하기 때문에 일단은 차가운 물로 식혀서 감각을 둔화시키고 그와 동시에 강한 물줄기로 씻어냈던 것이다. 그 다음으로.

"가열!"

캡사이신은 물에 잘 녹지 않는다. 하지만 기름에는 잘 녹기 때문에, 아이템 박스에서 꺼낸 식용유를 따뜻하게 한 다음 혀를 씻었다. 그리고 마지막으로.

"이렇게 혀를 씻으면서 홀짝홀짝 핥듯이 마시세요!"

그렇게 말하며 아이템 박스에서 꺼낸 따끈따끈한 우유를 레나에게 건넸다.

그리고 연속된 마일의 대처로 겨우 최악의 고비를 넘겼지만 그래도 아직 고통이 계속되는 레나였는데, 아무리 그래도 마일에게 불평할 수 없는 노릇이라 혼자 고통을 견딜 뿐이었다.

그 모습을 지켜본 마일은 어느 소년 탐정 이야기를 떠올렸다.

날름
"앗, 이건 청산가리?!"
깨꼬닥

* *

"이, 이게 『순수 고춧가루』인가요?!"

마치 순수 물폭탄을 처음으로 목격한 원자핵 물리학자 같은 눈빛으로 캡사이신 분말 결정을 응시하는 폴린.

"네, 말하자면 고추의 매운맛 성분만 추출한 거예요."

마일의 대답을 들은 폴린은 황홀한 표정을 지었다.

"이게 제 마법으로 만들어 낸 순수한 향신료라니……. 고가의 향신료를, 마력이 남아 있는 그날까지 무한하게……. 금을 만드는 것이나 다름없는 신의 소업! 이건 연금술이에요, 무쌍입니다! 무쌍 연금!!"

후추처럼 같은 무게의 금과 맞먹을 만큼의 가격은 아니지만, 식자재 중에서는 같은 중량의 가격 치고 비교적 값이 비싼 고춧가루. 그것도 그 매운맛 성분의 순수 결정체인 것이다. 폴린이 흥분하는 것도 무리가 아니다.

'어라, 저렇게 나오면 좀 곤란한데…….'

폴린을 본 마일은 당황했다.

저런 상태라면 고춧가루, 그러니까 캡사이신을 대량생산해서 일확천금을 노리자는 말이 나올지도 모른다. ……아니, 이미 나오고 있다.

'안 돼. 이대로는, 폴린 씨가 나쁜 세계에 빠지고 말 거야!'

마일은 허둥지둥 폴린에게 못을 박았다.

"폴린 씨, 안 돼요! 이걸 주력 상품으로 삼아 돈을 많이 벌자든가, 그런 생각을 해버리면 향신료 업계가 힘들어지게 된다고요! 생산자와 관련 상인들뿐 아니라 국가 간의 거래라든가 여러 가지로……. 그리고 어디에서 산 흔적도, 수입한 흔적도, 가져온 흔적도, 그리고 세금을 낸 흔적도 없다는 사실이 금세 드러나고 말 거예요. 그렇게 되면 입수한 측의 정보와 이권과 세수입을 요구하면서 온 나라의 귀족과 관리와 상인과 범죄자가……."

"윽……."

폴린도 장사치의 딸이다. 그래서 마일이 하는 말을 충분히 이해했다.

마법으로 만들었다는 사실을 털어놓지 않으면 납치나 고문, 혹은 밀수나 탈세로 체포되리라.

그렇다고 사실을 털어놓으면 입막음으로 죽이려 하거나, 순식간에 정보가 퍼져나가 가격 대폭락. 고추 산지와 업자에게 치명타를 입혀서 자신들이 떼부자가 되는 것도 불가능해진다.

그리고 더 큰 문제는 '울트라 핫' 계열의 마법이 퍼지게 된다는 사실이다.

'울트라 핫'은 현재 '붉은 맹세' 한정이다. 본(맞은) 자는 수십 명이나 되지만, 대부분 마법을 쓰지 못하는 자들이고 일부 마술사도 한 번 본 것만으로는 그 원리를 쉽게 알 수 없었다.

게다가 마술사인데 범죄에 손을 더럽힌 자는 어차피 이렇다 할 재능이 있는 것도 아니었다. 재능이 있었으면 애초에 범죄에 손을 더럽히지 않아도 충분히 살 수 있을 테니까. 또 '붉은 맹세'와 싸운 자는 대부분 포박되어 범죄 노예 신세로 전락된 탓도 있다.

그래서 현재까지 이 마법이 다른 사람들 사이에 퍼질 걱정은 없지만, 만약 근방의 범죄 마술사가 다들 '울트라 핫 계열 마법'을 구사할 수 있게 된다면?

······마술사와 근접 전투직의 힘의 균형이 무너져, 범죄 마술사의 무쌍이 시작되고 말리라.

그러한 일이 한 순간 뇌리를 스치고 지나가자 얼굴이 창백해진 폴린.

"그, 그럼 이번에 만든 이것도 곤란한 것 아니야?"

"윽!"

메비스의 지적에 마일은 말문이 막혔다.

"······으음, 그러니까, 그건, 그거예요!"

"'그거?'"

메비스와 레나가 이상하다는 표정을 짓자 마일이 선언했다.

"『그건 그거고, 이건 이거다!』『내가 하면 로맨스, 남이 하면 불룬!』이요!"

"""…………."""

그렇게 해서 인조 향신료의 대량 생산이 시작되었다.

폴린이 울트라 핫 마법을 쓰고, 마일이 정제 마법을 써서 용기에 담아 아이템 박스에 넣는 작업을 계속했다.

어차피 일찍 도시로 돌아갈 수는 없었다. 너무 부자연스러우니까.

그래서 앞으로 쓸 분량까지 포함해, 미리 많이 생산해두기로 했다. 아이템 박스에 넣어두면 변질되지도 않을뿐더러 무기가 될 수도 있다. 그래서 마일의 아이템 박스에 있던 용기에 끝에서부터 차곡차곡 담는 것과 병행해서, 레나와 메비스가 대나무 통에 담거나 풀잎에 감싸는 등, 뿌리면 퍼지거나 손으로 던지는 탄으로 사용할 수 있는 다양한 타입의 무기를 만들었던 것이다.

상대를 다치게 하지 않으면서 전투력만 빼앗는다. 실로 인도적인 무기인 셈이다.

그런데 아무 말 없이 손으로 던지는 탄을 만들고 있는 레나는 무슨 영문인지 사악한 미소를 띠고 있었다.

아마도 그것 때문이리라.

나만 겪는 건 용납이 안 된다. 동료가 필요하다, 하는 생각 말이다.

마일은 정제하면서 곁눈질로 레나의 미소를 목격했기 때문에, 그것을 갑자기 던졌을 경우 어떻게 대처할지 필사적으로 생각했다.

*　　*

그리고 해 질 녘.

'붉은 맹세' 일행은 도시로 돌아가 숙소를 잡았다.

원래는 사흘 정도 숲에서 야영하며 사냥과 약초 채취 등을 해서 향신료를 구하는 데 시간이 든 척 연출할 생각이었지만, 그럼 그러는 동안에 식당은 정상적인 운영을 할 수 없다.

게다가 어차피 규격에서 벗어났으니 하루나 사흘이나 별반 큰 차이가 없다.

다들 이제는 별로 신경 쓰지 않았다.

어쩌면 향신료 미립자를 너무 많이 마셔서 정신이 어떻게 된 건지도 모른다. 카레 향신료를 너무 많이 마시는 바람에 중독되고만, 카레 장군 블랙 카레의 하나다 코사쿠(만화 『요리사 아지헤이』의 등장인물)처럼.

하지만 조금이나마 시간이 든 것처럼 보이기 위해, 또 오늘은 그만 푹 쉬고 싶은 마음에 고급 식당 '카라미테이'에는 들르지 않고 숙소로 돌아와 푹 쉬기로 했던 것이다.

내일 가도 늦지 않다. 이런 스페인어도 있지 않은가. 아스타 마냐나, 내일 해도 늦지 않는다냥!

……뭐야, 고양이 수인이냐!

　　　　　　　＊　　＊

"……그렇게 해서 다 모아 왔습니다."

"……뭐가 그렇게 해서, 인지는 잘 모르겠지만 어쨌든 어디 한 번 볼까?"

너무 빠른 '붉은 맹세'의 귀환에 별로 기대도 안 된다는 듯, 그저 의뢰 성공 실적을 노려서 구색만 갖춘 소량 납입이겠지 하고 반쯤 포기한 표정을 짓는 점주였다.

실제로 '붉은 맹세'는 손에 아무것도 없었다. 그렇다는 건 주머니에 들어갈 정도의 양, 이라는 뜻이다. 하지만.

"자, 여기요."

쿵!

갑자기 나타나 테이블 위에 놓인 나무통.

그리고 그 안에 든 붉은 분말.

"앗? 아니, 이건 서, 설마……."

반사적으로 분말을 집어먹으려던 점주의 오른 손목을 마일이 허둥지둥 붙잡았다.

"……쳇!"

동료가 생기는 것이 무산된 레나가 이를 드러내며 마일을 노려보았다.

"레나 씨, 무, 무서워요, 그 얼굴……."

겨우 점주를 설득해서 직접 시식(?)을 포기하게 하고 작은 냄비에 나눠 담은 수프에 아주 조금만 넣은 것을 시식하게 했더니…….

"푸후웁!"

내뱉고 말았다.

"무, 무울…….."

"네, 여기요!"

이런 일이 일어날까 싶어, 미리 컵에 냉수를 받아 아이템 박스에 넣어 두었던 마일. 레나 때와 달리 순수한 결정을 그대로 혀에 댄 게 아니기 때문에 그것만으로도 충분하리라.

과연 아이템 박스에 들어 있는, 지난번 다 함께 낚시하러 갔을 때 고기밥으로 쓰고 남은 지렁이를 내미는 장난은 자제했다. (지렁이는 일본어로 '미미즈'로, 물의 일본어 '미즈'와 비슷하다) 일단은 그래도 의뢰주니까.

잠시 후 겨우 제정신으로 돌아온 점주는 당연히 출처를 캐물었다.

"어디서 구했어? 아니, 그것보다도 이게 도대체 뭐야?"

"아, 네. 이건 고추의 매운 성분을 바짝 조려서 응축시킨 거예요. 구입처는 절대 비밀로 한다는 조건으로 샀기 때문에……."

"…………."

점주는 무서울 정도로 진지한 눈빛으로 나무통 속에 든 내용물을 바라보았다.

"여하튼 얼마에 사주시겠어요?"

폴린이 가장 중요한 부분을 콕 집어 물었다.

후추의 시세가 1그램에 은화 5닢. 금값과 거의 맞먹었다.

고춧가루는 그렇게까지 비싸지는 않아서 1그램당 은화 1닢 정도였다. 과연 비싸기는 하지만 향신료 1그램이란 상당한 양으로, 보통은 요리 한 접시에 그 10분의 1도 채 쓰지 않는다. 그래서 냄비 하나당 1그램을 쓴다고 치면 기껏해야 은화 1닢, 일본 엔으로 환산하면 1,000엔에 상당한다. 시세의 1.5배에 샀다고 해도 요리 가격을 아주 살짝 올리면 그만이니 그리 큰 문제는 되지 않는다.

그게 약 5킬로그램 분량. ⋯⋯시세로 금화 50닢, 일본 엔으로 약 500만 엔이다. 그 시세의 1.5배가 되면 금화로 75닢. 그리고 맵기는 고춧가루의 5,000배 전후. 일반 고춧가루보다 아주 적은 사용량으로도 충분하다.

뭐, 그렇다고 해서 5,000배의 가격이 붙을 리는 없지만, 과연 점주가 값을 얼마나 쳐줄까?

모두가 지켜보는 가운데, 점주는 손가락 끝으로 조금 전 수프를 살짝 찍어 맛본 후 고민에 빠졌다.

그리고 마침내 결론을 내렸다.

"전부 금화로 10냥."

""""에엥?!""""

이 점주는 요리를 좋아하는, 장인 기질이 있는 성실한 인물이다. 그렇게 생각한 메비스, 레나, 마일 세 사람은 그가 제시한 금액에 충격을 받고 소리쳤다. 하지만 폴린만은 태연했다.

"일단 고춧가루의 시세는 알고 계신지? 제시한 가격의 근거는 뭐죠?"

무표정이 된 폴린의 무감각한 목소리에 점주는 살짝 당황했다가, 그래봐야 어린 계집애라고 생각했는지 다시 강한 태도로 돌아왔다.

"고추의 원형이 없고 너무 잘게 빻았기 때문에 값이 내려갔어. 그리고 그냥 맵기만 하고 고춧가루 본연의 군맛과 풍미가 전혀 없어. 3급품 이하에 해당하는 싸구려치고 이것도 비싸게 부른 편이야. 뭐, 그래도 모처럼 의뢰를 받아줬으니까 조금은 값을 더 얹어줄까 하는 생각으로 말이야. 하하하!"

작위적으로 웃는 점주를 싸늘하게 쳐다보는 폴린.

"매운맛이 강한 만큼 조금만 써도 된다는 점에 대해서는 어떻게 생각하시죠?"

"응? 그거야 오차 범위에 있는 것 아닌가? 그냥 단순히 조금 더 매운 품종일 뿐이지."

"매입하는 데 얼마가 들었는지에 대해서는?"

"신출내기인 너희가 매입할 돈을 뭐 얼마나 가지고 있었겠어? 기껏해야 어디 가서 훔쳤거나 아주 헐값에 사들였거나? 자, 주절주절 말하지 말고 얼른 주기나 해. 그리고 어디서 샀는지도 알려주고."

"마일, 회수해!"

"네!"

"엥?"

레나가 마일에게 회수를 명령하자 마일이 곧바로 향신료가 가득 든 나무통을 수납했다.

순식간에 종적을 감춘 나무통을 보고 눈이 휘둥그레지는 점주.

"그럼 성과는 없었던 걸로."

그렇게 말하며 나가려는 '붉은 맹세'를 점주가 몹시 당황하며 붙잡았다.

"뭐야! 기, 기다려! 그건 우리가 의뢰한……."

"……하지만 가격이 맞지 않아 교섭 결렬이 됐죠. 서로 페널티 없이 의뢰 계약은 종료. 원래 그런 내용의 계약이었고, 계약서는 길드에 제출했으니까요."

"으……."

폴린이 날카롭게 지적하자 당황하는 점주.

"아, 아니, 지금 수중에 있는 게 금화 10닢이라는 얘기였어! 설마 이렇게 대량으로 구해올 줄 몰랐단 말이야. 가게에 항상 목돈을 둘 리가 없잖아. 그랬다가는 도적의 표적이 되고 말 거야. 상업 길드에서 돈을 찾아와야 하니까 시간이 좀 걸린다고! 그러니까 저녁 때 다시 와줘. 그때까지 준비해둘 테니!"

수상하다.

그렇게 여기면서도 '붉은 맹세'는 그 제안을 받아들이고 일단 물러났다.

＊　　＊

"……어떻게 생각해요?"

"거의 가망 없다고 봐야 해. 얼마를 줄지 끝까지 확답을 피했고, 우리를 물로 보는 게 틀림없으니 어쨌든 값을 후려치고 입수 루트를 캐낼 생각일 거야."

마일이 묻자 폴린이 어깨를 움츠리며 그렇게 대답했다.

"맛에 엄격한, 손님을 생각하는 장인 기질의 요리사라고 생각했는데……. 우리를 내려다보는 태도나 구입처를 억지로 캐내려고만 하지 않았다면 시세보다 아주 싼 값에 줄 수도 있었는데. 밑천이 들지 않고 어마무시하게 매워도, 풍미와 향도 떨어지고 쓰기 불편한 건 사실이니까요."

"뭐, 인간은 누구나 큰돈 앞에서는 욕심이 생기는 법이니까."

실망하는 마일에게 그렇게 말하며 레나는 폴린을 힐끔 곁눈질했다.

"저녁때까지 기다려봐야 시간 낭비일 것 같은데요."

그렇게 말하며 지긋지긋하다는 표정을 짓는 폴린.

"그럼 조금이나마 시간을 유의미하게 쓰기 위해서 저녁때까지 뭐라도 잡으러 갈까?"

"""하잇!"""

메비스의 제안에 모두 입을 모았다.

*　　*

그리고 해 질 녘.

다시 고급 식당 '카라미테이'를 찾아온 '붉은 맹세'는 테이블을 사이에 두고 점주와 마주 보고 앉았다.

"그럼 오전에 했던 교섭을 이어가 보죠. 결국 아직까지 수정된 제시 금액을 말씀하지 않으셨는데, 이번에는 값을 어떻게 책정하실 건가요?"

폴린의 목소리는 차가웠다. 더는 이 점주를 '좋은 거래 상대'로 보지 않기 때문이리라.

"그전에 현물부터 보여줘. 한두 푼도 아닌데 돈만 받아 챙기고 『이미 다른 곳에 팔았다』고 나올지도 모르는 일이니까."

폴린이 고개를 끄덕이자 마일이 아이템 박스에서 향신료가 든 나무통을 꺼내 테이블 위에 올려놓았다.

그것을 본 점주가 히죽 웃으며 말했다.

"그럼 출처를 말해 보실까? 그 정보까지 합해서 금화 11닢에 사 주지."

"""""어휴………….""""""

깊은 한숨을 내쉬는 네 사람.

역시 시간 낭비였다.

'붉은 맹세'가 자리에서 일어나 나가려고 했을 때, 점주가 갑자기 박수를 쳤다. 그러자 옆문이 열리더니 30~40살 정도의 헌터로 보이는 장정 다섯이 나타났다.

그들 중 둘은 출입구를 막아섰고, 나머지 셋은 점주를 보호하려는 듯 위치를 잡았다.

"원만하게 끝내려고 했건만, 그런 태도라면 어쩔 수 없지. 자,

이 녀석들을 얼른 붙잡아라!"

"""""어휴우우우우…………""""""

다시 한 번 깊은 한숨을 내뱉는 '붉은 맹세'의 네 멤버들.

"아니, 보니까 딱히 당신한테 위해를 끼치려는 것 같지도 않고, 그저 단순히 거래가 무산된 거 아니야? 그런데 붙잡았다가는 도리어 우리가 범죄자가 되고 말 것 같은데……."

아무래도 돈을 주고 고용한 건달은 아닌 듯했다. 겉보기대로 평범한 헌터 같다.

"이 녀석들은 짐마차를 습격한 도적과 한패야! 거기 있는 건 우리가 빼앗긴 향신료이고. 우리보고 사라고 뻔뻔하게 나와서 금화 11닢에 다시 사려고 했더니 트집을 잡잖아. 그래서 이 녀석들을 붙잡아 경관에게 넘기려는 거다. 괜찮으니까 어서 잡기나 해!"

하지만 괜히 붙잡았다가 그게 아니면 큰일이다. 특히 상대가 어린 소녀들이면 불명예스러운 죄목이 붙어, 헌터 자격 박탈까지 당할 수 있다. 그러니 경솔하게 행동할 수는 없었다.

"우리는 호위로 고용된 거야. 딱히 당신한테 위해를 가할 기미도 안 보이는 여자애들을 붙잡을 이유는 없어. 설령 그게 도적이라고 해도 말이지. 뭐, 정말 도적과 한패라면 보상금도 나오니까, 선량하고『착한 헌터』로서 기꺼이 협력해줄 수도 있지만……. 그래, 무슨 증거라도 있어?"

그 말에 점주는 테이블 위에 놓인 나무통을 손가락으로 가리켰다.

"바로 이게 증거야! 이건 우리가 먼 나라에 주문한 향신료인데

도적들한테 빼앗긴 거야!"

그 말을 들은 헌터들이 마일 일행에게 물었다.

"저 말이 사실이야?"

도리도리도리!

동시에 고개를 가로젓는 네 사람.

"그게 아니라 그건 우리가 입수한 특수한 향신료예요. 다른 데서 구할 수 없는 거죠. 점주 보고 자기는 어디서 주문했는지 확인해 보라고 하세요. 발주처에 직접 확인하는 건 시간이 좀 걸리겠지만 가까운 가게나 상업 길드에 문의하면 그런 가게가 있는지 없는지, 그런 제품이 지금껏 출하되었는지 아닌지, 그리고 이 가게에서 썼는지 정도는 곧바로 알 수 있을 것 같은데요?"

마일의 말에 다시 시선을 점주에게 돌리는 헌터들.

"시, 식자재의 구입처는 가게의 비밀이야! 말은 술술 잘도 하네! 너희야말로 어디서 구했는지 밝히고 결백을 주장하는 게 어떠냐?!"

"뭐라고요? 입수한 곳을 술술 털어놓을 수 없다고 방금 본인 입으로 말하지 않았나요?"

어이없다는 표정으로 되물은 마일. 헌터들도 씁쓸하게 웃었다.

"야…….."

"그리고 도적에게 빼앗긴 자기 향신료라고 말했는데, 받기 전에 빼앗겼기 때문에 돈을 지불하지 않았다고 했잖아요, 어제 오전에. 그럼 당신 것이 아니라 향신료를 판 쪽의 것 아닌가요? 당신한테 무슨 권리가 있다는 거죠?"

마일이 따지자 윽, 하고 입을 다무는 점주를 어이없다는 듯 쳐다보는 헌터들.

"그리고 정말로 이렇게 대량으로 발주한 게 맞나요? 발주한 것과 이 나무통에 들어 있는 향신료, 양이 일치하나요?"

"그, 그래, 주문한 5킬로그램, 정확히 일치한다고!"

점주가 대답하자 마일이 의미심장하게 웃었다.

"그럼……, 이렇게 해서 저희는 혐의에서 벗어났네요!"

그렇게 말한 마일은 아이템 박스에서 쉴 새 없이 꺼내 테이블 위에 나열했다. 대량의 향신료가 든 다양한 용기를 말이다.

""""""허어어어어어어억?!"""""""

점주뿐 아니라 헌터들도 경악해서 소리쳤다.

""""""수, 수납마법!"""""""

등장한 향신료의 엄청난 양에는 헌터들과 점주 모두 놀랐지만, 수납마법에 놀란 건 이미 그 사실을 안 점주를 제외한 다섯 헌터들뿐이었다.

"이렇게 해서 이 향신료는 우리가 짐마차에서 빼앗은 게 아니라는 게 증명되었죠?"

마일이 점주가 아니라 자신들을 향해 묻자, 헌터들은 고개를 끄덕였다.

"음, 아까 한 이야기 말인데요, 여러분은 평범하게 정식 호위 의뢰를 받은 헌터이시죠?"

"그래, 맞아. 오전에 올라온, 상담(商談)하는 짧은 시간 동안 호위주는 내용의 의뢰였어. 상대가 헌터니까 교섭이 결렬되어 실력행사를 할 경우에 대비해, 신호를 주면 등장해서 위협해주면 좋겠다는 내용이었지. 상대가 신입 여자애 사인조로 별로 힘든 일이 아니라고 해서, 짧게 일하고도 돈을 벌어 오늘 밤에 호화로운 식사와 술을 즐길 수 있겠다는 생각에 의뢰표를 보자마자 의뢰 보드에서 떼어냈는데……."

리더로 보이는 남자가 머리를 긁적이며 마일에게 대답했다.

"그럼 이제 상황은 다 이해하셨죠? 이 사람이 저희에게서 향신료를 빼앗고 그 입수 루트를 알아내 가로채려고 허위로 의뢰했고, 당신들에게 범죄 행위를 시키려고 했다는 것 말예요. 이 향신료와 조금 전 증언과의 모순. 그리고 정말로 저희를 도적과 한패로 생각했다면 자비로 헌터를 고용할 것이 아니라 경관에게 바로 신고했겠죠, 보통은. 이 모든 내용을 헌터 길드와 경관에게 증언해주실 수 있죠?"

"으, 으응, 물론이지. 안 그럼 의뢰 실패 아니면 범죄 행위 가담 같은 걸로 우리도 엮어서 곤란해질 테니까. 오히려 우리야말로 부탁하고 싶어. 우리가 과실 또는 위법행위를 하지 않았다는 거, 단지 속았을 뿐이라는 걸 증언해줘!"

마일 일행이 흔쾌히 승낙하자 헌터들이 그제야 안심한 표정을 지었다.

"그리고 점주 쪽 말인데요……."

점주의 얼굴이 새파랗게 질렸다.

"이 향신료가 도난품이 아니라는 걸 알면서도 그걸 빼앗으려고 저희를 범죄자로 몰아세우려고 한 점. 심지어 도적에게 빼앗긴 향신료의 주인도 아니면서. 게다가 길드에 의뢰한 호위를 속여서 범죄 행위에 가담하게 만든 점. 이상 두 건, 길드 경유로 경관에게 인도되기 전에 뭔가 하시고 싶은 말씀이라도?"

마일이 의중을 떠보자 점주가 필사적으로 변명했다.

"아, 악의가 있었던 건 아니야! 아주 사소한……."

"네? 악의가 없어요? 나쁜 짓을 했다는 자각이 없는 건가요? 당신한테 이런 행위는 양심의 가책의 받을 필요도 없는, 지극히 일상적인 행위인가요?"

레나 일행뿐 아니라 호위로 고용된 헌터들까지 마치 오물이라도 보는 듯한 눈으로 점주를 쳐다보았다.

"……엥? 아, 아니, 그런 의미가 아니야! 이건……."

"그럼 악의 없이, 사람을 함정에 빠트리는 범죄행위가 가능하다는 건가요? 이게 악의가 아니면 도대체 어떤 흉악한 범죄를 저지를 셈이었죠……?"

그렇게 딱 잘라 말하는 마일.

"그리고 이건 자기가 길드 경유로 의뢰한 사람끼리 싸움을 붙인 행위죠? 길드 쪽에서 이걸 어떻게 받아들일까요?"

"……아주 드문, 길드에 대한 악질적인 적대 행위지. 이후 의뢰를 일절 거부할 뿐만 아니라 범죄자로 간주해 경관에게 넘기는 것이 최소 라인일 거야. 아가씨들이랑 싸웠으면 사망자가 나왔을지도 모르는 일이잖아. 가벼운 처벌로 끝날 리 없지."

마일과 호위 헌터의 대화를 듣고 이제는 얼굴에 핏기가 하나도 없는 점주.

바들바들 떠는 점주를 보며 마일은 이제 슬슬 그만할까, 하고 생각했다.

"왜 이런 짓을 벌였나요?"

마일의 질문에 점주는 몸을 떨면서 필사적으로 대답했다.

"햐, 향신료가 너무 갖고 싶었어! 이번에 일시적으로 부족한 분량뿐 아니라 앞으로 계속해서 값싸게 향신료를 구할 수 있다면, 향신료를 듬뿍 넣은 요리를 저렴하게 제공할 수 있을 거란 생각에……. 질이 썩 좋지는 않지만, 강렬한 매운맛을 가진 그 향신료를 가까운 곳에서 값싸게 입수할 수 있다면 풍미나 향이 부족한 것 정도야 평범한 고춧가루와 섞거나 다른 소재를 첨가하면 어떻게든 해결할 수 있어! 그걸 정기적으로 값싸게 구할 수만 있다면 지금까지 우리 집 요리를 맛보지 못했던, 살림살이가 넉넉하지 않은 많은 손님들에게 언제든지 우리의 매콤한 요리를 부담 없이 대접할 수 있잖아……. 너희는 여행 중인 헌터지? 이렇게 눈에 띄는 여자애 사인조 따위, 이 도시 출신이라면 내가 지금까지 몰랐을 리가 없어. 그렇다는 건 어차피 곧 여길 떠날 거잖아? 그러니까 루트를! 입수 수단을 반드시 알아내고 싶었어……."

그 자리에 털썩 주저앉아 두 손으로 바닥을 짚은 점주가 고개 숙였다.

마일 일행은 조금 곤혹스러웠다.

이 점주는 첫 대면 때부터 태도가 약간 건방지기는 했지만 그건 의뢰주로서 자신이 더 우위에 있다는 생각, 또 마일 일행이 어린 소녀뿐이라는 것, 그리고 장인 기질에 고집이 센 아저씨 중에는 그리 드물지 않은 타입이어서 딱히 불쾌하게 생각하지 않았었다.

그리고 요리와 손님에 대해서는 나름대로 성실한 면이 보였다.

만약 자신들이 이 의뢰를 받지 않았더라면.

만약 자신들이 '상식적인 품질의 향신료'를 '상식적인 양'만 가지고 왔더라면.

그랬더라면 이 점주는 평소와 다름없이 매입해서 평소와 다름없는 요리인으로 계속 일하지 않았을까.

……자신들의 비상식적인 면이 범죄 행위를 유발해서 이 점주의 인생을 망쳐버린 건 아닐까.

그렇게 생각하자 뭐라 말하기 힘든 감정에 휩싸여 견딜 수 없었다.

"그럼 만약 우리가 호위 헌터들을 설득하지 못해 싸움으로 번졌을 경우 어쩔 생각이었는데요?"

마일이 묻자 점주는 멍한 표정으로 대답했다.

"뭐? 어차피 처음부터 싸움으로 번지지 않았을 것 같은데? 나중에 해명하려고 순순히 항복하거나, 쉽게 붙잡혔을 테니까 그런 다음에 도적이 아니라고 주장하면 입수처를 대라고 해서 루트를 알아낼 계획이었지……."

"그런 다음 경관에게 넘겨서 억울한 누명을 씌워 고문하고 처형당하게 만들 계획이었나요?"

마일의 그 말에 점주가 화들짝 놀라 소리쳤다.

"아, 아니야! 그런 짓을 할 생각은 추호도 없었어! 난 매입 루트만 알아내면 충분하다고, 그것만 알아내면 그 금화를 주고 『오해해서 미안했다』고 하고 끝낼 생각이었다고!"

점주가 변명했지만 마일은 더욱 몰아붙였다.

"그래도 만약 우리가 사들인 곳을 밝히지 않았다면?"

"……뭐라고?"

"아니, 그러니까 만약 우리가 신의를 중요하게 여겨서 입수처를 토해내지 않았다면 그때는 어쩔 생각이었냐고요. 도적 일당으로 경관에게 넘길 생각이었나요? 아니면 고문이라도 할 생각이었나요?"

점주는 어리둥절해하더니 정말 순수한 표정으로 대답했다.

"……생각 안 해봤는데."

"""""엥?"""""

"거기까지는 생각 안 해봤어……."

아무래도 진짜 같았다.

"뭐, 어차피 그럴 가능성은 없었겠지만요."

"""""""뭐라고?"""""""

점주와 호위 헌터들의 목소리가 겹쳤다.

"아니요, 혹시라도 싸움으로 번졌다면 호위 여러분을 혼절시켜서 전원을 길드 경유로 경관에게 넘기면 되니까요. 강도에게 공격당했다고 말하고."

마일의 말에 어이, 농담은 그만해, 하는 표정으로 쓴웃음 짓는 호위 헌터들.

그 모습에 마일은 열이 확 받았다.

일단 점주의 의도랄까, 어느 선까지 생각했는지 확인하고 싶었을 뿐이어서, 그 말을 들은 후에 '그럴 가능성은 원래부터 없었으니 너무 신경 쓰지 않아도 된다'는 식으로 도움의 의미를 담아 가볍게 한 말이었는데, 완전히 바보 취급 당했던 것이다.

얕보여서는 헌터 일을 해나갈 수 없다.

"레나 씨, 폴린 씨!"

"염폭!"

"아이스 니들!"

마일이 신호를 주자 순식간에 마법명뿐인 영창 생략 마법으로 정수리 위에 작은 화구와 얼음 바늘 다발을 만들어 낸 레나와 폴린. 주문의 본체는 헌터들이 등장했을 때 머릿속으로 영창해서 언제든 마법명만으로 발동할 수 있게 보류해두었던 것이다. 마술사로서는 당연한 조치였다.

"뭐야, 영창 생략 마법이라니!"

눈이 휘둥그레지는 호위 헌터들.

그리고 그 틈에, 품에서 꺼내는 척하며 아이템 박스에서 동화 한 닢을 꺼낸 마일은 그걸 메비스를 향해 손가락으로 튕겨 날렸다.

"메비스 씨!"

"응!"

메비스는 눈 깜박할 사이에 검을 휘두른 다음 곧바로 검을 놓고 오른손을 허공으로 뻗었다.

그렇다, 예전에 마일이 썼던 기술 '동화 베기'였다.

마일이 헌터 등록을 했던 마을. 그 마을의 헌터들이 마일에게 붙인 '동화 베기'라는 별명. 그 유래를 술집에서 접수원 아가씨 라우라에게 들은 메비스는 마일에게 부탁해 비법을 전수받았던 것이다.

다만, 비법이라고 했지만 배운다고 해서 누구나 흉내낼 수 있는 건 아니었다.

메비스가 마일이 만들어준 검을 썼을 때 비로소 가능해지는 기술이었다.

"""""""헉······.""""""""

메비스가 펼친 손바닥 위에 놓인, 두 개로 쪼개진 동화 조각을 본 호위 헌터들은 경악해서 눈을 커다랗게 떴다. 그리고 다시 한 번 레나와 폴린이 머리 위에 띄운, 대기 상태의 염탄과 무수한 얼음 바늘을 응시했다.

"""""""자, 잘못했습니다아앗!""""""""

그제야 '붉은 맹세'의 실력을 알고, 진짜 싸움으로 번졌을 때의 상황을 상상한 헌터들이 새파랗게 질렸다.

"그, 그나저나, 정말 놀랍군. 다들 이렇게 어린데······. 엄청난 실력의 검사에, B등급에 버금가는 마술사가 둘, 그리고 넌 아직 한참 어린데도 파티의 두뇌, 사령탑 역할인가?"

리더로 보이는 남자가 묻자 마일이 고개를 가로저었다.

"아니요, 폴린 씨의 시커먼 속······아, 아니 지략에 비교하면 저는 그저 핏덩이나 다름없어요. 저는 검사 겸 마술사랍니다."

그때 옆에서 레나가 끼어들었다.

"마일은 우리 중에서 가장 강해. 검도, 마술도."

""""""헉…….""""""

……무섭다. 이 녀석들, 너무 무서워!

그런 생각이 들자 확 깬다는 표정을 짓는 헌터 오인조였다.

과연 '붉은 맹세'의 이름이 다른 나라까지 소문이 난 건 아닌 듯했다.

뭐, 졸업 검정이며 그 밖의 기타 등등에서 약간 일을 저지르기는 했지만 그래도 신참 등급 헌터가 아닌가. 다른 나라까지 이름이 소문나는 게 더 이상하다. 국내에서조차 직접 졸업 검정을 본 자가 많은 왕도라면 모를까, 지방 도시에서는 대부분 '붉은 맹세'의 이름 따위 알지 못하리라.

아직 '미스릴의 포효'의 리더를 이긴 베일 쪽이 더 이름이 알려져 있을 가능성이 있다. 그렇다, 마일의 계획대로 말이다…….

그리고 드디어 점주의 처우 문제로 넘어왔다.

상식적인 일이나 루틴 워크(정상 작업)면 모를까 이런 주제에는 레나와 폴린, 그리고 물론 메비스도 취약했다.

그래서 전부 마일에게 맡기기로 했다. 원래 향신료와 관련된 일은 전부 마일의 재량 범위 안에 있었으니까.

마일은 잠시 고민한 후 점주에게 말했다.

"……금화 12닢입니다."

""""""엥?""""""

마일의 말에 다들 어이없다는 표정을 지었다. '붉은 맹세' 멤버들만 제외하고 말이다.

"……지금 뭐라고 했어?"

"아니, 그러니까 금화 12닢이라고요."

"""""…………""""

호위 헌터의 질문에 마일이 그렇게 대답하자 침묵이 감돌았다.

"……이유가 뭐야!"

마구 화내는 리더에게 마일은 그렇게 결정한 이유를 설명했다.

"점주 아저씨가 천성이 나쁜 사람은 아닌 것 같아서요……. 어쩌다가 너무도 갖고 싶은 향신료를 얻을 기회가 눈앞에 찾아와서, 순간 눈에 뭐가 씌었을 뿐……."

"평범하고 정직한 사람이라면 그렇다고 해서 눈에 뭐가 씌지 않아! 이번에 그런 짓을 저질렀다면 다음에 또 똑같이 그럴 거라고! 그리고 다음번에는 이번 경험을 살려서 정규 의뢰가 아니라 어느 한량을 고용할지도 모르고, 그때의 피해자가 너희처럼 강하지 않을 수도 있어. 그때는 정말로 깡패들에게 고문당하거나 억울한 누명을 뒤집어쓰고 범죄자가 될지도 모른다고. 그걸 정말 모르는 거야?!"

과연 그의 말은 틀리지 않았다.

하지만 마일은 리더의 말을 일축했다.

"괜찮아요. 점주 아저씨는 충분히 반성하고 있으니까 두 번 다시는 이상한 생각을 하지 않을 거예요. 그리고 이 특수한 향신료는 제가 수납에 넣어 가져온 것이어서, 이 근방에서는 절대 구할 수 없고 점주 아저씨가 생산자에게 직접 구입하는 것도 불가능해요. 게다가…….”

“게다가?”

“또 이런 짓을 하면 그때 저희가 다시 찾아올 거예요. 그래서 이 향신료를 점주 아저씨의 입에 털어 넣을 거랍니다. 이 나무통에 들어 있는 것과 똑같은 양으로…….”

그 말을 듣고 바들바들 떠는 점주.

그건 정신적으로나 육체적으로나 ‘죽음’을 의미하는 말이었으니 당연했다.

호위 헌터의 리더 역시 그것을 보고 씁쓸하게 웃었다.

“앞으로 두 번 다시 이런 짓을 저지르지 않겠다고 약속한다면 뭐, 괜찮지 않을까요. 점주 아저씨를 경관에 넘겨봐야 도적이 아니니 보상금도 안 나올 테고, 향신료도 못 팔아 저희도 돈을 벌지 못하고, 게다가 이 도시는 맛집을 하나 잃을 뿐 모두에게 이익이 되지 않아요. 그럴 바에야 약간의 페널티를 주고 한 번 눈감아 주는 것도 괜찮다고 생각해요.”

“페널티?”

“네. 예를 들면 모두에게 의뢰비 이외에 금화를 일인당 한 닢씩, 총 다섯 닢을 일종의 피해 보상금으로 준다거나…….”

“““““오오옷!”””””

“추, 충분히 반성하고 있다면 누, 눈감아주는 것도 괜찮겠군! 인간이란 자고로 자비심을 잊으면 안 되는 법이니까 말이지!”

마일의 제안을 듣자마자 리더를 비롯한 헌터들이 모두 태도를 확 바꾸었다.

마일이 점주를 쳐다보니 점주는 온 힘을 다해 고개를 끄덕이고 있었다. 이렇게 해서 이야기는 일단락된 것 같았다.

마일이 처음에 꺼낸 나무통만 빼고 나머지 향신료를 다시 수납하자 점주가 "아……" 하고 아쉬운 소리를 내뱉었지만 마일은 그것을 무시했다. 점주도 추가 구입 이야기를 꺼낼 정도로 강심장은 아닌 듯했다.

그리고 마일 일행이 그것밖에 팔 생각이 없다는 건 처음에 나무통 하나 분량의 향신료밖에 꺼내지 않았다는 점을 봐서도 명백했고, 점주를 비롯한 사람들은 이 향신료가 마일이 머나먼 나라에서 공수해 온 것이어서 쉽게 보충할 수 없다고 인식했기 때문에 추가 신청을 자중하는 것은 당연했다.

조금 전에 마일이 말했던 '이 근방에서는 구할 수 없다'는 것도 '수납에 넣어 가져왔다'는 것도 결코 거짓말이 아니다. 자기들이 만든 것이지 남에게 사들인 게 아니고, 숲에서 여기까지 수납에 넣어 가져왔으니 모두 사실이었다. 그걸 듣고 착각한 사람이 있다고 해도 그건 마일 일행의 책임이 아니다.

점주가 가게 안쪽에 있는 비밀 금고에서 가죽 꾸러미를 가지고 나왔고, 결국 '붉은 맹세'는 12닢, 호위 헌터들은 5닢의 금화와 함께 저마다 의뢰 완료 사인을 받았다. 호위 헌터들의 호위 의뢰비는 사전에 길드에 공탁되어 있어서 의뢰 완료 보고에 의해 길드에서 받게 되어 있었다.

*   *

"……어떻게 할래?"

"어떻게 할까요……?"

식당을 뒤로하고 길드에서 의뢰 완료 보고를 한 '붉은 맹세'는 의뢰 보드 근처에서 상의하고 있었다.

원래는 이 도시에서 며칠간 머물기로 했었지만, 향신료 사건이 끝난 후 달리 재미있어 보이는 의뢰가 없었기 때문이다.

재미로 일을 고른다는 건 다른 헌터들이 들으면 버럭 화낼 이 야기이지만, '붉은 맹세'는 금전적으로 여유로웠다. 그리고 이 여행은 고룡 건도 포함되어 있다고는 하나 그건 어디까지나 '겸사'였고 주목적은 등급을 올리기 위한 수행과 포인트 벌이, 그리고 다함께 즐겁게 지내는 데에 있었다.

경우에 따라서는 단조로운 하위 마물 토벌이나 채취 등의 의뢰를 받을 수도 있지만, 가능하면 뭔가 특이하고 재미있는 의뢰나 수행이나 경험을 쌓을 수 있은 일을 하고 싶었다.

소녀에게 시간은 금이다. 그러니 괜한 일에 허비할 수 없다.

그렇다, 마일이 늘 입버릇처럼 말하는 바로 그것이다.

'평범한 여자애로 돌아가고 싶어!'

가 아니라,

'우리에게는 시간이 없어!'

라는 말.

그리고.

"다음 도시로 떠나볼까요…….."

"응, 그럴까?"

"그렇게 해요."

"……빨리 이 나라를 빠져나가 마음을 놓고 싶어요."

모두의 의견이 일치해서 국경을 향하기로 했다.

이곳은 이미 국경과 무척 가까워 이웃나라까지 그리 멀지도 않았다.

"그럼 일단 숙소로 돌아가서 떠난다고 알리고 바로 출발하는 거야."

"""하잇!"""

*　　*

그리고 며칠 후.

향신료 입하가 끊겨 임시 휴업을 했었던 '카라미테이'가 영업을 재개했고, 맛은 살짝 떨어졌지만 향신료를 충분히 쓴 신 메뉴와 대폭적인 가격 인하로 서민들도 부담 없이 찾는 인기 식당이 되었다.

다만 '어쩌다가 향신료를 값싸게 사들여서 열게 된 일시적 이벤트. 이번에 매입한 분량을 다 쓴 후에는 다시 원래의 맛과 가격으로 돌아갑니다'라는 벽보가 붙어 있어서, 이는 기간 한정이었다.

한편 다른 식당은 '카라미테이가 향신료를 파격적인 가격에 구한 건 헌터에게 의뢰했기 때문이다'라는 정보를 입수하고 일제히 헌터 길드에 향신료 구입 의뢰를 넣었는데, 그 의뢰를 받아 주는 헌터가 있을 리 없었다.

또 다른 식당이 '한 파티가 납입한 정두의 양이라면 얼마 지나지 않아 바닥나서 정식 재료가 도착할 때까지 또 임시 휴업을 하겠지'하고 예상했지만, '카라미테이'의 기간 한정 세일은 좀처럼 끝날 줄을 몰랐다. 다시 발주한 원래 향신료가 마침내 도착한 후에도 말이다.

그렇다, 그 향신료를 분말째로 쓰기에는 맛이 너무 강하고 위험하다고 여긴 점주가 여러 가지로 연구한 결과, 물에는 잘 녹지 않지만 기름이나 알코올과 식초에는 잘 녹는다는 사실을 밝혀냈고, 쓰기 한결 수월하면서 사용량을 줄이는 데 성공했기 때문이다.

어쨌든 캡사이신의 순수 결정이 아닌가. 아무리 연하게 해도 충분히 그 매운맛을 발휘했다. 그래서 꽤 긴 기간 동안 계속 쓸 수 있었다.

그 후 고급 식당 '카라미테이'의 점주는 특수 향신료의 마지막 남은 한 줌을 작은 약단지에 넣고 비밀 금고에 소중히 보관했다. 그리고 괴로울 때나 유혹에 흔들릴 것 같을 때 금고에서 약단지를 꺼내 한동안 바라본 후 다시 일터로 돌아가곤 했다.

작은 항아리를 바라볼 때 점주는 무슨 생각을 하고 있을까. 그건 본인 이외에는 아무도 알 수 없었다.

제43장 여인숙

"다음 마을은 거리가 조금 머니까 아직 이르지만 오늘 밤은 이 마을에서 묵자."

향신료를 판 도시를 출발한 지도 사흘이 지났다. 첫날밤은 어느 작은 시골의 여인숙, 나머지 이틀 밤은 야영하면서 이따금 사냥과 하급 마물 토벌, 약초와 비싼 식재료 채취 등을 하며 이동해 온 '붉은 맹세'는 해지기 전까지 아직 시간이 좀 남았지만 오늘 밤은 이 마을에서 일찌감치 숙소를 잡기로 했다.

국경은 이미 넘었고 이곳은 마일의 모국의 옆 나라인, '이웃 나라와 국경선이 인접한, 지방의 작은 마을'이었다. 마일도 이제 모국에서 뒤쫓아 올 걱정을 하지 않아도 되어 드디어 안심했다.

"작은 마을이니까 숙소가 두세 군데라도 있으면 다행인데. 제일 괜찮아 보이는 곳에 묵자."

레나의 말에 모두가 찬성했다.

숙소 선택은 다음 날 아침 출발 시의 컨디션에 큰 영향을 미친다. 야영할 때가 많은 여행자가 굳이 돈을 써가며 여인숙에서 묵을 때에는 요리의 질, 침대 쿠션이 푹신한 정도, 조용해서 숙면을 취할 수 있는가 등의 조건이 만족되지 않으면 불만이 나오기 마련이다.

모처럼 여인숙에서 묵는데 1~2할의 돈이 아까워 싼 곳을 골랐다가 후회해서야 아무 의미도 없다.

그렇다고 비싼 곳이 꼭 좋다고 할 수도 없다. 게다가 각 여인숙의 장점…… 이를테면 요리가 맛있다거나 목욕탕이 있다거나…… 하는 비용 대 효과, 개인적인 취향 등도 있다.

요컨대 스스로 꼼꼼히 조사해서 선택할 수밖에 없다.

이 마을은 규모가 작아서 헌터 길드 지부가 없는 대신 출장소가 있었다.

평범한 헌터라면 도중에 잡은 사냥감과 채취한 약초 매각, 토벌 증명 부위의 환금 등을 이 출장소에서 하겠지만, 마일 일행은 굳이 매각 가격이 떨어지는 이런 시골에서 팔 필요가 없었다. 마일의 아이템 박스(수납)에 넣어두면 상할 일도 없으니, 규모가 있는 도시에 도착했을 때 환금하면 된다.

하지만 일단 길드 출장소에 얼굴은 내비치기로 했다. 어쩌면 어떤 재미있는 의뢰가 있을지도 모르고, 헌터들이 알아야 할 정보가 돌고 있을지도 모르기 때문이다.

그렇게 해서 정보 보드와 의뢰 보드를 확인한 마일 일행이었는데.

……없었다. 중요한 전달 사항도, 흥미로운 의뢰도, 수지가 맞는 의뢰도, 아무것도.

있는 거라고는 죄다 흔해빠진 의뢰와 상시 의뢰뿐.

그렇다, 고블린 사냥이나 약초 채취 같은 종류밖에 없었다.

"……오늘 밤만 여기서 묵고 내일 아침에 바로 출발할까?"

레나의 말에 세 사람이 고개를 끄덕였다.

한편 마일 일행이 헌터 길드 출장소에 얼굴을 내민 건 보드를 확인하기 위해서만은 아니었다.

그렇다, '여인숙 정보 입수'라는 중요한 용건이 있었던 것이다.

'붉은 맹세' 멤버들은 보드를 확인한 후 곧바로 접수처에 가서 묵을 만한 숙소에 대해 물었다.

＊　　＊

"······이게 어떻게 된 일이야!"

길드 출장소를 나온 '붉은 맹세' 일행은 중앙대로를 걸으며 곤혹스러운 표정으로 대화를 나누었다.

"으음······. 여기서는 자체적으로 확인하는 수밖에 없겠네요······."

레나가 발끈하자 그렇게 대답하는 폴린.

길드 출장소에서 얻은 숙소 정보가 너무 이상했던 것이다.

이 마을에는 여인숙이 딱 두 군데 있다고 했다.

거기까지는 좋다. 예상 범위 안에 있다. 그런데 둘 중 어느 여인숙을 추천하는가 물었더니, 출장소 안에 있는 사람들의 의견이 정확히 둘로 갈라졌다.

제일 먼저 메비스가 한가하게 놀고 있는 청년에게 물었더니, '소녀의 기도정'이라는 곳을 추천했다.

그래서 아무리 지방 출장소라고는 하나 헌터 길드의 하부 조직에 속한 자가 헌터들을 속일 것 같지는 않았기 때문에 '소녀의 기도정'으로 정하려고 생각하고 있었는데, 안쪽에 있던 이십대 초반으로 보이는 여자 사무원이 "잠깐만요" 하고 나선 것이다.

여자 사무원이 말하길, 『소녀의 기도정』은 추천하기 어렵다. 『황웅(荒熊)정』이 낫다'는 것이다.

양쪽 모두 거짓말하는 것 같지 않았고, 각자 정말 자신이 권하는 곳이 더 좋다고 확신하는 듯했다.

그렇다면 두 곳 모두 결정적인 장단점이 있는 게 아니라 개인의 취향에 따른 근소한 차이밖에 없는가 보다 하는 생각에, 그럼 자기들과 나이가 가까운, 아직 십대로 보이는 청년이 권하는 '소녀의 기도정'으로 정하려고 했더니, 다른 손님을 상대하던 15~16세로 보이는 소녀가 또 부정하고 나섰다. 아주 강력하게 말이다.

"『소녀의 기도정』은 안 가는 게 좋아요! 『황웅정』으로 하세요!"

하지만 그 말을 들은 서른 전후의 남자 헌터가 "아니지, 고민할 것도 없이 『소녀의 기도정』이지!" 하고 주장했고, 중년 남자 헌터가 또 "뭐라는 거야, 그런 썩어빠진 여인숙을! 『황웅정』이 백배 낫다고!" 하고 나오면서…….

분위기가 험악해진 건 아니지만 서로 주장을 조금도 양보하지 않고 상황이 왠지 이상해져서 서둘러 밖으로 나온 '붉은 맹세' 일행이었다.

"아무래도 개인의 취향에 따른 근소한 차이가 아닌 것 같은데요."

"응, 다들 『절대 이곳, 저쪽은 쓰레기』 같은 뉘앙스였지. 사람에 따라 그렇게 평가가 천지 차이로 엇갈리다니, 영 이해가 안 돼."

폴린과 메비스의 말에 팔짱을 끼고 고민에 빠진 레나. 그리고…….

"좋았어, 계획 변경이다! 양쪽 여인숙에 하룻밤씩 묵어 보자. 그래서 왜 그렇게 평가가 엇갈리는지 원인을 확인하는 거야!"

완전히 '기대 모드'가 된 레나가 그렇게 말하며 씨익 웃었다.

"재미있을 것 같네요. 저도 왜 그렇게 사람마다 극단적으로 평가가 다른지, 꼭 알아내고 싶어요. 어쩌면 저희 상점을 경영하는 데에 참고가 될지도 모르고……."

"좋아요! 그런 『재미있어 보이는 일』을 해보고 싶었어요, 저도!"

폴린과 마일도 의욕을 불태웠다.

"그럼 결정된 거야! 자, 우선 『소녀의 기도정』부터 가볼까?!"

걸음을 옮기기 시작한 레나, 폴린, 마일을 보며 메비스도 어깨를 으쓱하면서 뒤따랐다.

그렇게 해서 찾아온 '소녀의 기도정'.

무려 '황웅정'은 그 맞은편에서 두 건물 옆, 도보 20초 정도면 가는 곳에 위치했다.

"어째서 또……."

메비스는 그렇게 말하며 깜짝 놀랐다. 하지만 여기는 작은 마을인 만큼, 마을의 중심부에 위치하고 헌터 길드 출장소와 상업 길드 지부 등 주요 기관, 상점가와 가까우며, 대로와 접해야 한다는 등 여인숙의 입지 조건을 따지면 현지 주민보다 외부인이 주요 고객층인 여인숙이 가까이에 몰려 있는 것이야 당연했다.

"4인실 빈방 있나요?"

"어서 오세요! 물론이죠, 방이야 얼마든지 있답니다!"

여인숙에 들어가 안내 카운터에 있는 열대여섯 살로 보이는 소녀에게 레나가 묻자, 소녀가 미소로 맞이해 주었다. 접객 태도는 나쁘지 않다.

"엥, 식사 한 끼에 소금화로 두 닢?"

소녀에게 요금을 확인하고 살짝 놀라는 레나.

순수 숙박에 일인당 1박 은화 5닢, 일본 엔으로 치면 약 5,000엔에 상당하니 상당히 비쌌다.

현대 일본에서 비즈니스호텔에 묵으면 그 정도 금액이 들지만, 일본 호텔과 달리 전기 포트도 냉장고도 텔레비전도 전화도 없고 가구와 장식품에 드는 금액이 다르다. 애초에 1인실 4개가 아니라 4인실 하나다.

하지만 길드 출장소에 있던 사람 중 절반이 칭찬했으니 그만큼의 장점이 있을지도 모른다. 그리고 어차피 흥미 위주의 확인차 온 것이어서 다소 비싸도 숙소를 바꿀 생각은 없었다.

물론 선불이었기 때문에 품에서 돈주머니를 꺼내 소금화 두 닢을 카운터의 소녀에게 건네는 레나.

"뜨거운 물은 세숫대야 하나에 소은화 4닢, 수건 대여는 소은화 1닢입니다."

""""비싸!""""

무심코 소리친 네 사람.

소녀는 손님의 그런 반응에 이미 익숙한지 별로 개의치 않았다.

"저녁 식사는 저기 벽에 메뉴가 붙어 있어요. 언제 드셔도 괜찮답니다. 주문 마감은 밤2의 종(21시)입니다."

그 말에 모두 벽에 붙은 메뉴를 확인하니……

야채수프 은화 1닢
야채 볶음 정식 은화 1닢
스튜와 빵 2개 은화 1닢과 소은화 2닢
오크고기 스테이크 은화 3닢과 소은화 5닢
에일 소은화 5닢

""""비싸!""""

다시 한 번 소리치는 네 사람 그리고 눈 하나 깜박하지 않고 미소를 머금은 여인숙 소녀였다.

*   *

"뭐야, 여기 가격……."

방에 들어가고 나서야 레나가 가격에 대해 불만을 토로했다.

"하지만 그것까지 포함해서, 길드 출장소에서 그런 평가를 내린 거잖아요? 가격이 이런데도 그런 평가를 얻는 수수께끼를 밝혀내야……"

마일의 말에 메비스와 폴린이 마구 고개를 끄덕였다.

"아무튼 청정 마법 덕분에 헛돈이 안 나가는 건 다행이야."

"하지만 식사는 그럴 수 없겠네요. 식사에 비밀이 있을지도 모르니까 수납에 든 걸 먹을 수도 없고……."

레나의 말에 마일이 대답하자, 레나와 폴린이 뚱한 표정을 지었다.

평소 버는 돈은 자잘한 편이지만, 바위도마뱀에 상단 호위에 와이번 사건, 그리고 수인과 고룡 사건으로 막대한 돈을 벌어들인 '붉은 맹세'의 재정 상황은 아주 여유로웠다. 은화 10닢 혹은 20닢에 덜덜 떨 정도는 아니었다.

하지만 '붉은 맹세'는 메비스 이외에 모두가 궁상떠는 성격이었다. 그 메비스조차 최근 들어서는 모두에게 물들어 귀족 자제답지 않게 금전 감각을 몸에 익히기 시작했다.

그럼 귀족 가문의 외동딸인 마일은 뭔가, 하는 말이 나올 법도 하지만 아무도 그 부분은 언급하지 않았다.

메비스는 귀족의 딸. 폴린은 상인의 딸. 레나는 행상인의 딸. 그리고 마일은 그냥 '마일'인 것이다. 다른 동류항과 함께 묶을 수 없는, '마일'이라는 카테고리가 따로 있는 생물이었다. 레나를 비롯한 세 사람에게 있어서는 말이다.

……마일은 '붉은 맹세' 안에서 그런 존재였다.

"궁금하니까 빨리 밥 먹으러 가요!"

정말로 식사에 인기 비결이 숨어 있는지 궁금해서인지, 아니면 그저 단순히 연비가 나쁜 몸이 연료 부족 사이렌을 울려서인지는 잘 모르겠지만, 여하튼 마일의 주장에 반대할 이유도 없어서 다 함께 1층 식당으로 향했다.

"""""엥……."""""

식당은 의외로 혼잡했다.

만석까지는 아니지만 투숙객뿐 아니라 그 지역 사람들로 보이는 손님이 아주 많았다.

거기까지는 좋다. 평판이 좋은 여인숙이라면 식사만 하러 오는 손님도 있을 테니까.

하지만 마일 일행은 식당의 풍경에 왠지 모를 위화감을 느꼈다.

"……죄다 젊은 남자들뿐이네요……."

폴린이 불쑥 중얼거렸다.

"""""아……."""""

신체적 특징 때문에 남자들의 시선에 민감한 폴린이 가장 먼저 알아차렸다.

그렇다, 손님 수는 상당히 많은 데 비해 '붉은 맹세' 이외에 여자 손님이나 어린이, 노인들의 모습은 전혀 찾아볼 수 없었다. 전부 성인인 15~16세부터 서른 전후까지의 남자 손님들뿐이었다.

그러고 보니 길드 출장소에서 이곳 '소녀의 기도정'을 권한 건 서른 정도까지의 남자들이었지, 여자와 연장자는 전부 '황웅정'을 추천했었다.

"그 부분이 평가가 갈린 이유 같네요……."

마일의 말에 세 사람이 고개를 끄덕였다.

"암튼 요리를 먹어보자. 안 그러면 아무것도 시작되지 않으니까."

레나의 말이 맞았다. 네 사람은 빈 테이블에 자리를 잡고 요리를 주문했다.

"야채수프랑 야채 볶음 정식이랑 빵 포함된 스튜랑 오크고기 스테이크, 각각 2인분씩!"

아무리 비싸다고 해도 식사량을 줄이며 참을 레나가 아니었다. 불평은 불평이고 먹을 건 먹는다. 그것이 레나 퀄리티였다. 마일 역시 마찬가지였다.

그렇지만 방금 주문한 것은 모두가 먹을 양이지 절대 레나 혼자 먹을 수 있는 게 아니었다. 모든 요리를 맛보기 위해서, 그리고 넉넉하게 먹기 위해 2인분씩 주문한 것이다.

그렇다고 나중에 추가 주문을 안 하는 건 아니지만.

조금 전 카운터에 있었던 소녀가 레나에게 받은 주문을 주방에 전하자, 안에서 알겠다는 목소리가 돌아왔다. 아직 앳된 여자의 목소리였다.

"""".............""""

그리고 잠시 후, 테이블에 쭉 늘어선 요리를 바라보는 '붉은 맹세'의 네 사람.

"그냥 평범해 보이는데……."

"아니, 평범한 요리보다는 양이 좀 적은 것 같아."

마일의 의견에 태클을 거는 폴린. 역시 마일과 달리 폴린은 섬세하다.

"냄새도 평범하고, 재료도 별다를 게 없는데……, 아니, 상당히 질 떨어지는 싸구려 고기를 사용한 것 같은데, 고기 사용량도 적고⋯⋯."

스튜를 스푼으로 들쑤시며 메비스가 중얼거렸다.

"비싼 조미료를 듬뿍 넣었을지도 몰라. 일단 맛을⋯⋯."

"""""으음⋯⋯."""""

그리고 너나 할 것 없이 미묘한 표정을 짓는 네 사람.

"맛이 없지는 않아. 맛이 없는 건 절대 아닌데⋯⋯."

"그렇게 막 맛있지도 않네요."

폴린이 메비스의 말을 받았다.

"맞아요. 예전에 메비스 씨가 요리했을 때 같은⋯⋯."

마일이 말하자 레나가 적절한 표현을 생각해냈다.

"⋯⋯초보자가 만든 요리?"

""""바로 그거야!""""

뭐, 어쨌든 일반적으로 맛볼 수 있는 요리여서 네 사람은 아무 말 없이 계속 숟가락을 움직였다. 이 요리에 이런 가격인데 어째서 손님이 이렇게 많고 평판이 좋은 것일까. 그런 수수께끼가 전혀 풀리지 않아 머리를 갸우뚱거리면서.

잠시 후 요리를 다 먹고 자리에서 일어서는 사람이 나오기 시작하자, 주방에서 일고여덟 살 정도로 보이는 소녀가 나와 그릇을 치우고 테이블을 닦는 등 뒷정리를 시작했다. 손님들은 그 모습을 다정한 시선으로 지켜보았다.

이윽고 주문 마감 시간이 되고 마지막 요리가 나온 후 12~13세 무렵의 소녀가 주방에서 나와 정리를 도우며 손님과 담소를 나누기 시작했다. 그 목소리와 대화 내용으로 보아 아무래도 이 소녀가 요리를 만든 것 같았다.

……'초보자가 만든 요리'처럼 느껴지는 것도 당연했다. 초보자가 만든 것이 맞으니까.

하지만 어쩌면 '귀여운 소녀가 서툰 실력으로 요리'라는 부분에 가치가 있는지도 모른다. 그렇다, 연인이 만들어줬다고 생각하고 먹는다거나, 딸이 해준 요리를 맛보는 아버지의 심정을 느낀다거나…….

그런 식으로 어떻게든 납득해보려고 노력하는 마일 일행이었다.

처음에 주문을 받았던, 세 사람 중 가장 나이가 많아 보이는 15~16세 정도의 소녀가 돌아가는 손님의 계산을 위해 이번에는 카운터에 앉았다.

아니, 그건 필요한 역할이니까 별로 이상하지 않다. 하지만 마일 일행은 생각했다.

((((어째서 제일 나이 많은 사람이 요리하지 않지?))))

하지만 그 의문은 한순간에 해소되었다. 손님과 요리 담당 소녀의 대화를 통해서 말이다.

"그나저나 라피아 짱도 힘들겠어. 이렇게 어린데 혼자서 요리를 전부 만들어야 하다니…….""

"오호호, 하지만 언니가 만들면 가게가 망할걸요."

'붉은 맹세'는 그때 비로소 모든 것을 깨닫고 가여운 눈빛으로 소녀를 물끄러미 바라보았다.

"그나저나 어때? 『황웅정』의 방해 공작은 아직도 여전해?"

((((엥?))))

상황이 달라졌다!

마일 일행은 귀를 쫑긋 세우고 손님과 소녀의 대화를 엿들었다.

"아, 네. 상황은 똑같아요……."

슬픈 표정으로 고개를 푹 숙인 채 그렇게 대답하는 소녀.

"그렇구나……. 돌아가신 부모님을 생각해서라도 그런 놈들한테 지지 말고 기운 내! 우리는 모두 라피아 짱의 편이니까!"

그 말을 듣고 맞아, 하고 목소리를 높이는 다른 자리의 남자 손님들.

마일 일행은 비로소 이해했다.

왜 이 여인숙이 특별히 내세울 만한 이점도 없고 요리도 평범, 아니 여인숙의 식당 치고는 상당히 안타까운 맛이고 시세보다 비싼데도 불구하고 손님이 많고 추천하는 사람이 많은 그 이유를.

"……저희 상점에 참고가 될 것 같지는 않네요. 그것도, 전혀!"

폴린은 실망한 모습이었다. 레나와 메비스도 별다른 비밀이 없었다는 사실에 낙담한 듯했다.

하지만 마일은 의문스럽게 여겼던 부분을 언급했다.

"이 여인숙이 편애 받는 이유는 확실히 잘 알았어요. 하지만 왜 하필이면 비교적 젊은 남성 한정인 걸까요? 동정해서 그런 거라면 연세 지긋하신 분이나 여자들 쪽이 더 편애할 것 같은데……."

""""아…….""""

아직도 수수께끼가 완전히 풀리지는 않았던 것이다.

　잠시 후 카운터에 있던 소녀가 라피아라고 불린 둘째를 불러 계산을 넘기고 객석으로 자리를 옮겼다.
　"여러분, 늘 감사드립니다. 부모님을 잃은 저희 세 자매가 이렇게 겨우 입에 풀칠하고 살 수 있게 된 것도 전부 여러분 덕분이에요. 동생들이 성인이 되어 좋은 남자에게 시집갈 때까지 제가 더 열심히 해야……."
　소녀가 눈물을 꾹 참으며 말하자, 남자들이 고개를 마구 끄덕이며 맞장구를 쳤다. 그리고 몇몇 남성의 시선이 각자 관심 있는 소녀에게 꽂혔다.
　((((으헤에에엑~!))))
　확 깨는 마일 일행.
　가장 어린 일고여덟 살짜리 소녀를 향하는 시선도 있다는 것에도 깼지만, 그건 그저 단순히 부모님을 잃은 어린 여자아이에 대한 보호 본능 혹은 부성애라고 생각하고 싶다.
　그보다 더욱 깬 건…….
　((((영 수상한 게 일부러 저러는 것 같고, 교태가 찰찰 흐르는 것이, ……이건 딱 『양식(養殖)』이잖아!))))
　그렇다, 표정이며 말투며 눈물도 안 나오면서 꾹 참는 척 연기하는 것 하며, 명백히 의도적인 '먹이를 뿌려 낚는 행위'였다.
　'배우 같구만'(『오호! 꽃의 응원단(한국 출간명은 『엽기응원단』)』에 나오는 대사), 혹은 '무서운 아이!'(만화 『유리가면』에 나오는 명대사)와 같은 그것

말이다.

여자와 나이 든 남자는 가까이 할 리가 없다.

같은 여자에게는 그런 기술이 통하지 않고, 나이 든 남자 역시 어린 소녀의 잔기술과 연기 따위 먹히지 않는다.

그래서 식사만 하러 오는 동네 손님들로 죄다 젊은 남자들만 낚였던 것이다.

여행자 투숙객은 헌터 길드와 성업 길드에서 젊은 남자 직원의 추천을 받거나 적당히 골라 들어갔다가, 어린 세 자매가 열심히 운영하고 있는 여인숙이라는 소리를 들으면 다소 비싸더라도 숙소를 바꾸는 것도 부끄럽겠지.

드디어 모든 것을 이해한 '붉은 맹세' 멤버들이었다.

"수수께끼가 전부 풀렸네요……."

방으로 돌아온 '붉은 맹세' 멤버들은 마일의 말에 고개를 끄덕였다.

"……정말이지 쓸 데라고는 하나도 없는 잔재주였어요. 비싼 숙박비와 식비 때문에 엄청난 손해를 봤다고요!"

그리고 불쾌함을 감추지 않는 폴린.

상인의 딸 된 입장으로서 그런 방식이 영 거슬렸겠지.

"하지만 부모님을 잃고 막내는 아직 너무 어린 세 자매가 자기들의 힘만으로 여인숙과 식당을 꾸려가는데 다소의 교활한 방법은 봐줄 수 있지 않아? 딱히 남에게 피해를 준 것도, 거짓말을 한 것도, 결코 법을 어긴 것도 아니잖아? 다들, 다 알고도 기꺼이 비싼 요금을 내는 것 테니까. 자선 활동을 하듯 선행을 쌓아서 기분이 좋아질 수 있다면 서로 행복해지고 좋은 일 같은데. 그리고 이상한 녀석들에게 시비 걸리지 않도록 헌터들을 자기편으로 만들어 두는 건 현명한 생각이야. 실제로 괴롭힘을 당하고 있다고 말하기도 했고. 비난받을 건 하나도 없다고 보는데."

메비스의 말에 윽, 하고 말문이 막힌 폴린.

그녀의 말처럼 피해자는 한 사람도 없다.

낚시질처럼 말하기는 했지만, 동생들을 내버려둔 채 자기만 얼른 시집갈 수도 없고, 세 자매 모두 언젠가는 이 마을의 누군가와 결혼하게 될 테니 전부 사실이었다.

하지만 그런 방식을 인정하고 싶지 않은 폴린은 우우 하고 불만 섞인 신음소리를 냈다.

"그렇다고 시세보다 비싸게 할 필요는 없잖아요! 손님이 그렇게 많이 와준다면 일반 요금이어도 아무 문제 없지 않나요? 요리사를 고용할 돈 정도는 벌어들이고 있을 테니 제대로 된 요리를 내놓을 수 있을 텐데 사람을 고용하지 않고 그냥 봐도 싸구려 재료에다가 양도 적은 요리. 이게 도대체 어떻게 된 일인가요!"

어떻게 된 일이냐고 물어도 돌려줄 대답이 없다.

그저 그런 경영 방침인 여인숙인가 보지, 하는 말밖에는.

그리고 그 이유가 무엇이든 '붉은 맹세'가 간섭할 문제도 아니다. 싫으면 다른 곳에 묵으면 그만이다. 단지 그것뿐인 이야기이다.

"여하튼 조사는 절반 종료! 내일은 또 다른 곳, 『혈웅정』이라고 했나? 거기에 가보자."

"『황웅정』이에요, 레나 씨……."

마일이 레나의 말을 살짝 정정했다.

* *

다음 날 아침, '붉은 맹세'는 아침 식사를 마친 후 숙박비를 치렀다.

어차피 짐은 전부 마일의 아이템 박스(수납) 안에 넣어서 짐을 놔둘 필요도 없었기 때문에 몸이 가벼운 것은 큰 도움이 되었다.

아침 식사는 기대할 수 없다는 걸 알았지만, 나중에 다른 데서 먹기도 귀찮고 돈이 없어 못 먹는다는 식으로 인식되는 것도 내키지 않았다. 게다가 절반은 흥미 때문에 시작한 일이라고 해도 이것 역시 조사의 일환이다.

그렇게 해서 그다지, 아니 전혀 기대하지 않고 주문한 조식 4인분이었는데 서빙되어 온 접시를 본 네 사람은 놀랐다. 정말, 진심으로.

작은 빵 2개, 삶은 달걀 1개, 사과 4분의 1조각, 우유 반 컵.

예상을 아득히 초월해, 심해도 너무 심했다.

"하, 하지만, 음, 아무리 그래도 이 정도면 별로 안 비싸겠지?"

레나의 말에 폴린이 아무 말 없이 벽에 붙은 종이를 손가락으로 가리켰다.

조식 1인분 소은화 6닢

""""비싸잖앗!""""

                              *   *

　저녁 무렵, 근처 숲에서 소재 채취로 뿔토끼와 새, 그리고 덩치
가 큰 멧돼지를 잡은 '붉은 맹세'는 마을로 돌아왔다.
　이번에는 이 마을에 그리 오래 머물 계획도 없었고 흥미로운 의
뢰도 없었기 때문에 아주 흔한 상시 의뢰인 식재료 채취를 골랐
던 것이다.
　하루 종일 아무것도 안 하고 있으면 너무 지루하고, 관광하기
에는 마을이 너무 좁은 데다가 시골 중의 시골이었다. 구경할 만
한 것이라고는 하나도 없었다.
　그렇다고 해서 시간이 얼마나 걸릴지 모르는 지루한 의뢰를 받
기도 귀찮으니, 그럴 때는 사전 수주 수속이 없어 자유로운 채취
쪽 상시 의뢰가 최고다. 뭣하면 이 마을에서 납품하지 않고 마일
의 아이템 박스에 보관해두었다가 훗날 다른 도시에 가서 납품하
거나 직접 먹는 등 마음대로 해도 된다. 아무리 그래도 가격이 올
라가는 계절까지 기다렸다가 팔 생각은 없지만 말이다…….
　그렇게 해서 길드 출장소에 들르지 않고 곧장 다른 여인숙, '황
웅정'으로 향하는 '붉은 맹세'였다.

　"……여기네."
　레나가 여느 때처럼 여인숙 앞에서 팔짱을 끼고 떡 버티고 서

서 그렇게 중얼거렸는데…….

"여기네, 는 무슨. 어제 묵었던 『소녀의 기도정』 바로 앞이잖아요!"

그렇게 태클 거는 마일의 입을 메비스가 허둥지둥 막았다.

"거기서 들으면 어쩌려고 그래! 어젯밤에 묵었는데 오늘 바로 숙소를 바꾸었다는 사실을 알면 그 자매들 기분이 상할 거 아니야."

"아……."

아무리 폭리……, 아니, '자매를 위한 협력 가격'이었다고는 하나 의미도 없이 남을 기분 나쁘게 만들 필요는 없다. 그렇게 반성하는 마일이었다.

"자, 그럼 들어가자."

레나를 뒤따라 다 함께 두 번째 여인숙, '황웅정'의 문을 열고 안으로 들어갔다.

"곰?"

"곰?"

"곰?"

"베어?"

그리고 곰 씨를 만났다.

수염으로 뒤덮인 얼굴에 털이 덥수룩한 팔과 가슴. 아마 다리도 별반 다르지 않으리라.

누가 봐도 제일 먼저 나오는 말은 이것이겠지.

""""""곰…….""""""

"시끄러워!"

아무리 곰 같아도 사람이라는 것 정도는 알 수 있다. 천하의 마일도 검을 뽑아 휘두르거나 하지는 않았다.

"하지만 너무 그대로 아닌가요?! 아무런 비유도 찾아볼 수 없는 가게 이름⋯⋯."

"아버지 대부터 이 이름이었다고!"

마일이 중얼거리자 여인숙 주인으로 보이는 중년 남자가 반사적으로 그렇게 외쳤는데, 물론 진심으로 화가 나서 하는 소리는 아니었다. 손님을 상대하는 서비스업이기도 하고 애초에 그런 말은 많이 들어 익숙했다. 그래서 일종의 '정해진' 대화이자 처음 오는 손님과의 소통에 속했다.

"4인실로 빈방 하나 있나요?"

"물론 있지. 방은 소금화 1닢 하고 은화 2닢, 뜨거운 물은 세숫대야 하나에 소은화 1닢, 수건 대여는 한 장은 무료, 추가분은 한 장당 동화 4닢이야."

레나의 질문에 즉각 여인숙 주인의 얼굴로 돌아와 그렇게 설명하는 남자.

"""평범한 가격이네⋯⋯."""

"⋯⋯너희, 건너편에 가본 거야?"

그 말을 들은 주인이 쓴웃음 지으며 묻자, 네 사람이 고개를 끄덕였다.

사실은 이것저것 묻고 싶은 게 많지만, 아직 방을 정식으로 잡아 값을 치른 것도 아니고 빈손이면 이상하게 여길 테니 일단 각자의 짐(물통이라든가 가벼운 것 위주)도 등에 짊어진 상태였다.

그리고 어차피 지금부터 저녁 준비로 바쁠 주인을 붙잡아두고 이런 데 서서 대화를 이어나갈 수도 없는 노릇이었다.

일단 방값을 치르고 배정된 방으로 향하는 네 사람을 보며 주인은 뜨거운 물이랑 수건은? 하고 물으려다가 말았다.

어린 소녀들인 만큼 씻는 데에 뜨거운 물이 필요할까 싶어 물어보려고 했지만 곰곰이 생각해보면 마술사가 둘씩이나 되니 굳이 돈을 내고 뜨거운 물을 살 필요는 없다는 걸 깨달았던 것이다.

"……이번에는 정상적인 여인숙이네. 곰이지만."

"일반적인 요금이었어요. 곰이지만."

"수상한 건 없었어, 곰이지만."

"아니에요. 요리를 확인하지 않고는 아직 판단할 수 없어요. ……곰이지만."

그리고 네 사람은 저녁 식사 시간이 되기만을 기다렸다.

"""……평범한 가격이네."""

석식은 메뉴도 다양하고 아주 표준적인 가격이었다.

마일 일행은 평소대로 우선 8인분의 요리를 주문했다.

"……평범한 양. 식재료의 종류도 평범. 고기의 양과 질도 평범해."

스튜를 스푼으로 휘저으며 메비스가 분석했다.

"흠, 조미료는 주로 소금을 썼고, 근처에서 구할 수 있는 허브로 맛에 포인트를 준 것 같아."

고기야채볶음이 담긴 접시를 얼굴 가까이 가져가 쿵쿵 냄새를 맡는 레나.

"주문했던 대로 레어로 만들었네요. 너무 굽거나 겉만 익혀서 속까지 불이 미치지 않거나 하지도 않았어요. 합격이에요!"

나이프로 썬 스테이크의 단면을 바라보고 고개를 끄덕이는, 레어를 좋아하는 마일.

"식재료의 원가율이 3할에 약간 못 미치고, 장작 값이며 그릇의 감가상각(減價償却), 인건비, 세금 등을 고려하면 가격을 아주 양심적으로 매긴 부류예요……."

폴린이 금액 면에서 고찰했다.

그리고.

"시끄러웟! 식기 전에 빨리 먹기나 하라고!"

곰 씨에게 야단맞았다.

그 말을 듣고 있던 다른 손님들이 웃음을 터트렸다.

요리는 곰…… 아니, 주인 그리고 믿기지 않게도 존재한 그의 아내로 보이는 여성이 둘이서 만들었고, 각자 자기가 만든 요리를 직접 날랐다.

종업원을 고용하는 쪽이 훨씬 효율적일 것 같지만 인건비를 생각하면 다소의 효율 향상보다 현재 상태가 수입 면에서 더 나았으리라. 손님이 종업원보다 더 많아지면 경비만 드니까.

그리고 지금, 다른 손님이 주문한 요리를 서빙하려고 마침 주인이 주방에서 나오던 참이었다.

"가장 중요한, 맛은……."

그렇게 말하며 요리를 입으로 가져가는 네 사람.

"읔!"

"으윽."

"으…… ."

""""으윽, 너무 맛있어!"""""

맛있었다.

평범한 식재료, 평범한 조미료를 써도 요리사의 실력이 좋으면 훌륭한 요리가 완성된다.

그게 설령 곰이라고 해도.

한편 맛에 까다로운 네 사람에게 높은 평가를 받았으니 기분 나쁠 리 없었다. 그래서 자기도 모르게 입이 귀에 걸리는 주인이었는데…….

""""하지만 저쪽 여인숙의 요리를 맛본 후니까."""""

금세 인상이 구겨졌다.

"요리가 맛있고 가격도 보통이고. 여자와 나이 많은 사람이 이곳을 추천하는 이유는 밝혀진 것 같네요. 하지만 건너편은 젊은 남자, 이쪽은 전반적인 여성과 나이 든 남성. 이쪽이 압도적으로 고객층이 두텁다고 할 수 있는데, 어째서 손님이 별로 많지 않은 걸까요……."

마일이 의문을 제기하자 레나가 어이없다는 표정으로 대답했다.

"너 말이야……. 그 목 위에 달려 있는 거, 그냥 장식품이니? 잘 들어. 헌터 이외에 평범한 지방 사람들은 집이 있으니까 매일 외식하지 않아. 여행자도 아니면서 매일 외식하는 건 먼 곳에 갈 일이 잦아 아예 집이 없고 여인숙을 전전하는 젊은 헌터 정도밖에 없잖아? 그리고 원래 헌터는 남자 쪽이 압도적으로 많고! 그야 물론 자기 집이 있는 사람들도 이따금 외식이야 하겠지만 그중에서도 빈도가 가장 많은 건 젊은 독신 남성 아니겠어? 여자는 주로 자기가 밥을 해먹고 외식은 별로 안 하잖아. 게다가 서른을 넘긴 헌터는 남녀 모두 대부분 결혼했으니까 집에 아내 혹은 남편, 그리고 아이들이 기다리고 있으니 이런 데서 혼자 쓸쓸하게 밥 먹을 일은 없겠지."

왠지 식당 분위기가 어두워지더니 여기저기서 훌쩍거리는 소리가 들려오는 듯한 기분이 들었지만 아마도 기분 탓이리라. 그렇게 믿으려고 하는 마일이었다.

그때 또 주인으로부터 불평이 날아들었다.

"지금 무슨 소리를 지껄이는 거야! 봐라, 다들 밥맛이 뚝 떨어지는 바람에 주문이 끊겼잖아! 이건 엄연한 영업 방해라고!"

어쩔 수 없이 책임을 다하기 위해 요리 4인분을 추가 주문하는 '붉은 맹세'였다…….

*　　*

그리고 방으로 돌아온 후 마일 일행은 회의에 들어갔다.

"……이대로 끝내는 건 뭔가 시시해."

"그러게요. 좀 더 뭐랄까, 진흙탕 싸움이랄까 음모가 마구 회오리쳐야 재밌죠!"

""………….""

레나의 말에는 찬성하지만 그 다음에 나온 폴린의 말에는 전혀 찬성할 수 없는 마일과 메비스였다.

그때 마일이 불쑥 말했다.

"그러고 보니 『소녀의 기도정』에서 그랬었죠. 『황웅정』에서 괴롭힌다고. 하지만 아까 봐서는 그런 짓을 할 사람 같지 않던데. ……곰이지만."

"""아…….""""

사람은 외모나 잠깐 말을 섞어본 것만으로는 그가 어떤 인물인지 알 수 없다.

사기꾼은 겉모습도 태도도 좋고 성실해 보이는 것이 일반적이다. 전형적인 악인의 얼굴을 한 사기꾼 따위 본 적도 없다.

아니, 생각을 전환해보면 전형적인 악인의 얼굴을 한 사기꾼도 존재할지 모르겠지만…….

어쨌든 이곳 주인은 그렇게 뻔뻔한 짓에 능한 사람처럼 보이지도 않았고 마일 일행이 '소녀의 기도정'을 화제로 삼았을 때도 험담하지 않았다.

"나중에 식당이나 주방 정리, 내일 쓸 재료 준비 등이 끝날 무렵에 대뜸 쳐들어가 보자!"

"""하앗!"""

남의 일에 제삼자가 간섭하지 말라고?

단지 재미로 혼란을 주지 말라고?

뭐 어때! 즐기지도 못하면 뭐가 인생이란 말인가!

하고 싶은 일도 못 하고 꾹 참았다가 죽은 후에야 후회하는 건한 번으로 충분하다고!

＊　＊

평소와 다름없이 시시콜콜한 잡담으로 얼마간 시간을 보낸 '붉은 맹세' 일행은 슬슬 가도 되겠다는 생각에 1층 식당으로 향했다.

계단을 내려가니 식당에는 최소한의 등불만 켜져 있었고, 주방에는 설거지와 뒷정리를 끝낸 주인 내외가 내일 준비를 마치고 마지막 점검을 하고 있던 참이었다.

"음? 무슨 일로?"

"저기, 『소녀의 기도정』에 대해서 여쭤보고 싶은 게 있는데요…….."

주방에서 나온 주인에게 마일이 단도직입적으로 말했다.

"뭐? 너희, 거기랑 무슨 관계라도 있어? 아니면 누구한테 부탁받았나?"

눈빛이 살짝 살벌해진 주인, 그리고 이야기를 듣고 당황하며 주방에서 나온 여주인.

"아무 관계없고요, 누구에게 부탁받은 것도 아니에요. 그냥 흥미로워서 사정을 알고 싶을 뿐이에요."

"그게 뭐야……."

지나치게 솔직한 레나의 말에 어깨에 힘을 쭉 빼는 주인.

하지만 뭔가 다른 의도가 있다면 이런 식으로 거리낌 없이 묻지는 않을 테니, 정말 단순한 어린아이의 호기심인가 싶어 경계를 늦추었다.

"아무 상관도 없는 사람한테 줄줄 다 말할 수 있는 일이 아니야. 그냥 내버려 둬."

주인이 그렇게 말했지만 물론 그걸로 쉽게 물러날 네 사람이 아니었다.

"그 가게의 관계자냐고 묻는다면『관계자가 아니다』라고 답할 수 있지만, 이 사건과 전혀 상관이 없는, 사정을 알 필요가 없는 자냐고 묻는다면 아니라고 답할 수 있어요."

"뭐야……."

그렇게 말한 폴린을 주인이 쳐다보았다.

"그도 그럴 게, 저희는 거기서 하룻밤 묵으면서 말도 안 되게 비싼 숙박비와 식비를 냈단 말이에요. 그러니 충분히 관계가 있고 이유를 알 권리가 있죠!"

폴린이 욱해서 말하자 쓴웃음 짓는 주인 내외.

그때 마일이 끼어들었다.

"『소녀의 기도정』에 대해서도 궁금하지만, 그전에 먼저 알고 싶은 게 있어요!"

"뭐, 뭔데?"

"무슨 수로 그렇게 젊고 예쁜 부인을 얻으셨어요?"

"시, 시끄러워!"

여러 가지로 장황하게 입씨름하다가 결국 두 손 들었는지 주인 내외가 '소녀의 기도정'에 대해 이야기를 들려주었다.

주인의 말에 따르면 그 경위는 다음과 같았다.

두 여인숙은 옛날부터 줄곧 지금의 장소에서 영업해온 라이벌 관계로, 서로 사이는 좋은 편이었다.

동업자인 만큼 고민이나 애로사항이 거의 같았기 때문에 서로 의논하고 도와주면서, 부모님 세대도 또 그 윗세대도 사이좋은 친구 사이로 지내왔다.

그리고 지금의 주인과 '소녀의 기도정'의 아들 디라스, 그리고 이웃 잡화점의 셋째 딸 아이라는 나이가 비슷하기도 해서 어릴 적부터 친하게 지냈다고 한다. 그렇다, 결혼 적령기에 접어들기 전까지는 말이다…….

"그리고 그 잡화점의 셋째 딸 아이라 씨가 지금의 아내분……."

"아니야."

마일의 질문을 바로 부정하는 주인.

"그럴 리 없는데?! 순진한 어린 시절부터 세뇌시키지 않고서야 어떻게 아저씨 같은 사람이 이렇게 예쁜 미인이랑 결혼한단 말예요?!"

"너무 무례한 거 아니냐, 너희!"

레나의 심한 말에 천하의 주인도 어이없어했다.

"리리제는 우리 부모님이 여인숙 경영을 하실 적에, 내가 식재료와 장작을 구하러 갔던 숲에서 만났어. 그때 마물의 공격을 받고 있던 리리제를 내가 목숨 걸고 구해준 게 계기가 되었지."

"역시 숲에서 만났군요. 곰이니까……."

"시끄러워!"

마일이 중간에 끼어들자 버럭 소리치는 주인.

"오오, 그거 훌륭하군요! 주인아저씨는 아내분께 기사였던 거네요!"

그리고 메비스가 칭찬하자 조금 멋쩍은 듯 콧등을 긁는 주인.

"그런데 어떤 마물이었어요? 고블린? 코볼트? 설마, 오크인 건……."

이어지는 메비스의 질문에 주인은 한 대 얻어맞은 표정을 지으며 시선을 회피했다.

다들 이상하다는 듯 쳐다보자 주인 대신 옆에서 여주인이 대답에 나섰다.

"그게, 『뿔토끼』라는, 아주 사나운 마물이라고 하던데……. 별로 크지도 않고 뿔만 조심하면 그리 위험하지 않을 것 같아서 가까이에 있던 뿔토끼 한 마리를 별로 신경 쓰지 않고 있었는데, 갑자기 『위험하오! 그건 '맹독 흉폭 지옥 뿔토끼'입니다, 조심하시오!』 하고 소리치면서 달려와 목숨을 걸고 물리쳐준 사람이 바로 이이랍니다……."

지독한 사기다.

오물이라도 보는 듯한 눈으로 주인을 쳐다보는 메비스.

어이없다는 표정의 레나와 마일.

그리고 '좀 하네요……' 하고, 조금 감탄하는 표정인 폴린.

"그냥 봐도 아내가 네놈보다 열 살 넘게 어려 보이는데! 그럼 당시에 도대체 몇 살이었다는 얘기야?! 그, 그런 사람을……. 이, 이 자식, 그건 범죄행위……."

메비스는 벌써 주인을 네놈, 이 자식이라고 부르고 있다. 아무래도 한 번 감동받았던 만큼 더 용서가 안 되는 모양이었다.

하지만 금방이라도 자리에서 일어나 주인의 멱살을 붙잡을 것 같은 메비스를 여주인이 말렸다.

"아니에요, 물론 저도 처음부터 다 알고 있었어요. 제가 왕도에서 온실 속 화초처럼 자란 아가씨도 아니고, 이런 곳에 살면서 뽈토기도 모를 리가 없잖아요. 아, 재치 있고 재미있는 사람이구나 싶어서……. 그리고 그렇게 해서까지 저랑 말할 기회를 만들고 싶었구나~, 하고 생각하니까 진심인지 농담인지 알 수 없는 너무도 바보 같은 구실이 왠지 귀엽게 느껴져서……."

"뭐, 뭐라고?! 그럼 너, 다 알고……."

"당연하잖아요, 바보 같은 곰 씨!"

후훗, 하고 미소 짓는 아내와 어안이 벙벙한 주인.

그리고 서로를 응시하는 두 사람…….

"으에에에에엑~! 그런 건 나중에 둘이 있을 때 하라고요!"

남의 꽁냥거리는 모습 따위 보고 싶지 않다. 특히 곰은 더.

다들 레나의 절규에 진심으로 찬성했다.

"이야기가 옆길로 샜잖아요! 여하튼 주인아저씨가 아내를 혼자 힘으로 얻었다는 건 나머지 두 사람이 이루어졌다는 거죠?"

레나의 지적에 고개를 끄덕이는 주인.

"결혼한 후에도 우리의 사이는 변하지 않았어. 친한 친구 셋에 리리제까지 들어와서 아이도 낳고 오순도순 행복하게 살고 있었지. ……5년 전, 아이라가 전염병에 걸려 죽기 전까지는 말이야. 우리 부부가 아이를 돌봐주거나 여러 가지로 도와주었지만, 역시 힘들었던 모양이야……."

"“"…………"”"

"그리고 작년에 디라스, 그러니까 세 자매의 아버지도 죽고 말았지. 당시 장녀 메리자가 열다섯, 막내 아릴이 겨우 일곱 살이었는데……. 정말, 그 바보 같은 녀석……."

주인은 분한 듯, 그러면서도 슬픈 듯한 표정으로 말을 겨우 이어 나갔다.

"그리고 거기서 끝나지 않고……. 사실, 아이라가 죽은 후 어린 세 아이를 돌보며 혼자 여인숙을 운영하기가 벅찼던 디라스는 원래부터 일하고 있었던 젊은 요리사에 더해, 이웃에 사는 할멈을 종업원 겸 계산 담당으로 고용했었거든. 장녀 메리자가 가게 일을 돕고 둘째 라피아가 가게 일과 막내 아릴을 돌보면서 아이들은 어떻게든 생활할 수 있었지만, 디라스마저 죽고 난 후에는 그 녀석들이 하나부터 열까지 다 해야 했지. 부모님이 남긴 가게를 지키기 위해, 그리고 자매가 뿔뿔이 흩어지지 않고 함께 살 수 있도록, 세 자매가 슬픔을 견디며 가게를 운영하고 열심히 살고 있었는데 할멈이 가게 돈을 횡령한 것도 모자라 운영자금까지 빼돌려 달아나고 말았어. 그렇게 자매가 곤경에 빠졌을 때, 요리사가 자매를 차지해 가게를 꿀꺽하려고 시도한 거야. 세 명 모두에게…….

""""""세상에…….""""""

어제부터 수도 없이 확 깨는 네 사람이었지만, 이번에 받은 충격이 가장 강했다.

(((((양심이 있으면 적어도 장녀한테만 손을 대야 하는 것 아닌가…….)))))

그렇게 생각하는 네 사람이었는데, 물론 그런 문제가 아니었다.

"할멈은 붙잡혔지만 돈을 돌려받지 못했고, 요리사는 자매와 단골손님들이 합세해 곤죽으로 만든 다음 내쫓았어. 그 후로 사람을 믿지 못하게 된 자매는 더 이상 아무도 고용하지 않고 자기들끼리 여인숙과 식당을 운영하게 되었지. 필사적으로 노력하는 자매에게, 사정을 알게 된 마을 사람들이 도움의 손길을 뻗고 상업 길드에서도 여인숙을 담보로 해서 파격적인 조건으로 융자해 주기도 하면서 뭐, 자매가 그럭저럭 살아갈 수 있을 만큼의 돈은 벌게 됐는데……."

"됐는데?"

마일의 맞장구에, 주인이 인상을 살짝 찌푸리며 대답했다.

"……너무 기고만장해진 거야."

""""""아~…….""""""

마일 일행은 이해했다.

자매는 더는 어른들을 믿지 못하면서도 자신들을 향해 내미는 원조의 손길은 최대한으로 이용하려고 했으리라. 그리고 가여운 소녀라는 자신들의 '이점'을 활용하는 법을 배웠던 것이다.

"몇몇 사람이 충고에 나섰지만 귓등으로도 들으려고 하지 않았어. 가족까지 모두 사이가 좋았던 우리의 말이라면 좀 들을까 싶어서 나와 리리제도 말해주었지만 『소녀의 기도정』을 망하게 해서 빼앗으려 한다면서 거절하더라. 뭐, 믿고 있던 종업원에 연이어 배신당했으니 그것도 무리는 아니지만, 그 아이들이 젖먹이였을 때부터 알고 지낸 사이였던 만큼 좀 서운하더라고……."

주인은 그렇게 말하며 슬픈 표정을 지었다.

"그래서 뭐, 우리도 적으로 간주되고 말았지. 영업 방해를 하고 있다는 둥, 질 나쁜 녀석들을 보내 괴롭힌다는 둥, 온갖 소문을 내고……. 말이 방해지, 메리자가 늦잠 자서 시장에 늦게 가는 바람에 내가 먼저 값싸고 좋은 재료를 사게 되었다거나 그런 거고, 여행자 중에는 품행이 불량한 놈들도 보통 있기 마련이잖아? 그 가격에 종업원이 어린 여자애들뿐이라고 하면 너무 비싸다고 항의하는 사람도 있을 거고, 나쁜 맘을 먹으려고 하는 자도 당연히 있겠지. 그런데 그게 전부 우리 짓이라는 거야."

""""""아아…….""""""

가엾게도, 하는 표정을 짓는 마일 일행.

"뭐, 투숙객도 식당 손님도 예전부터 두 가게가 확 나뉘어 있었으니까 별일 아니야. 게다가 이렇게 작은 마을이니 사정은 다들 잘 알고 있고. 이대로라도 우리에게 큰 타격은 없어. 다만……."

"다만?"

"그걸 유지할 수 있는 것도 앞으로 1년 반밖에 남지 않았어."

그리고 주인은 그 이유를 설명해주었다.

"다들 아직 여덟 살인 아릴을 돌보고 있는 세 자매를 동정하고 있어. 특히 아릴 그리고 그 아이를 돌보며 열심히 일하고 있는 열세 살 라피아한테 말이야. 그런데 1년 반 뒤면 그 둘이 두 번의 생일을 더 맞이하게 돼."

"""""아⋯⋯."""""

그렇다. 열세 살과 여덟 살짜리 소녀가 두 번의 생일을 더 맞이한다는 건 각각 열다섯 살과 열 살이 된다는 의미다.

성인이 되는 15세. 그리고 많은 사람이 정식으로 직업을 갖는 연령인 10세.

열 살이면 헌터 길드에 헌터로 정식 등록할 수 있고, 상회의 견습생, 기술 공방 등에서 스승의 가르침을 받으며 일하는 제자 등 모두 열 살부터 일을 시작한다. ⋯⋯그러니까, 성인은 아니어도 사회의 일원으로 인정된 어엿한 일꾼인 셈이다. 자매 셋이 전부 일반적으로 일할 수 있는 연령. 자기가 소유한 여인숙에서 3마력으로 일해서 돈을 버는 자매에게 아무도 더는 동정 따위 하지 않을 것이다. 자기들보다 세대 수입이 많은 사회인 삼인조에게 굳이 돈을 줘야 할 이유는 어디에도 없으니까 말이다. 동정심만으로 비싼 요금을 내줄 자는 존재할 여지가 없다. 그리고 이 마을에는 여인숙이 두 곳밖에 없지만, 작은 식당이나 술집이라면 얼마든지 많다. 그 틈바구니에서 그런 요리와 가격으로 손님을 유지하기란 어려우리라. 또 여행자들도 요금을 확인하면 아무렇지 않게 숙소를 바꾸기 마련이다. '황웅정'이 만실이면 다음 마을까지 걸어가거나, 다음 기회에는 아예 다른 마을에 머무는 계획을 세워 움직이겠지. 그리고 애초에 여행자는 대부분 수도 없이 이곳을 지나는 상인이나 큰 도시에 나간 사람이 고향과 왕복하는 등 단골이다. 실은 지금도 이미 '소녀의 기도정'의 투숙객은 서서히 감소하기 시작했다. 즉 '소녀의 기도정'은 주인이 말한 대로 길어야 앞으로 1년 반 남은 것이었다.

"확실히 망하겠네요."

폴린이 무자비한 선고를 내렸다.

"장녀와 둘째를 노리는 남자는 계속 드나들지도 모르겠지만, 그것만으로는 경영이 어려워요. 그리고 그런 손님만 있게 되면 서로 견제하거나 새 손님이 오면 라이벌로 여기고 시비를 걸거나 해서, 다른 손님이 점점 더 찾지 않게 되겠죠. 결국 매일 딱히 돈 안 되는 단골들만 모이다가 머지않아 최후를 맞이하게 될 거예요, 틀림없이."

주인이 안타깝다는 표정으로 고개를 끄덕였다.

"그래서 어떻게든 해주고 싶은데 거절하니까 방법이 없어. 억지로 설교하려고 해도 경관을 부르거나 그쪽 단골들 때문에 쫓겨나고 말아. 그리고 또 방해한다고 헛소문을 퍼트리는 거지. 뭐, 마을 사람들은 대부분 사정을 아니까 문제없지만……. 그 녀석들, 자매를 지켜준다면서 우쭐하지만, 정작 자기들이 자매의 목을 조르고 미래의 가능성을 짓밟는다는 걸 전혀 모르고 있어. 기껏해야 데릴사위가 되어서 아내와 처제들이 계속 일하게 하겠다고 생각하고 있겠지만, 그전에 여인숙이 먼저 망해버릴걸."

"""……."""

"자, 수수께끼도 다 풀렸으니 슬슬 방으로 돌아갈까요? 내일이면 다음 마을로 떠나야 하니까요!"

""엥?""

폴린의 말에 어리둥절해하는 주인 내외.

"고, 고민을 해결해주는 거 아니었어……?"

흥미진진하게 이야기를 듣고 문제점을 이해한 듯한, 총명하고 장사에 밝은 소녀들.

이야기하던 도중부터 해결책을 제시해줄 거라고 완전히 기대하고 있었던 두 사람은 폴린의 예상치 못한 말에 당황했다.

"아뇨, 그런 건 전혀 모르는데요. 저희는 그저 폭리를 취하는데도 손님이 찾는 여인숙의 비밀이 궁금했을 뿐이거든요. 그 궁금증이 완전히 해소되었으니 더는 이 마을에 볼일이 없어요. 장사를 얕본 가게가 망하거나 말거나, 저희랑은 아무 상관도 없고 애초에 충고를 듣지 않는 상대에게는 어떻게 손쓸 방법도 없잖아요? 이 여인숙에 묵은 이상, 이제 저희도 적으로 인식할 테니……."

폴린의 냉정한 말에 반론하지 못하고 입을 꾹 다무는 주인 내외.

그리고 어색한 분위기가 감돌았을 때.

"에잇!"

"꺄악!"

메비스가 손날로 폴린의 정수리를 탁 때렸다.

"곤경에 빠진 사람을 너무 그렇게 놀려먹는 거 아니야."

"…………."

그렇다, 부모님을 잃고 남겨진 가게를 필사적으로 지키려고 하는 아이들.

그걸 폴린이 그냥 내버려 둘 리 없었다.

조금 전에 한 말은 그저 상인의 도리에서 벗어난 방식에 살짝 화가 났거나, 자기 개인적인 감정으로 모두를 이 마을에 괜히 머무르게 하는 게 싫었거나, 둘 중 하나 때문이리라.

그리고 그걸 모를 리 없는 메비스와 레나였다.

……폴린의 말을 액면 그대로 받아들인 마일을 제외하고.

"……괜찮겠어요?"

"마음대로 해. 서둘러야 하는 여행도 아니고, 바로 일해야 할 만큼 돈이 궁하지도 않으니까. 이번에는 처음부터 『재미있어 보이니까 좀 끼어들어 즐겨보자』는 생각으로 더 머무른 거니 도중에 그만두지 말고 끝까지 해보자고. 놀이나 재미있는 일은 대충 하거나 중간에 내던져서는 안 돼."

그렇게 말하며 레나가 생긋 웃자 폴린도 덩달아 웃었다.

"후후후……."

너무도 사악한 그 미소에 메비스 그리고 주인 내외의 표정이 굳었다.

"저기, 일도 대충 하거나 중간에 내던지면 안 되는데……."

그리고 마일의 중얼거림은 아무도 듣지 않았다.

"아, 아무튼 고민을 들어주는 거지? 그래, 뭔가 좋은 아이디어라도……."

주인이 묻자 폴린이 미소를 유지하며 대답했다.

"물론 있죠. 이대로 내버려두면 앞으로 1년 반 뒤에 확실히 망해요, 저쪽 여인숙. 그걸 막는 거야 간단해요. 1년 반 후에 안 망하려면 지금 망하면 그만이거든요."

"""""뭐어어라고오오오?!"""""

수사학적으로는 왠지 옳은 표현처럼 들린다.

하지만 그 말에 납득하는 사람은 아무도 없었다. ……단 한 사람도 말이다.

"어이……. 그래서는 아무 해결도 안 나잖아!"

지당한 주장을 펼치는 주인.

하지만 폴린은 눈 하나 깜박하지 않고 태연하게 대답했다.

"아니에요, 설득이 소용없다면 물리적인 방법을 써서 궁지로 내모는 수밖에 없어요. 더는 그 여인숙에 아무런 가치가 없어서, 여인숙과 돈을 노리고 다가오는 게 아니라는 걸 알게 하지 않으면 무슨 말을 해도 다 헛수고이니까요. 아, 하지만 진짜로 망하기 직전까지 내모는 선에서 그치는 걸로 하죠.『망한 거나 마찬가지』나, 아니면『망하는 건 시간문제』가 된다면 이야기에 귀 기울일 생각이 들지도 모르니까요."

입을 꾹 다무는 주인 내외.

그때 메비스가 당연한 질문을 던졌다.

"그래, 폴린의 작전을 따른다고 치고, 구체적으로 어떻게 궁지에 내몰자는 건데? 힘으로 밀어붙일 수는 없잖아? 그런 짓을 했다가 그땐 진짜 원망과 증오를 사게 될 거고, 이 여인숙의 평판이 땅까지 추락할 텐데? 또, 단골이랑 경관을 부르지 않을까…….”

하지만 물론 폴린이 그런 초보적인 문제를 놓쳤을 리는 없었다.

“『레니 짱 작전』을 쓰는 거예요.”

“헉…….”

“그쪽이『가여운 미소녀 세 자매』를 무기로 내세운다면 우리도 하면 그만이죠, 완전히 똑같이.”

““허억…….””

“웨이트리스 일은 물론이고 레니가 시켰던 그 접객을, 한층 강력한 방식으로 하는 거예요, 우리가. 모국에서 쫓겨난『가여운 네 명의 미소녀』가 필사적으로 일하고 있으며, 요금은 싸고 요리는 맛있는 여인숙. 그렇게 해서 모든 손님을 다 빼앗아 와요!”

“““허어어어어어억!””””

이렇게 해서 악몽의 나날이 시작되었다.

＊　　＊

“이상하네…….”

‘소녀의 기도정’을 운영하는 세 자매 중 장녀 메리자가 머리를 갸우뚱거렸다.

“왜 그래, 언니?”

주방에서 나온 둘째 라피아가 언니에게 다가와 물었다.

"아니 왠지 어제부터 식사하러 오는 손님 수가 늘지 않는 것 같아서……."

라피아도 물론 느끼고 있었다.

그야, 주문한 요리는 전부 자기가 만드니 모를 리가 없었다.

"으음……. 그건 물론 그렇지만 손님을 상대로 하는 장사는 원래 굴곡이 있으니까 너무 예민하게 생각할 필요는……."

메리자는 장녀였고 부모님이 남긴 조상 대대로 내려온 이 여인숙, 그리고 동생들을 지켜야 한다는 무거운 짐을 짊어지고 있어서인지 사소한 일에도 마음을 쓰고 걱정했다.

그건 입장 상 어쩔 수 없는 일이어서 언제나 그 작은 가슴을 애태웠다. ……나이에 따른 것이 아니라 물리적으로 '작은 가슴'을.

메리자, 16세. 미인에 사교적인 성격. 날씬하다, 라고 하면 듣기 좋지만 표현을 바꾸면 절벽에 통나무 같은 몸매였다.

웨이트리스 겸 계산 겸 접객 담당. 요리에는 전혀 재능이 없었다.

그래서 둘째 라피아가 열세 살의 나이에 혼자 주방에서 고군분투했는데, 요리 솜씨는 음, 지극히 평범한 소녀의 영역에서 벗어나지 못했다.

하지만 그 부분이 좋다는 남자 손님이 많은 것 역시 사실이었다.

그런 남자들은 아마도 맛있는 요리를 먹고 싶을 때는 다른 가게에 가고, 연인이나 딸이 만들어주는 요리를 맛보는 망상에 젖고 싶을 때에는 이 가게에 오는 것이리라. 그런 관점에서 보면 과연 라피아가 만드는 요리는 완벽했다. 이따금 실패작이 나오는 것까지 포함해서.

라피아는 아버지가 죽기 전까지는 쾌활하고 씩씩한 소녀였지만, 지금은 얼굴에 조금 그늘이 졌다.

나이에 맞는 평범한 체형이어서 키는 레나 정도였다. 물론 가슴은 레나보다, 그리고 언니 메리자보다도 컸다.

지금 자매의 생활공간에서 낮잠을 자고 있는 막내 아릴은 완성된 요리를 나르게 하기가 조금 불안해서 손님들이 다 먹고 난 그릇을 치우는 일과 테이블 뒷정리를 맡았다.

실전력이라기보다 혼자 일에 제외되어 외로워하지 않도록 조금이나마 돕게 했을 뿐인데, 손님의 동정심을 이끌어내는 작전에 크게 공헌했다.

'소녀의 기도정'의 세 자매, 완벽한 포진이었다.

그렇다, 키스기 세 자매(애니메이션 『캣츠아이』의 주인공)와 야기사와 세 자매(애니메이션 『어택 넘버 원』의 주인공), 그리고 카시마시 무스메(노래 만담 자매 트리오)에게도 뒤지지 않는, 철벽 세 자매다웠던 것이다.

＊　　＊

그리고 다음 날 저녁.

"분명 이상해. 식사하러 오는 손님도 별로 없고 투숙객도 거의 안 와. 심지어 당분간 머물겠다고 했던 손님까지 체크아웃 해버리고……. 분명 뭔가 있어!"

'소녀의 기도정'과 자신들을 방해하는 자는 용서할 수 없다!

아버지가 돌아가신 후로 사람을 믿지 못하고 여인숙과 여동생들을 지키기 위해서라면 웬만한 일에 주저하지 않게 된 메리자는 결의에 찬 눈빛으로 자리에서 벌떡 일어났다.

"라피아, 가게 좀 부탁해. 좀 나갔다 올게."

"오잉…… 아, 응, 알았어."

라피아는 언니의 갑작스러운 행동에 놀랐지만, 손님이 별로 없어서 자신과 아릴만으로도 충분했기 때문에 크게 문제될 것은 없었다. 여동생 아릴도 여덟 살이어서 돈 계산 정도는 가능했고, 값이 비싼 이 가게에 굳이 찾아오는 손님이 값을 속이는 짓을 할 리도 없었다.

그런 사람은 더 싸고 양 많고 맛있는 가게를 찾지 애당초 이 가게에 오지는 않을 것이다.

……그렇게 생각하고 조금 마음을 가라앉히는 라피아였다…….

가게를 나선 메리자는 물론 '황웅정'으로 향했다.

그곳 말고도 식당과 술집은 있지만, '소녀의 기도정'의 적이라고 하면 '황웅정'. 메리자의 머릿속에는 그 공식이 성립했던 것이다. 그리고 식당 손님뿐 아니라 투숙객까지 줄어들었으니 '황웅정'을 의심하는 것은 당연했다.

'황웅정'은 도보로 불과 20초도 채 되지 않는 거리에 있다. 금세 '황웅정'의 입구에 도착한 메리자는 문 밖에서 귀를 쫑긋 세우고 안에서 들려오는 소리를 엿들었다.

"네, 원하지 않던 혼담을 받게 되어, 그동안 모아두었던 용돈과 호신용으로 검 한 자루만을 쥐고 입고 있는 옷 그대로 집을 뛰쳐

나와……."

"새어머니와 새 동생이 괴롭히고, 방해가 된다며 죽이려고 해서 필사적으로 달아났는데……."

"행상인이었던 아버지는 도적의 손에 돌아가시고, 그 후 저를 돌봐주었던 헌터들도 호신 임무 중에 전멸하고, 의지할 곳이 사라져서……."

"다들 고생이 많았구나……. 하지만 이제 괜찮아! 이 마을에 있는 한 우리가 지켜줄 테니 더는 아무런 걱정도 하지 마!"

"그럼 그럼! 마음 푹 놓고 여기서 계속 일하면 되니까!"

"아니, 계속은 아니지. 누군가와 결혼할 때까지, 겠지?"

"그렇지! 푸하하하!"

"""""아하하하하하!"""""

'뭐, 뭐야, 이게~!'

안에서 들려온 것은 며칠 전까지만 해도 매일같이 '소녀의 기도정'에 식사하러 들락거렸던 단골들의 목소리였다.

'배, 배신자들…….'

메리자가 그렇게 생각하며 작은 문틈 사이로 안을 훔쳐보니, 며칠 전 '소녀의 기도정'에 묵었던 소녀들이 보였다.

'저, 저 애들이……. 으으으윽…….'

자신의 불행을 소재로 삼아 인기를 얻으려 하다니, 천박하기 그지없다!

그런 생각에 이를 바득바득 갈다가 문득 알아차렸다.

'……우리랑 똑같잖아…….'

어안이 벙벙한 메리자.

자신들이 하던 행동을, 이제는 똑같이 손해 보는 입장으로 돌려받았다.

심지어 저들은 자신들보다 훨씬 솜씨 좋고 효율적이다.

"마일 짱, 아까 시킨『바위도마뱀 튀김』한 접시 더!"

"이 멍청아. 그걸 주문하면 마일 짱이 주방으로 들어가 버리잖아!"

"아……. 하지만 맛있어서 또 먹고 싶단 말이야, 에일이랑 아주 찰떡궁합이라고!"

"하긴……. 어쩔 수 없네, 그럼 튀김 주문할 녀석은 지금 한꺼번에 시켜! 그럼 마일 짱의 수고를 덜어줄 수 있으니까."

"그럼 나도!"

"나도!"

"나는 두 접시!"

연이어 주문이 날아들자, 마일 짱이라고 불린, 라피아보다 어려 보이는 소녀가 허둥지둥 주방으로 들어갔다.

라피아보다 어린데 요리를 잘하는 듯한 소녀.

라피아와 비슷한 나이대에 손님의 머리를 때리고 있는, 씩씩해 보이는 붉은 머리칼의 소녀.

자기 또래로 보이고, 상인인 듯한 손님과 뭔가 어려운 이야기를 나누는 중인 거, 거유 소녀.

그리고 헌터 검사들과 검기에 관한 대화를 나누고 있는 남장 여인.

……이길 수 없다.

충격을 받은 메리자는 조심조심 문을 닫고 힘없는 발걸음으로 '소녀의 기도정'에 돌아갔다…….

휘청휘청 '소녀의 기도정'에 돌아온 메리자였지만, 그녀는 그저 어린 소녀가 아니었다.

여인숙의 경영자로서, 아버지가 돌아가신 그날 자신의 목숨과 맞바꿔서라도 두 여동생을 지키기로 결심하고 수라(修羅)가 된 소녀. 이 정도 일로 좌절할, 약해빠진 마음은 가지고 있지 않다.

그녀는 곧바로 대책을 생각해냈다.

* *

"어, 언니, 그만두는 게……."

해 질 녘, 호객 행위를 하러 가게 앞으로 나가려는 메리자를 라피아가 어떻게든 말리려고 했지만 메리자의 결심은 흔들리지 않았다.

"이 정도는 아무렇지도 않아. 이렇게 하면 손님들이 다시 돌아올 거야!"

그렇게 말한 메리자는 이 세계 일반 성인 여성의 상식에서 보기에 '정도에서 한참 벗어나다 못해 파렴치하기까지 한 기장'인

무릎이 드러난 치마, 그리고 마찬가지로 가슴골이 훤히 드러나 제정신인지 의심하게 되는 옷차림이었다.

15세 미만인 미성년자나 활동성을 중시하는 여성 헌터, 무희, 여급, 매춘부라면 별로 드물지는 않다. 하지만 그들을 제외한 평범한 성인 여성의 복장으로는 분명 인상이 찌푸려지는 모습이었다.

하지만 여동생들을 위해서라면 목숨조차 주저 없이 내놓을 메리자에게 그런 것쯤은 아무런 문제도 되지 않았다.

문에 손을 대고, 역시 순간 망설이긴 했지만 그것도 불과 1~2초.

힘차게 문을 열고 밖을 향해 한 발을 내디딘 메리자는 눈을 커다랗게 뜬 채 그대로 굳었다.

"……마지막이에요! 이런 옷 입는 거, 정말 이번이 마지막이라고요!"

새빨개진 얼굴로 그렇게 소리치는 거유 소녀의 모습을 보고 말이다.

금방이라도 터질 것 같은, 가슴 때문에 옷이 올라가 배꼽이 다 보이는 상반신.

무릎은 물론이고 허벅지까지 거의 다 드러난 다리.

꽉 죄어들어 형태가 확실하게 보이는 엉덩이.

그것은 흔히 보았던, 마일의 운동복을 입은 폴린의 모습이었다.

'색녀인가!'

……불가능하다.

과연, 제대로 된 정신 상태를 갖추고 있다면 저런 파렴치한 옷을 입는 게 가능할 리 없다.

패배감에 휩싸여 두 손을 짚고 그 자리에 주저앉은 메리자에게 거유녀의 노성이 쏟아졌다.

"시, 시끄러워요!"

……아무래도 생각이 입 밖으로 새어나갔던 모양이다. 그것도 상당히 큰 목소리로.

맥없이 '소녀의 기도정'으로 돌아온 메리자는 머리를 감싸 안았다.

여자로서의 긍지도 존엄도 모두 내던져버린 그 복장에 대항하기란 도저히 불가능하다. 그리고 물론 여동생들에게 그런 흉내를 시키는 것은 있을 수도 없는 일이었다.

지금까지 동생들의 행복을 위해 열심히 노력했는데, 그 동생들의 평판을 땅에 떨어뜨리는 행위를 하는 것은 본말전도다.

손님은 언제나 아릴을 보살펴주는 노부부를 포함해서 몇 팀밖에 되지 않았다. 그 정도라면 라피아 혼자서도 응대하기에 충분해서, 메리자는 카운터 앞에 앉아 고민에 빠졌다.

지금의 경영 방침을 정할 때 고민한 것은 사실이다. 부모님이, 조부모가, 그리고 선조들이 지켜온 이 여인숙을 그런 방식으로 운영해도 정말 괜찮은가 하고 말이다.

하지만 모아둔 돈은 아버지가 돌아가셨을 때 이리저리 쓰고 장기 휴업을 하면서 또 대부분 써버린 데다가 종업원이 횡령도 모자라 운영자금까지 들고튀어, 상업 길드에 융자를 받았다. 이 자를 잔뜩 껴안은 몸으로 형편없는 요리 실력과 일손까지 부족한 상황에서 '황웅정'에 대항하려면 비겁한 방법을 쓰는 수밖에 없었다.

지금 돌이켜 생각해보면 그게 좋은 방법이었는지는 알 수 없다. 하지만 그건 어디까지나 '나중에 생각할 일'이었고, 그때 그 상황에서는 최선의 선택지라고 판단했던 것이다.

사실 지금까지는 잘 해왔다. 이자도 갚았고, 얼마 되지는 않지만 비상시에 대비한 저축도 있다.

그래서 반성은 해도 후회는 없다.

지금 고민해야 할 것은 선후책이다.

……요금을 원래 가격으로 되돌릴까?

물론 언제까지나 지금 상황이 계속될 거라고 여겼던 것은 아니다.

젊은 남자 단골들도 언젠가 연인이 생겨 결혼하겠지. 동생들도 언젠가는 어엿한 성인으로 성장할 테니, 엉터리 요금이 동정심으로 통하는 상황은 사라지리라.

하지만 같은 가격으로 내린다고 해도 부족한 요리로 '황웅정'에 대항할 수 있을까?

그 파렴치한 복장을 한 젖소녀에 당당하고 근사한 언니, 그리고 아주 살짝 귀여운, 라피아의 또래인 여자애에 맞서서?

그건 너무도 무모하고 승산이 희박한 싸움이었다…….

신출내기 헌터로 보이는 그 아이들은 헌터 손님들과도 대화가 잘 통했다.

……이길 수 없다.

모든 면에서 이길 요소가 전혀 없다.

하지만 지금 어떻게든 하지 않으면, 이대로 상황을 지켜본다면 점점 상황이 악화될 것이다. 모처럼 빚을 다 갚았는데 또 융자를 받을 수는 없다.

게다가 상업 길드가 지금의 방식을 좋게 생각하지 않는다는 건 충분히 알고 있었고, 다음에는 실적을 개선해서 확실히 변제할 거라는 보장이 없었다. 이래서는 도저히 저번처럼 저금리의 좋은 조건으로 융자를 받을 수 없으리라. 그건 대부분 동정에 의한 특별 서비스였으니까.

몇 팀밖에 되지 않는 식사 손님들이 모두 돌아가고 문단속을 한 메리자는 침대 속에서 몸부림치다 결국 잠들지 못하고 하룻밤을 꼬박 지새우고 말았다.

*   *

다음 날.

점심식사 시간대가 지나고 마지막 손님도 나갔다.

객실 청소와 베드 메이킹 등은 오전에 끝냈기 때문에 지금부터 석식 준비에 들어가기 전까지 얼마간 여유 시간이 있었다.

그리고 '소녀의 기도정'이 브레이크 타임이라는 건 당연히 '황 웅정'도 마찬가지라는 뜻이었다.

밤새 고민한 메리자는 어젯밤 아니 정확히는 오늘 새벽 무렵이지만, 마침내 결심한 것을 실행에 옮기기로 마음먹고 행동에 들어갔다.

원래 식사에 관해서는 장보기만 빼고 전부 라피아에게 맡겼다. 어차피 메리자가 있어 봐야 그다지 도움이 되지 않았다. 게다가 그 장보기조차 라피아가 직접 갈 때가 많았다.

그래서 잠시 나갔다 오겠다는 메리자를, 아무런 의문도 없이 눈으로 배웅하는 라피아였다.

그리고 찾아온 '황웅정'.

물론 문이 잠겨 있을 리는 없어서 메리자는 문을 열고 성큼성큼 안으로 들어갔다.

"""""""엥…….""""""""

손님 없는 식당에서 회의 중이던 주인 내외와 '붉은 맹세' 멤버들은 그녀의 갑작스러운 등장에 깜짝 놀랐다.

메리자는 그들을 노려본 다음 큰 목소리로 소리쳤다.

"잘못했습니다! 한 번만 봐주세요오오~!"

그리고 멋지게 공중제비를 돈 후 바닥에 꿇은 무릎.

'이 세계에도 있었구나, 점핑 무릎 꿇기가…….'

그리고 마일은 아무래도 상관없는 것을 생각했다. 늘 그렇듯이.

""뭐야…….""

놀란 사람들 중에서도 특히 격하게 동요한 사람은 주인과 폴린이었다.

"이, 이러지 마! 아무리 내 말을 듣게 하기 위해서였다고는 해도, 비겁한 방법을 쓴 건 우리야!"

"윽……."

그 말을 듣고 메리자가 신음했다.

주인은 자신의 그 말이 '소녀의 기도정'의 방식을 '비겁한 방법'이라고 탄핵한 것이나 다름없다는 사실을 깨닫지 못했다. 하지만 메리자는 분명히 그것을 인식했다.

"그, 그만 하세요!"

그리고 폴린의 말이 뒤를 이었다.

"기껏 두 번째, 세 번째 방법을 준비해두고 있었는데, 이렇게 빨리 항복하면 곤란하다고요!"

……계획을 망쳐버렸다.

'다행이야! 얼른 포기하고 항복해서 정말 다행이야아아아~!'

얼굴이 새파랗게 질린 메리자는 별로 덥지도 않은데 땀을 뻘뻘 흘리고 있었다.

*　　*

"……그럼 대화를 시작해보죠. 그래도 되겠죠? 메리자 씨."

자리에 앉아 마일의 말에 고개를 끄덕이는 메리자.

처음에는 폴린이 사회를 보기로 했었는데, 폴린이 말을 걸면 메리자가 움찔해버리고 말았기 때문에 사회 역할을 바꾸었던 것이다.

주인 내외는 옛날부터 이어진 관계와 최근에 어긋난 사이가 서로 충돌해서 메리자가 제대로 말하기 어려우리라는 판단에, 과거 인연과 무관해 중립적인 '붉은 맹세'의 나머지 세 사람 중에 사회

자를 고르게 된 것인데, 메비스는 이런 상황에 부적합했고 레나라면 정리될 것도 정리되지 않는다.

그렇게 폴린이 주장해서 결국 소거법에 의해, 인축에 무해한 마일이 진행 역할로 낙점되었다.

"그럼 메리자 씨, 현재 『소녀의 기도정』의 영업 방침에 대해 어떻게 생각하는지 말씀해주시죠."

교묘하게 상대의 의중을 떠보는 걸 잘하지 못하는 마일의 질문은 늘 돌직구였다.

"아, 네, 편하게 돈 벌려고 우쭐……, 아, 아니, 좀 무리하지 않았나, 하고……."

슬픈 표정의 주인 내외, 그리고 불쾌감과 경멸로 표정이 일그러진 폴린을 보고 메리자가 재빨리 말을 고쳤다.

일단 계속할 방식은 아니라는 자각이 있어 보였다.

하지만 평범한 영업 형태로 돌아갈 타이밍을 잡지 못했고, 또 그렇게 한다고 해도 동정심 유발과 피해자 코스프레를 그만둔다면 서툰 요리로 '황웅정'에 대적할 수 없다. 자매에게 흑심을 품은 손님 빼고는 전부 '황웅정'에 빼앗기고 말 것이고, 그래서는 여인숙을 제대로 운영할 수 없다.

"그럼 앞으로는 어떻게 할 계획이죠?"

"…………."

마일의 질문에 대답을 망설이는 메리자. 좋은 방법이 있었다면 벌써 썼겠지.

그때 메비스가 끼어들었다.

"문제는 요리잖아? 그거 말고, 여인숙 일은 문제없을 거야. 아니, 오히려 어린 여자애들이 있는 쪽을 더 좋아하겠지. 요리사를 고용하는 거야. 이렇게 하면 해결되는 문제 아니야?"

"…………."

메리자가 입을 꾹 다물었다.

역시 주인이 말한 것처럼 남을 고용하는 것에는 아직 저항감이 있는 듯했다.

"주인아저씨께 들었어요. 아무래도 타인을 가게의 일원으로 맞아들이는 건 아직 좀 거부감이 드는 건가요?"

"네……."

마일이 묻자 고개를 푹 숙인 채 대답하는 메리자.

역시 주인의 말대로 어른들을 불신하게 된 모양이었다.

가게 손님으로서 돈을 내주는 입장이라면 괜찮지만, 가게 돈을 맡기거나 투숙객이 다 나가고 자매들만 남아 있는 시간대에 다른 어른이 함께 있는 것이, 고용한 요리사에게 당한 전적이 있는 자매에게는 견딜 수 없는 일이리라. 그것도 무리는 아니다.

"누군가, 너희가 믿을 수 있고 함께 일하는 게 허용 가능한 사람은 없어?"

레나의 말에 메리자는 잠시 고민했다가 대답했다.

"음, 그게, 여기 이 사람이랑, 시장의 세리라 씨랑 대장간의 리사피라면……."

주인 부부는 둘 다 이 가게를 비울 수 없다. 혼자 여인숙과 식당을 도맡는 것은 불가능하니 당연히 사양이었다.

"그, 세리라 씨랑 리사피라면······."

"무리야."

주인이 마일의 말을 막았다.

"시장의 지배자 세리라 할멈이 이런 데서 일해 줄 리가 없어. 게다가 여든을 훌쩍 넘긴 노파에게 뭘 시키겠다는 거야······. 무엇보다도 그 할멈, 요리 솜씨가 형편없다고. 아들인 마루가 늘 투덜거려. 그리고 대장간의 리사피는 아직 여덟 살로 아릴이랑 노는 애야. 그런 앨 데려다가 일을 시킨다면 대장간 부부가 화가 나서 펄쩍 뛸걸. 물론 요리도 할 수 있을 리 없고."

"""""············."""""

막다른 길에 몰렸다.

다들 아이디어를 짜냈지만 좋은 대안이 떠오르지 않았고, '붉은 맹세'의 네 사람이 입을 다물고 있자 이번에는 메리자가 제안에 나섰다.

"저, 저기! 요리를 잘하는 것 같던데, 당신이 우리『소녀의 기도정』에 와주면 안 되나요?"

"""""""뭐?"""""""

"아니, 그게,『바위도마뱀 튀김』같이, 손님들에게 평가가 좋은 요리를 만들 수 있는 당신이 우리 주방에 와서 요리를 만들면서 라피아에게 비법을 전수해주시면 모든 문제가 잘 풀리지 않을까 하는······. 그래요, 명안이에요! 이제는 그 방법밖에 없어요!"

"엥······."

메리자가 마일을 손가락으로 가리키며 열변을 토하자, 마일이 어리둥절해했다.

"""하긴, 명안이긴 해…….""""

주인 내외와 메비스가 감탄한 듯 목소리를 흘렸다.

어른에 대한 기피감이 심한 자매도 12~13살 소녀인 마일이라면 괜찮으리라. 그리고 마일에게는 돈과 관련된 일을 일절 시키지 않고, 요리에만 전념하게 하면 자매의 불안감과 시의심도 어떻게든 잠재울 수 있으리라.

"마일과 우리의 사정을 완전히 무시할 수 있을 때의 얘기지만 말이지."

하지만 그 가능성은 싹둑 잘라버리는 레나.

당연하다. 2~3주 정도라면 도와주지 못할 것도 없지만, 열세 살짜리 소녀를 어엿한 요리사로 거듭나게 키우는 데에 얼마나 많은 시간이 걸리겠는가.

도저히 응해줄 수 없는 제안이었다.

게다가 애초에 마일은 마법을 구사해서 지구의 요리를 대충 재현하는 것일 뿐이고, 이 세계의 요리와 비교하면 압도적으로 세련된 조리법을 구사해서 호평을 일으키는 것에 불과했다. 채소의 단면 손질을 잘하지도, 무 채썰기를 잘하는 것도, 생선 절단면의 세포가 상하지 않도록 한 번 만에 깔끔하게 절단하는 기술이 있는 것도 아니다.

또 마일은 아이템 박스에 저장한 조미료와 향신료를 아낌없이 쓴다. 채산 따위 전혀 고려하지 않고. 하지만 그건 요리사라는 직업을 가진 사람에게 있어서는 실격 사유가 된다.

즉, 요리사의 스승으로 마일은 무능했다.

"절대 무리예요! 거부권을 발동합니다!"

검토조차 할 수 없다며 즉시 거절하는 마일. 자신에 대해 잘 알고 있으니 당연했다.

"그, 그런……."

메리자가 절망에 휩싸였을 때, 가게 문이 열렸다.

그리고 가게로 들어온 열대여섯 살로 보이는 두 소년.

""아버지, 우리 돌아왔어~!""

""""…………누구?""""

마일 일행의 말에 주인이 대답했다.

"아들이야. 열두 살 때 왕도에 있는 동문 선배 밑에 견습생으로 들어가 요리사 수업을 받았어. 부모 가게에서는 아무래도 응석 부리게 되어 요리사 수업에 도움이 안 되니까, 애들을 다른 지점으로 보내는 건 늘 있는 일이야. 열다섯 살이 될 때까지 집에 돌아올 생각 말고 수업에 매진하라고 했는데, 그런가, 벌써 3년이 지났단 말인가……."

"너무해! 아들 생일은커녕 존재마저 잊어버리다니, 곰 같은 아버지!"

"아버지가 그렇지 뭐……. 그런데 메리자랑 거기 귀여운 네 여자애는 여기서 뭘 하고 있어?"

아무래도 이란성 쌍둥이로 보이는 형제는 둘 다 상당히 남자다웠는데, 키도 크고 다부진 체격이었다. 그렇다, 이 세계에서 인기 있는 타입이다.

마일 일행이 문득 메리자를 쳐다보니, ……입을 반쯤 헤 벌리고 두 사람을 물끄러미 바라보고 있었다.

그때 마일이 갑자기 소리쳤다.

"데우스 엑스 마키나인가요오오옷!"

"데우스, 에키스, 마키나? 그게 뭔데?"

또 무슨 소릴 하려고, 하고 레나는 생각했지만 늘 있는 일이라 별로 놀라지도 않았다. 메비스와 폴린 역시 마찬가지였다.

"데우스 엑스 마키나, 예요! 연극 같은 데서 이야기가 막혀서 어떻게 해야 할지 모르는 순간, 줄에 매달아 만든 신이 천장에서 내려와 『신의 목소리』로 모든 것을 해결하는, 그런 방식이죠! 이야기는 어디까지나 치밀한 구성과 필연성에 의한 인과관계로 전개되고, 등장인물들의 의지와 노력으로 해결되어야 해요. 막힌 순간 복선도 없이 생뚱맞게 등장한 『편리한 요소』에 의해 해결되면 절대 안 된다고요! 그런 건 옳지 못한 길이에요! 졸작이에요! 테즈카 선생님이 용납 못 하실 거라고요!"

몸을 파르르 떨며 마구 흥분하는 마일을 필사적으로 달래는 레나 일행이었다.

"……그런데, 테즈카 선생님이라니, 그게 누군데?"

마일이 흥분하는 사이 메리자는 일단 '소녀의 기도정'으로 돌아가 라피아와 아릴을 데리고 다시 왔다. 어젯밤 투숙객은 아침에 다 나갔고 오늘 밤 손님은 아직 받지 않아서, 문을 걸어 잠그면 여인숙을 잠깐 비워도 문제될 것 없었다.

한편 전생에서 오락거리로 거의 책이나 영상물 등의 '이야기'를 즐겼던 마일은 '데우스 엑스 마키나'로 분류되는 수법과 거기에 포함되는 '알고 보니 모두 꿈이었다'라는 이야기 전개를 용납할 수 없었다. 그래서 그 분노는 메리자가 동생들을 데리고 올 때까지도 계속 이어졌다.

"워워, 워……."

레나가 겨우 마일을 달랬을 때에는 이미 '소녀의 기도정' 세 자매가 자리에 앉아 있었다.

"그나저나 웬일이래, 네가 이렇게 흥분하다니……."

"죄, 죄송해요. 하지만 뭐랄까, 지금까지의 노력이 전부 수포로 돌아갔다거나, 우롱 당했다거나, 그런 기분이 들어서, 마음이 어둠에 사로잡혀 온통 암흑으로……. 그래요, 폴린 씨가 금화가 한 닢 모자란 걸 알아차렸을 때와 같은……."

"가만히 있는 날 왜 끌어들여?!"

변명하는 마일에게 폴린이 항의했다.

"……이제 슬슬 괜찮아?"

메비스의 말에 세 사람이 함께 고개를 끄덕였다.

"그래서 이 중요한 사실을 어째서 말 안 했어요?!"

아직 심기가 불편한 마일이 추궁하자 주인이 머리를 긁적이며 대답했다.

"아니, 아들에 관해서는 안 물어봐서……."

"자식이 있는 기색이 없었으니까, 아이가 없거나 혹은 죽었을지도 모른다고 생각해서 배려한 거였죠, 당연히! 그런 얘기를 우리 쪽에서 어떻게 먼저 꺼내요?! 뭐, 아무튼 됐어요. 그럼 아드님에 대한 설명을."

메리자 자매도 두 아들도 다들 신묘한 얼굴로 앉아 있었다.

그리고 주인의 설명이 시작되었다.

"뭐, 보다시피 쌍둥이 아들이야. 메리자 자매와는 소꿉친구로 함께 자랐고, 열 살 때부터 요리사로서라고 할까, 잔심부름부터 시작해서 열두 살 생일에는 왕도에 식당을 낸 내 동문 선배에게 부탁해서 견습생으로 보냈지. 전혀 쓸모도 안 되는 초보자를 보내서 선배에게 민폐를 끼칠 수는 없으니까, 여기서 2년 동안 최소한의 일은 가능하도록 가르쳤어. 그리고 요리사로서의 기초를 익히고 돌아오면 나머지는 내가 모든 기술을 전수해줄 계획이었지. 어때, 너희, 수업은 잘 마쳤냐? 선배에게게 합격점을 받았어?"

"이렇게 돌아온 걸 보면 몰라?! 나중에 스승님께서 써주신 인정서랑 아버지 앞으로 쓴 편지를 줄게. 짐 제일 밑에 넣어둬서 지금 꺼내기는 귀찮으니까."

그 말을 듣고 고개를 끄덕인 주인은 기쁜지 입꼬리가 살짝 올라갔다.

사실은 더 기쁨을 표현하고 싶었겠지만, 지금 상황을 고려해서 꾹 누르고 있으리라.

그리고 생각에 잠겼던 마일이 갑자기 소리쳤다.

"떠올랐다 떠올랐다 떠올랐어! 무슈 무라무라(일본 개그 콤비 '타조 클럽'의 유행어. '남자 불끈불끈'이라는 뜻)예요!"

생뚱맞게 튀어나온 의미를 알 수 없는 말에 깜짝 놀라는 여인숙 사람들, 그리고 늘 있는 일이어서 어이없어하면서도 별다른 미동 없는 '붉은 맹세'의 다른 멤버들.

"너, 우리가 항상 말하잖아! 다른 사람들이 있을 때는 그, 네가 살던 곳에서만 통하는 이상한 소리 좀 하지 말라고!"

하지만 잔뜩 흥분한 마일은 레나의 말에도 꿈쩍하지 않고 주인에게 말했다.

"일단 아드님들에게 지금까지의 경위를 설명해 주세요. 거기서부터 시작할 수 있어요."

하긴, 아들들에게 상황을 알려줄 필요가 있었고 아들들과 사이가 좋은 메리자 자매를 일부러 나쁜 사람 취급하는 게 아니라는 걸 알게 하려면 본인들이 있는 앞에서 말하는 편이 좋았다.

그 이야기를 들어야 하는 자매들 입장에서는 조금 괴로울지도 모르지만.

마일의 지시에 따라 주인이 아들들에게 사정을 전부 설명한 후.

아들들은 슬픈 듯한, 그러면서도 안타까운 듯한 표정을 지었다.

가족이나 마찬가지였던, 또 다른 아버지로 여겼던 메리자 자매의 아버지가 돌아가셨다는 사실을 오늘에서야 알았고, 자매가 여인숙을 지키며 살아가기 위해 힘들어 하며 필사적으로 버티고 있었을 때 자신들은 아무것도 몰라서 아무 도움도 되지 못했으니 무리도 아니었다.

하지만 두 사람은 아버지에게 '왜 알려주지 않았느냐'며 탓하지는 않았다.

소식을 들었다고 해서 미성년자였던 자신들이 할 수 있는 일은 아무것도 없었으니까.

　수업을 내팽개치고 돌아와 봐야, 일터에서 뛰쳐나온 미성년자 따위는 아무 짝에도 도움이 되지 않는다. 기껏해야 위로의 한 마디를 건네는 정도다. 자기들을 위해 중요한 수업을 망쳤다는 죄책감만 상대방에게 떠넘길 뿐.

　그런 것을 이해했기 때문에 아들의 마음을 흐트러지게만 할 뿐인 연락을 하지 않은 아버지를 비난할 수 없었던 것이다.

　"자, 아드님 쪽이 상황을 이해한 후 현재 상황을 타개하는 명안이랍니다!"

　드디어 마일의 설명이 시작되었다.

　"견습생을 포함해서 일단 요리사의 숫자는 채워졌어요. 남은 건 어떻게 하느냐 뿐이에요. 그래서 제안합니다. 요리 재료 준비부터 식당 영업시간이 종료될 때까지, 인원을 교환하는 건 어때요?"

　"""""""오잉?"""""""

　일제히 터져 나온 의문의 목소리.

　"그러니까 선수 교대를 하자는 거예요. 주인아주머니랑 아드님 한 분이 『소녀의 기도정』에서 요리를 맡고, 메리자 씨랑 아릴 씨가 서빙이랑 계산을 맡는 거죠. 그리고『황웅정』은 주인아저씨랑 또 다른 아드님 한 분, 그리고 라피아 씨까지 세 사람이 맡고요. 그리고 각자, 주인아주머니는 아드님에게, 주인아저씨는 아드님과 라피아 씨에게 견습 요리사로 조수를 맡기면서 요리를 가르쳐주면 되잖아요. 그럼 두 가게 모두 제대로 된 요리를 낼 수 있고,

손님들은 어린 소녀의 서빙을 받을 수 있어요. 그럼 결과적으로 손님이 고루 나뉘어 두 가게 모두 잘될 수 있죠! 그러다 보면 머지않아 아드님과 라피아 씨도 어엿한 요리사로 성장해서……."

"""""오오오오오!"""""

"처, 천재 아니에요?!"

메리자가 날아갈 듯 기뻐했다.

'황웅정'의 쌍둥이 아들 에라슨과 바이스트.

어린 시절에는 자매들과 자주 같이 놀았다. 그래서 어리지만 올곧고 성실하며 여자아이에게는 다정하고 신사적인, 약간 강한 척하는 소년 특유의 성격을 좋게 보고 있었던 것이다.

다만, 열두 살 무렵까지는 여자 쪽의 성장이 더 빨라서, 두 사람이 견습생으로 왕도에 가기 전까지는 한 살 많은 메리자가 신체적으로나 정신적으로 더 성숙했었다.

그래서 메리자에게 에라슨과 바이스트는 이웃에 사는 소꿉친구, 여동생들과 잘 어울리는 어린 남자애에 지나지 않았고, 남자로 본 적은 단 한 번도 없었다.

그런데 3년 만에 재회한 두 사람은 키도 훌쩍 컸고 앳된 외모지만 남자다움이 묻어났으며, 충분히 멋있어졌다.

이러면 남자로 볼 수 있다.

단연코, 볼 수 있다.

언제 죽을지 모르고 머리도 나빠 보이는 헌터들과는 비교도 안 되는 우량 물건인 것이다.

게다가 '소녀의 기도정'이 간절히 바라던 요리사. 심지어 실력이 뛰어난 아버지의 동문 선배가 있는 곳에서 요리를 배웠고, 앞으로도 부모님에게 훈련 받아 실력을 닦을 예정이라고 한다.

'왔다.

왔다왔다왔다왔다왔다왔다왔다왔다아아아앗!'

겉으로는 태연했지만, 메리자의 머릿속에는 한바탕 축제가 펼쳐지고 있었다.

"음, 나쁘지 않은 생각이야. 그럼 내가 『소녀의 기도정』에 갈 테니 형은 여기 남아줄래?"

"그래, 내가 장남이니까 그렇게 해야겠지……? 난 좋아. 아버지 어머니 생각은 어때?"

갑작스러운 질문에 주인이 순간 고민하다가 곧 대답했다.

"그래, 그게 제일 나을 것 같구나. 둘 다 가르치는 것보다 그편이 효율적일지도 모르겠어……. 그리고 이따금 나랑 리리제가 교대하는 것도 나쁘지 않을 것 같고. 메리자와 동생들이 그걸로 좋다고 하면 우린 상관없다. 그렇지, 리리제?"

세 자매와 여주인이 미소 지으며 고개를 끄덕였다.

"좋아, 그럼 그렇게 하기로 하자. 자세한 건 내일부터 다시 고민하기로 하고 오늘 밤은 손님들이 다 돌아간 후에 두 사람의 수업 종료 축하 파티라도 하자꾸나! 물론 메리자랑 동생들도 와 줄거지?!"

""""네!""""

세 자매가 입을 모아 대답하며 미소 지었다.

'둘 중 누가 좋을까……. 장남 에라슨은 약간 덜렁대고 무뚝뚝

하지만 남자다워서 듬직하고, 둘째 바이스트는 성격이 유순하고 섬세하고 세세한 것에도 신경을 잘 써주고 다정하고……. 아, 만약 내가 에라슨과 결혼한다면 『황옹정』이 나와 에라슨의 소유가 되고 『소녀의 기도정』은 라피아가 남편과…….'

꿈을 점점 키우던 메리자가 문득 정신을 차리니.

"……약속, 기억해?"

"으응, 내가 잊어버릴 리 있겠어? 아무리 사고라고는 해도 봐버린 건 틀림없으니까, 반드시 책임을 져야지."

"오호호……."

그렇게 말하며 자기들끼리 깨가 쏟아지는 라피아와 에라슨.

"뭐, 뭐야~!"

이미 왠지 이루어진 듯 보이는 두 사람의 모습에 메리자가 아연실색했다.

그나저나 '봐버렸다'는 건 뭘 뜻하는 것일까!

메리자가 동요했지만 동생이 행복해 보여 겨우 마음을 가라앉혔다.

'그럼 둘째 바이스트로……? 동생이니까 우리 집으로 데려올 수 있어! 생각해보면 덜렁대고 좀 거친 면이 있는 에라슨보다 다정하고 배려 깊은 바이스트가 낫지. 게다가 앞으로 우리 집에서 함께 일할 사람도 바이스트니까. 좋아, 그럼 난 바이스트로…….'

"오빠, 왜 이렇게 늦게 돌아왔어~! 아릴, 기다리다가 목 빠질 뻔했다고!"

"미안 미안! 대신 이걸로 봐주면 안 될까?"

그렇게 말하며 주머니에서 꺼낸 팬던트를, 자기 발에 매달린 아릴의 목에 걸어주는 바이스트.

그리고 얼굴이 새빨개지는 아릴.

"……뭐야, 이게, 뭐냐고오오오~!"

가게 안에 마리자의 절규가 울려 퍼졌다.

"뭐야, 뭐야, 뭐야아아아아아……."

새빨갛게 충혈된 눈으로 몸을 떠는 메리자.

무슨 일인가 싶어 깜짝 놀라는 여인숙 사람들, 그리고 모든 것을 알아차린 '붉은 맹세'의 멤버들.

"저기, 또 다른 자식은 없나요?"

천하의 마일도, 너무 알기 쉬운 메리자의 반응에 상황을 눈치챘다.

그런 마일의 질문에 대한 주인의 대답은 '붉은 맹세'가 모두 예상한 대로였다.

"딸이 하나 더 있는데 벌써 시집갔어. 아들은 이 둘뿐인데?"

"""""아~…….""""""

……끝났다. 한 소녀의 행복한 꿈이. 불과 몇 분 만에…….

하지만 부모님이 남긴 여인숙을 지키며 동생들을 행복하게 해주겠다는 꿈은 이루어질 것 같으니 좀 더 기뻐해도……, 하고 생각하기는 했지만 '붉은 맹세'는 다들 그 말을 본인에게 말할 수 있을 만큼 용감하지 않았다.

눈에서 하트가 쏟아지는 두 커플.

상황을 모르고 어리둥절해하는 주인 내외.

그리고 이제는 그대로 굳어 새하얗게 다 타버린 메리자.

(((((가, 가시방석이 따로 없네에엣~!))))

＊　　＊

밤2의 종이 울려 저녁 식사 손님이 다 돌아가고 투숙객들도 각자의 방으로 돌아간 후.

"실례합니다!"

씩씩한 목소리와 함께 들어온 라피아 그리고 미소 지으며 뒤따라 온 아릴, 이제는 혼이 나간 표정으로 휘청휘청 걸어오는 메리자.

……중증이다.

하지만 그것도 무리는 아니었다.

여인숙과 여동생의 장래에 대한 걱정이 거의 다 사라져서 팽팽했던 긴장감이 다 풀려버린 것.

그리고 잠시나마 가졌다고 생각한 장밋빛 미래가 순식간에 자신의 두 손을 빠져나가버린 것.

그것도 모자라 열세 살과 여덟 살짜리 동생에게 선수를 빼앗겨, 좋은 남자를 둘이나 놓치고 혼자 남겨진 열여섯의 자신.

그러니 정신줄을 단단히 붙잡으라고 말하는 쪽이 더 심하다.

자신이 지금까지 한 고생은 도대체 무엇이었다는 말인가.

동생들에게는 처음부터 행복으로 가는 길이 준비되어 있지 않았는가.

……그렇다면 자신의 것은? 자신의, 행복으로 향하는 길은?

"우-우-우-우……."

동생들에게 걱정 끼쳐서는 안 된다.

그렇게 생각하면서도 원통함이 섞인 신음을 억누를 수 없었다.

한편 여동생들도 언니의 마음을 눈치채고 있었다.

하지만 아무리 그래도 자신이 연모하는 사람을 양보할 수는 없다. 어쨌든 몇 년이나 걸려서 겨우 이루어진 사랑인 데다가 3년이나 계속 기다려 겨우 맞이한 오늘이기 때문이다.

모든 것은 그 형제를 자신보다 어리게만 보고, 미래를 생각하지 않고 어린애 취급만 했던 언니의 자업자득이니까.

((미안, 언니. 그리고 보는 눈이 없는 점, 고마워!))

그렇다, 만약 언니가 진지하게 '한 살 많은 근사한 누나'를 연기했다면 미인에 언변이 좋은 언니를 이기지 못했을지도 모른다. 모든 것은 바보 같았던 언니 덕분이다.

라피아와 아릴은 진심으로 언니에게 감사했다.

그리고 자연스럽게, 두 사람의 얼굴에 미소가 번졌다.

……씨익.

"'우와아아아! 무서워! 얘들, 엄청 무서워엇!!'"

라피아와 아릴의 미소를 목격하고 공포에 전율하는 메비스, 레나, 그리고 폴린.

폴린을 겁먹게 만들다니, 고단수다.

그리고 세 사람은 아무것도 모르고 생글거리고만 있는 마일이 이번만큼은 살짝 부러웠다.

형제의 수업 종료 축하파티에 모인 사람은 양쪽 여인숙 관계자들과 '붉은 맹세' 멤버들뿐이었다.

주인의 간단한 인사말 후 다 함께 건배하고 자유로이 음식을 먹으며 환담을 나눌…… 계획이었지만, 장남 에라슨과 라피아, 그리고 둘째 바이스트와 아릴이 저마다 격자력 배리어에 필적하는 결계를 자기들 주위에 친 상태였다.

그리고 테이블 위에는 식당 손님의 마지막 주문이 끝난 후 주인과 여주인이 만든 요리, 그리고 성인을 된 형제를 위해 제공된 축하주가 놓였다.

이 나라에 특별히 음주 연령 제한이 있는 건 아니었지만 마일 일행과 라피아, 아릴은 홍차나 과일즙을 물에 연하게 탄 것만 입에 댔다.

한편 술을 벌컥벌컥 들이키는 메리자.

이제야 겨우 사정을 눈치챈 듯한 주인 내외를 포함해서 어느 누구도 그녀를 말릴 수 없었다.

……위험하다.

메리자 본인과 결계 안에 있는 네 사람 이외에는 모두가 그렇게 직감했다.

"……저어, 이 마을에 『괜찮은 남자』 어디 없나요? 젊고 멋있고 수입이 안정적이고, 메리자 씨를 마음에 들어 할 사람이……."

마일이 거의 포기하다시피 한 표정을 지으며 주인에게 소곤소곤 물었다.

"있는데?"

"""""네에에에에에?!"""""

설마 했던 대답!

"이, 있다고요? 그런 사람이?!"

자기가 물어놓고 반신반의하는 마일, 그리고 레나 일행.

"메리자 녀석, 옛날부터 『헌터는 밥줄 끊기는 자들 집단』, 『언제 죽을지 모르는 너절한 직업』이라면서 손님으로라면 몰라도 결혼 상대로는 아예 취급도 안 해줬으니까. 하지만 그런 녀석들만 있는 게 아니라는 건 너희가 제일 잘 알겠지?"

그렇다, 헌터는 대부분 '다른 직업을 갖지 못한 사람', '몸뚱이 하나만 가지고 성공해서 입신양명을 꾀하는 사람' ……참고로 젊은 귀족에 A등급이 되어 기사가 되는 길을 목표로 한 메비스도 여기에 포함된다…… 등, 메리자가 기피하는 유형의 사람들이었다.

하지만 그중에는 부모의 가업을 물려받아 지루한 인생을 보내야만 하는 사람이 젊을 때만이라도 자유롭고 싶다며 비교적 안전한 의뢰만 받는 파티에 들어가기도 하고, 부모의 힘으로 형성된 베테랑 파티의 보호를 받는 속칭 '도련님 헌터', '접대 파티' 따위로 불리는 종류의 헌터들도 있었다. 그리 많지 않았지만, 그렇다고 해서 그리 적지도 않은 비율로.

또 가게를 얻기 위한 자금을 번다거나, 건강 때문에 일주일에 한 번만 약초를 채취하는 식의, 본업은 따로 있고 거의 취미로 헌터를 하고 있는 별종도 있었다.

만약 그들의 사정을 모르고 메리자가 단지 '헌터'라는 이유만으로 교제상대 후보에서 제외한 것이라면.

그것 이외의 조건, 즉 외모를 따지는 메리자의 눈에 드는 얼굴, 성실하고 제대로 된 남자가 사실은 '소녀의 기도정'의 단골 중에 있다면?

"저, 정말로 있다고요?"

"그래, 있지. 메리자 녀석은 아마 모르겠지만, 규모가 작아도 일단은 가게를 가진 상인 후계자도 있고, 헌터 동료들과 떠들고 노는 게 좋아 D등급 헌터로 있지만 헌터 활동은 주에 하루 이틀 뿐이고 다른 날에는 귀족 자녀에게 공부를 가르치고 있는 녀석도 있고. 그밖에도 경제적 사정이 나쁘지 않아서 헌터는 완전히 취미로 하고 재미있는 의뢰만 받는 녀석도 있고, 다양하지."

"""…………""""

생각해보면 그것도 그렇다.

하루 벌어 하루 먹고 살기도 빠듯한 헌터가 비싼 '소녀의 기도 정'에 매일 들락거릴 리 없다. 그것도 점심 혹은 저녁 식사 시간 모두 빠지지 않고…….

너희는 도대체 언제 일하냐? 싶은 녀석인 것이다.

"그, 그럼…….."

"응, 자매 둘에게 남자가 생겼다고 생각하면 메리자도 초조할 거야. ……아니, 이미 몹시 초조해하고 있지, 저렇게."

그렇게 말하며 술을 연거푸 들이키는 메리자를 힐끔 쳐다보는 주인.

"그럼 결혼하고 나면 헌터 일을 그만두고 안정을 찾을 것 같다고 하면……."

"응, 저레 뻬도 메리자는 인기가 꽤 많으니까. 본업에 전념한다는 조건으로 메리자가 사귀어 준다고 하면 그렇게 할 녀석은 많을 테고, 그 녀석들의 본업을 알면 메리자 역시 넘어갈 가능성이 있어. 아니, 이런 싸구려 여인숙 경영자보다 훨씬 조건 좋은 녀석이면 현금 좋아하는 메리자가 반드시 미끼를 물겠지. 어차피 막다른 길이라 뒤로 물러설 곳도 없으니……."

주인은 계속 술만 마시는 메리자, 그리고 외계인의 침입도 허락하지 않는 E. T. 필드에 휩싸인 네 사람을 응시했다.

옛날부터 자매와 자기 아들들이, 하고 생각하지 않았던 건 아니다.

하지만 막상 그게 현실로 다가오자, 그리고 설마 했던 장녀만 남는 비극을 보니 주인 내외는 복잡한 심경이었다…….

"……나이인가? 나이가 문제인가? 아니면 가슴인가? 가슴이 문제인가?"

파티에서 가장 나이가 많으면서, 슬슬 '키가 아닌 부분'의 성장이 멈출 나이로 보이는 '미묘한 가슴'의 소유자 메비스가 혼자 초조해했다.

그 말을 듣고, 키도 가슴도 여기서 멈추면 안 되는데 하고 불안을 느낀 레나가 술병과 잔을 확 끌어와 콸콸 따르더니 단숨에 들이켰다.

"레, 레나 씨, 그런 식으로 과음하면 안 돼요!"

그렇게 충고하는, 혼자 여유로운 폴린을 쏘아보면서.

한편 마일은 태평했다.

자신에게는 아직 시간이 있다.

키도 가슴도 앞으로 계속 성장할 것이다. 자신은 이제 막 열세 살이 되었을 뿐이니까.

……모른다는 건 행복한 일이다. 정말로.

제44장 새로운 거점

"이제 곧 다음 마을에 도착할 거야."

짧은 휴식을 끝내고 일어선 레나가 지도를 보며 말했다.

물론 여행인 만큼 레나 일행도 지도 정도는 가지고 있다. 그렇지 않으면 금세 길을 헤매고 말 테니까.

하지만 지도라고 해도 현대 일본에서 쓰는 그런 것과는 다르다.

비유하자면 롤플레잉 게임(RPG) 설명서에 그려진 세계의 지도와 비슷하달까. 그렇다, 축척을 무시하고 숲과 강과 산만 그려져 있는 지도.

하지만 그래도 세 갈래 길을 틀리지 않고 나아가는 것만으로도 지도를 사는 의미는 컸다. 잘못해서 길을 잘못 들기만 해도 쉽게 죽을 수 있는 세계이니까.

그래서 그 '요리는 맛있지만 가시방석처럼 불편한 축하 파티'를 겨우 견뎌낸 다음 날 아침, '붉은 맹세'는 곧바로 길을 떠났던 것이다.

'붉은 맹세'가 할 일이 하나도 없었고, 어차피 더는 그 분위기를 견딜 수 없었다. 두 커플의 꽁냥거리는 모습을 보며 '새콤달콤해~~!' 하며 몸부림치는 것도, 메리자의 우울한 표정을 봐야 하는 것도……

애초에 이 네 사람은 다들 나름대로 귀여운데도 무슨 영문인지 모두가 다 '살아온 세월=남자친구 없는 연차'이었다.

과거에는 다들 저마다 사정이 있었고, 지금은 어쨌든 빨리 A등급이 되고 싶은 메비스와 B등급을 노리는 레나, 그리고 돈을 모으고 싶은 폴린까지 어느 한 사람도 남자 따위에 시간을 할애할 생각이 없었던 것이다.

단 한 사람, 마일만은 슬슬 남자 친구가 있어도 좋지 않을까, 하고 생각했지만 여행 중에는 그럴 겨를도 없고 레나의 방해 공작 역시 심했다. ……마일은 그걸 전혀 눈치채지 못했지만 말이다.

어쨌든 그런 이유로 주인 내외가 몇 번이나 고맙다고 인사하며 억지로 내민 사례금을 '지루함을 떨치려고 논 걸로 돈 벌 생각 없어요' 하며 되돌려준 후, 주인 내외와 아쉬워하는 형제, 조금 안도하는 표정인 라피아와 아릴, 그리고 계속 저기압인 메리자의 환송을 받으며 얼른 마을을 떠난 '붉은 맹세' 일행이었다.

"메리자 씨가 행복해졌으면 좋겠네요."

"괜찮을 거야. 주인아저씨랑 아주머니가 조건 좋은 남자들의 본 직업이며 수입 같은 걸로 꼬드길 거라고 했으니까. 여인숙을 소유한 어린 미인이니……, 그도 그렇고 그 애를 노리는 남자야 줄을 섰으니까 눈만 좀 낮추면 마음대로 골라잡을 수 있겠지. 걱정할 필요 없어!"

마일과 레나도 왠지 조금 친근했던 메리자의 행복을 기원했다.

어떤 부분에 친근함을 느꼈는지는 모르겠지만 말이다.

　　　　　　　＊　　　＊

　그리고 해지기 전.

　마일의 아이템 박스 덕분에 몸이 가벼운 '붉은 맹세' 일행은 일반 헌터보다 이동 속도가 훨씬 빨라서 하루에 40킬로미터가 넘는 거리를 이동했다. 평범한 여행자는 기껏해야 30킬로미터이니, 아무리 젊은 헌터라고는 해도 소녀의 걸음으로는 파격적인 속도였다.

　아이템 박스는 다방면으로 유용하다. 심지어 치유와 회복 마법까지 되고.

　그런 연유로 조금 서둘러 다음 숙박 예정인 마을에 도착한 일행은 늘 그렇듯이 길드 지부에 얼굴을 내밀고 정보 보드와 의뢰 보드를 확인한 후 숙소를 잡았다.

　이 마을의 여인숙은 전부 큰 차이가 없었고, 요금은 조금씩 달랐지만 그만큼 설비와 요리 등에도 차이가 있기 때문에 그 부분은 개인의 취향에 따르는 모양이었다.

　뭐, 일반적으로는 그러할 것이다.

　적당히 고른 숙소에서 저녁을 먹은 후, 하루 종일 이동해서 조금 피곤한지 메비스, 레나, 폴린은 청정 마법으로 몸을 깨끗이 한 후 일찍 휴식을 취했다.

　한편 마일은 늘 그렇듯 밤을 지새웠다.

　야외 행동 중일 때 빼고는 8시간을 푹 자는 세 사람과 달리 마일은 6시간만 자도 충분했다. 전생에서부터 그런 생활 패턴이었으니까.

그녀는 빛이 새어나가지 않게 차광 실드를 친 다음 라이팅 마법을 발동했고, 질 나쁜 종이와 나노머신에 부탁해서 만든 '일종의 볼펜'을 아이템 박스에서 꺼내 뭔가를 쓰기 시작했다.

처음에는 이 세계 사람들이 주로 쓰는 깃털펜을 써보았지만, 일일이 잉크를 찍는 게 귀찮아 '만년필 같은 것'을 만들어 보았더니, 이번에는 종이 질이 나빠서 펜 끝이 걸리거나 잉크가 번지는 등 엉망이 되고 말았다.

그 다음에는 간편하고 튼튼한 '연필'을 만들었더니, 역시 종이에 걸리고 일일이 깎아야 해서 짜증 났다.

……마일은 성격이 너무 급했던 것이다.

아니, 평소 마일은 꽤 인내심이 강한 편이지만, 독서와 글쓰기를 방해받을 때만큼은 다른 사람이라도 된 것처럼 성미가 급해진다. 그게 마일이었다.

그리고 마침내 마일이 만들어 낸 것이 바로 '일종의 볼펜'이었다.

나노머신은 예컨대 마일이 '자동차를 만들어 달라'고 하면 규칙 위반이라며 받아주지 않는다. 하지만 볼펜은 마일이 구조를 알고 있어서 시간만 들이면 나노머신 없이도 이 세계에서 만들 수 있다. 따라서 그건 '이 세계에 절대 존재할 수 없는 물건을 만드는' 행위가 아니라 단순히 수고가 드는 일일 뿐이고 마일의 지식 범위 내에서 제작 가능한 물건을 만드는 것이었기에 나노머신도 받아들인 모양이었다.

그 경계선은 분명하지 않지만…….

여하튼 그런 이유로 마일은 '볼펜'으로 글을 계속 써내려갔다.

한편 그 볼펜의 볼과 칩 부분에 오리히르콘이라든가 미스릴 같은 물질이 쓰인다고 해도 그 역시 나노 머신의 기준으로는 큰 문제가 아닌 모양이었다.

종이는 상대에게 주는 것이고 대대적으로 생산할 계획도 없어서, 시중에 파는 것을 쓸 수밖에 없었다. 질이 나쁘고 말도 안 되게 비쌌지만 어쩔 수 없었다.

그리고 날짜가 바뀔 즈음, 드디어 마일도 침대로 파고들었다.

*   *

다음 날 아침, 아침 식사를 마친 후 '붉은 맹세' 일행은 숙소를 퇴실하고 길드로 향했다.

특별할 것 없는 이 마을에 계속 머무를 생각은 없어서 이대로 이 나라의 왕도로 향할 계획이었는데, 혹시 몰라 왕도로 가는 김에 받을 수 있는 의뢰가 없는지 최신 정보를 확인하기 위함이었다.

보통 규모가 작은 마을에서는 난이도가 높은 의뢰, 희귀한 의뢰, 재미있어 보이는 의뢰 등은 드물다. 그래서 작은 마을은 그대로 통과하고 곧장 왕도로 향해서 당분간 체류하는 편이 낫겠다는 판단이었다.

그리고 의뢰 보드를 확인한 결과, 역시 흥미롭거나 수지에 맞는 일이 없었고, 다음 왕도행 상단의 출발까지 며칠이나 남은 데다가 호위 모집이 이미 마감되었다.

"그냥 이대로 출발하자. 지금 가면……."

"아, 잠시만요!"

레나의 말을 막는 마일.

"발송 의뢰를 좀 하고 올 테니 조금만 기다려 주세요."

그렇게 말하며 일반 헌터로 위장하기 위해 등에 짊어지고 있던 짐 속에서 어떤 꾸러미를 꺼냈다.

"금방 끝낼게요!"

마일은 접수창구 쪽으로 달려갔다. 늘 가는 수주 및 완료 보고 창구가 아니라 '붉은 맹세' 멤버들에게는 낯선 의뢰 창구 쪽으로 말이다.

"실례합니다. 이거, 길드 정기편으로 발송 좀 부탁드릴게요. 티루스 왕국 왕도까지, 서류 배송 의뢰입니다."

그렇다, 그건 길드에서 취급하는 '배송 의뢰'였다.

다른 도시에 짐을 옮길 때는 직접 운반하거나 상업 길드 경유로 상인에게 의뢰하는 게 일반적이다.

하지만 통상 상품이 아니라 부피가 크지 않은 서류나 귀중품 등일 경우는 헌터 길드의 정기 연락편으로 운송을 의뢰할 수 있다. 단, 상인에게 의뢰할 때에 비해 상당히 비싸지만…….

비싼데 왜 굳이 헌터 길드에 의뢰하는 것일까?

그건 안전성이 압도적으로 높아서이다.

상인에게 의뢰하면 아무리 상업 길드가 중개한다고 해도 받는 쪽이 일반 상인이다. 그중에는 질 나쁜 자도 있고, 도적에게 습격 당할 가능성도 있다.

하지만 헌터 길드의 정기편은 길드의 서류를 운송하는 것이 주된 업무이고, 습격해도 돈이 될 만한 물건이 쌓여 있을 확률이 낮다.

그래서 중요한 길드 서류를 운송하는 것이니만큼 실력이 뛰어난 헌터를 충분히 투입, 호위로 붙인다. 게다가 만약 헌터 길드의 마차를 공격한다면 온 대륙의 헌터 길드를 전부 적으로 돌리는 행위여서 즉시 채산도를 외시한 대규모 토벌대가 꾸려진다. 주변국 전체에 말이다.

사건이 일어난 나라 및 그 모든 이웃나라에서 토벌대가 몰려오는 셈이다. 그리고 그것은 범인을 붙잡아 모두 죽일 때까지 끝나지 않는다. 헌터 길드는 자신들을 얕잡아 보고 싸움을 건 자를 결코 용서하지 않는다. 그렇지 않으면 비슷한 사건이 또 얼마든지 일어날 수 있으니까.

'헌터 길드는 건들지 말라.'

이를, 범죄자들의 뇌리에 새겨 넣기 위해서는 예산도 수단도 아끼지 않았다.

그것이 헌터 길드였다.

그리고 실력 좋은 많은 호위를 고용한 데다가 마차 한 대로만 움직이는 길드 정기편은 당연히 적재량이 제한되었다. 그것도, 상인의 짐마차와 달리 빠른 속도로 달리기 때문에 가득 싣지도 않았다.

빠르고 안전하면서 적은 적재량.

편승 탑재 요금이 비쌀 수밖에 없었다.

"좀 기다려줄 수 있을까?"

마일이 접수원 아가씨에게 꾸러미를 내밀려고 했을 때 뒤에서 누가 말을 걸었다.

마일이 그 목소리가 난 쪽으로 돌아보자…….

"에, 엘프?"

그렇다, 늘씬하고 큰 키에 머리카락을 길게 늘어뜨린, 온화한 인상…… 그리고 귀가 뾰족한 초로의 남성.

누가 봐도 엘프라는 생각밖에 들지 않을, 그야말로 '엘프 중의 엘프'였다.

"우, 우와아! 엘프 씨예요! 난생 처음 봤어요!"

"크레레이아 박사와 며칠이나 같이 있었는데!"

당황하는 마일의 머리를 레나가 탁 때렸다.

"아, 그러고 보니…….""

크레레이아 박사는 귀가 머리카락에 가려져 별로 눈에 띄지 않았기 때문에 마일은 그녀가 엘프라는 인식을 거의 하지 못했었다.

"무, 무무, 무슨 일이신데요!"

크레레이아 박사와는 아무렇지 않게 말했으면서 왠지 잔뜩 긴장한 마일이었다.

하지만 레나 일행도 그런 기분은 십분 이해했다.

크레레이아 박사는 귀가 잘 보이지 않아 평범한 인간처럼 보였고, 처음 봤을 때에는 길드 마스터의 딸인 줄로만 알았기 때문에 엘프라는 사실을 안 후로도 별로 의식하지 않았던 것이다.

하지만 이 초로의 남성은 지나치게 엘프 같았다.

"뭐야! 너희, 크레레이아 아가씨를 안단 말이야?!"

그리고 엘프 아저씨…… 초로이니까 아직 '할아버지'라고 부르기는 미안하리라. 엘프이니 진짜 나이는 알 수 없지만…… 그런데 레나의 말에 예민하게 반응했다.

"그분을 언제 어디서 만난 게야! 건강하시던가?!"

"아, 네, 아주 활기가 넘쳤죠. 만난 건, 으악!"

대답하려던 마일의 어깨를 레나가 꽉 붙잡았다.

"뭘 정체도 모르는 남자한테 여성의 정보를 함부로 흘리고 있어?! 본인한테 허락도 안 받고!"

"아……."

그렇다. 의외로 이 세계에는 개인정보에 엄격했다.

원래 헌터는 자신의 과거와 능력에 대해 자세히 알려고 드는 것을 싫어하는 경향이 강했고, 그게 원인이 되어 말썽이 잦아지자 언제부터인가 '헌터의 개인 정보 탐색은 법도에 어긋난다'라는 암묵적인 룰이 생겼다.

그래서 자신들이 탐색을 거부하는 이상 헌터들 역시 의뢰 수주 등으로 필요한 경우를 제외하고는 남에 대해 캐기를 피하게 되었고, 그런 경향이 서서히 퍼져나갔던 것이다.

물론 고용과 계약 등 상대의 신용도 확인이 필요한 경우는 별개였고, 어디까지나 '일과 관련 없는, 불필요한 정보에 한한' 이야기였다.

그리고 인간은 비밀주의인 엘프 사회의 심오한 사정에 대해서는 잘 알지 못했다. 물론 '붉은 맹세' 일행도 말이다.

엘프 집락을 나온 이유가 무엇일까.

가족과 친족과의 관계는.

적대하는 자가 있는가.

그런 것을 전혀 모르는데 박사에 대한 정보를 멋대로 누설해서 어쩌자는 말인가.

그 행위는 어쩌면 스토커에게 겨우 도망친 피해자의 현재 주소를 알려주는 것이나 마찬가지일지도 몰랐다.

자신도 전생에서 몇 번인가 스토커가 붙어 고생한 적 있는 마일은 안 좋은 기억이 떠올라 반사적으로 무심코 자세를 잡고 마법 주문을 영창했다.

"물이여 나와서 얼음 가쇄가 되어 구속……, 꺄악!"

퍼억!

레나가 마일의 정수리에 손날 치기를 먹였다.

"그만두지 못해?!"

"잠깐잠깐! 기다려 보라니까! 난 수상한 사람이 아니야!"

"수상한 사람도 다 그렇게 말하거든요?!"

허둥지둥 변명하는 남자 엘프에게 마일이 반론했다.

"그럼 뭐라고 말해야 되는데?!"

"『수상한 사람이다』?"

"""""…………."""""

맥이 확 빠진 모두가 문득 깨닫고 보니, 칼자루에 손을 대거나 스태프(지팡이)를 꽉 움켜쥐고 마법 대기 상태에 있는 헌터들이 주위를 에워싸고 있었다.

헌터 길드 한복판에서 공격마법 영창을 시작해, 엘프와의 싸움이 시작될 것 같았으니 지극히 당연한 전개였다.

"죄, 죄송해요, 아무 일도 아니에요! 아, 아는 사람이랑 가벼운 농담, 장난친 거니까요! 그렇죠? 아저씨!"

"응? ……아, 아아, 그렇지, 암, 이 너구리같은 계집애야!"

마일이 당황하며 둘러대자 순간 어리둥절하던 남자 엘프도 곧바로 이해하고 말을 맞추었다. 과연 연륜은 무시할 수 없다.

큭……

풉……

킥킥……

잔뜩 긴장되었던 공기가 풀어지며 모두 무기에 댔던 손을 떼고 웃으며 원래 있던 자리로 흩어졌다.

평소 같으면 소란피우지 말라고 성내는 게 당연한 불미스러운 일이었지만, 한쪽이 나이 많은 엘프여서 강하게 나갈 수도 없고, 게다가 다른 한쪽이 어리바리하고 귀여운 소녀일 때는 웃으며 넘어가주는 게 선배 헌터로서의 친절함이었다.

게다가 대부분이 처음 보는 이방인인 미소녀 사인조의 행동을 처음부터 지켜보았기 때문에 상황은 잘 알고 있었다.

사실은 교육적 지도 차원에서 화내야 했지만 그럴 필요가 없어 보였던 것이다.

"마일, 너 말이야! 길드 내에서 공격마법 영창을 하다니, 도대체 정신이 있어 없어?! 다른 헌터들한테 덮어놓고 공격받아도 할 말 없다고! 애초에 너란 아이는……."

그렇다. 마일의 등 뒤에서 얼굴이 새빨개져서 이를 드러낸 레나가 보였기 때문이다.

레나에게 실컷 들볶인 후 발송 의뢰는 일단 거두고 남자 엘프와 길드 안에 있는 음식 코너로 이동한 마일과 '붉은 맹세' 멤버들.

"그런데 무슨 일로 그러시죠?"

소동 때문에 마일은 남자 엘프에 대한 긴장감이 완전히 사라졌다.

"아, 아아, 미안하구나. 사실은 아까 티루스 왕국 왕도까지 길드편으로 물건을 발송한다는 이야기를 듣고 그 김에 나도 하나 부탁하고 싶어서……."

"아아!"

편승.

작은 서류와 편지 등이라면 어느 정도의 크기와 무게까지는 요금이 달라지지 않는다. 그래서 꾸러미 하나로 묶으면 한개 분량의 요금으로 그칠 수 있다.

나머지는 처음에 물건을 받은 사람이 개봉 후 동봉된 것을 직접 전해주거나 착불로 다시 발송하면 되었다.

다른 도시로의 발송, 그것도 다른 나라에 보내는 것이라면 요금이 상당히 올라간다. 하지만 같은 왕도로 발송하는 것은 열 살 미만의 준긴드원인 아이들에게 알맞은 돈벌이로, 푼돈 소은화 몇 닢이면 되었다. 어쩌다 같은 도시로 발송하려는 사람을 발견하는 행운을 만나는 자가 편승을 부탁하는 것은 그리 이상한 일도 아니었다.

"어때? 받아줄 수 없을까?"

"운송료의 절반을 내준다면……."

마일에게는 손해될 일이 없었다.

처음 주소는 마일이 보내는 곳으로 하기 때문에 리스크가 없고, 운송비의 절반을 부담해준다면 불만 없었다.

"오오, 고맙구나! 우리는 거의 모든 걸 자급자족하며 살고 있어서 인간이 쓰는 화폐는 그리 많이 가지고 있지 않아. 특히 시골에서 별로 나갈 일이 없는 우리 같은 노인네들은 말이지. 이렇게 해서 남는 돈으로 선물을 사서 돌아갈 수 있게 되었어."

남자 엘프가 기뻐하자 마일도 미소 지었다.

"……그리고 크레레이아 아가씨에 대해서 말인데……."

작은 꾸러미를 일단 열고, 동봉한 편지를 전해달라고 추신을 써넣는 마일의 옆에서 레나에게 설명하는 남자 엘프.

"지내시는 곳 같은 건 안 알려줘도 돼. 그저 건강히 잘 지내고 계신지만이라도 들려준다면, 그것만으로 충분하니까."

"아저씨, 박사랑 무슨 관계인데요?"

레나가 이상하다는 듯 묻자 남자 엘프 ……이름이 엘사토크라는……가 대답했다.

"아가씨의 씨족과 교류가 있는 일족의, 그냥 평범한 노인네야. 크레레이아 아가씨는 이웃 씨족 어른들 사이에서 인기가 아주 많거든. 다들 자기 아이도 아가씨처럼 키우고 싶어서, 아이 방에 아가씨의 초상화나 인형을 둘 정도지……."

""""엥…….""""

글씨를 쓰던 마일까지 포함해 모두 깜짝 놀랐다.

아니, 물론 크레레이아 박사가 귀여운 건 사실이지만 미인들이 모인 엘프 치고는 그리 빼어난 미인도 아니었고, 엘프 마을을 떠나 인간과 살고 있고, 성격도 딱히 성녀와는 거리가 멀었다.

또 박사라고 불리는 직업을 가지고 있는 것을 보아 나이도 어느 정도 있을 터였다. 그런데도 어째서 그렇게 인기가 많은지, 이유를 도통 알 수 없었다.

모두가 의문스럽게 느끼는 걸 알아차렸는지 남자 엘프, 엘사토크가 설명에 나섰다.

"우리 엘프는 원래 개인주의자가 많아. 아이들은 대체로 40~50살 정도가 되면 부모에게 별로 응석도 안 부리고, 점차 집을 떠나 독립해서 부모와의 사이가 소원해지지."

((((……늦어! 독립이, 너무 늦잖아!))))

"그런데 크레레이아 아가씨는 나이를 계속 먹어도 부모에게 찰싹 달라붙어서. 다들 어찌나 부러워하는지……."

""""아~…….""""

다들, 발굴 현장에서 구출해 달아났을 때를 떠올리고서야 납득했다.

길드 마스터의 딸이라고 착각한 마일이 '당신 아버지가 부탁했어요' 라고 말했을 때, 볼을 붉히며 눈물을 글썽거렸던 그 반응.

"아버지를 엄청 좋아하나봐……."

"아빠 바보였네요."

메비스와 폴린이 흐뭇한 미소를 지었다.

한편 마일은 아직 이 세계에는 존재하지 않는 단어를 외쳤다.

"파더콤인가요?!"

"뭐야, 그『파더콤』이라는 게?"

레나가 마일에게 물었다.

"아~, 파더 콤플렉스, 그게 그러니까,『이상할 정도로 아버지를 좋아하는 딸』을 가리키는 말이에요."

"아아……."

레나도 그런 경향이 있었기 때문에 왠지 의미가 잘 전달된 듯했다.

"아무튼 그래서 아가씨가 무사하신지 어떤지 알고 싶었을 뿐이야. 다음에 그 마을과 연락할 때 그 부모님에게 전해주고 싶어서. 아니, 물론 편지야 틀림없이 자주 보내겠지만, 부모한테 걱정 끼치기 싫어서 힘들거나 아플 때에도『몸 건강히 잘 지내고 있어요』하고 거짓 편지를 쓸 수도 있잖아? 그래서 제삼자의 이야기를 들으면 그 부모도 좀 안심할 것 같아서……."

남자 엘프, 엘사토크의 설명에 납득하는 '붉은 맹세' 멤버들.

그의 말은 충분히 이해할 수 있었고 연락처가 아니라 건강하다는 소식만이라면 별로 문제될 것 없으리라. 그렇게 생각해서 특정 장소를 피하기 위해 유적 사건 등의 이야기는 꺼내지 않고 씩씩하게 잘 지내고 있다는 것이나 소문으로 들은 박사의 실패담…… 아이인 척해서 축제 때 과자 무료 배포 줄에 섰는데 배포 담당자가 잘 아는 시스터여서 쫓겨났다는 이야기 등…… 을 해주었다.

그러는 사이에 마일은 편지에 추신을 다 쓴 후, 원래 들어 있던 크고 작은 두 봉투에 엘사토크로부터 받은 편지를 넣어 쌌다.

그 후 접수원 아가씨에게 꾸러미를 건네고 의뢰금을 지불한 마일은 절반을 내며 몇 번이고 감사를 표하는 엘사토크와 헤어진 다음 모두와 함께 헌터 길드를 빠져나왔다.

이렇게 맡긴 물건은 다음 길드편으로 운송되고, 몇 번의 중계를 거쳐 티루스 왕국 왕도 지부에 도착한 후, 다시 꾸러미에 적힌 주소로 배달된다. 그 다음은 받은 사람이 알아서 처리해 주리라.

처음 받은 자가 지시대로 잘 해줄지 어떨지는 신뢰관계 문제였고, 그 점에 대해 마일은 전혀 걱정하지 않았다.

길드는 그 물건이 어디에서 발송된 것인지 절대 누설하지 않았다. 요금은 선불이었고, 보내는 사람의 이름은 꾸러미를 펼쳐야 알 수 있어서 문제없었다. 보내는 사람의 이름과 주소 등을 어디까지 상대에게 알릴지는 의뢰인의 자유였다.

아마도 마일 일행이 있는 곳이 제삼자에게 노출될 위험은 없으리라.

비밀 보장에 관해 길드는 꽤 믿을 수 있었고, 편지에는 필요한 정보 이외에는 쓰지 않았으니까.

"자, 그럼 왕도를 향해 출바알~!"

씩씩한 마일의 외침에 쓴웃음 짓는 레나와 일행들이었다.

"……그나저나『40~50살이 되면 부모한테 별로 응석부리지 않게 된다』는데 박사는 예외라는 건, 크레레이아 박사가 도대체 몇 살이라는 소리일까요?"

"""…………."""

마일이 무심코 던진 말에 입을 꾹 다무는 메비스, 레나, 폴린.

그리고 마일 일행은 미처 알지 못했다.

그 남자 엘프, 엘사토크에게 한 말이 어떤 결과를 초래할지 말이다.

물론 마일 일행은 크레레이아 박사가 어디 있는지는 하나도 알려주지 않았다.

하지만 박사가 있는 곳을 당연히 아는 자가 있었던 것이다.

그 다음 씨족 간에 연락이 오고갈 때, 엘사토크는 송부 서류에 크레레이아 박사의 부모님 앞으로 편지를 동봉했다.

서류를 받아든 씨족장으로부터 그 편지를 받은 박사의 부모님은 뛸 듯이 기뻐하며 딸에게 답장을 보낼 때 그 사실을 써넣었다.

*　　*

"으아아아악~~!"

가장 좋아하는 아버지에게 자신의 창피한 실패담, 그것도 떠올리고 싶지 않은 그 '아이 과자 사취 실패 사건'이 알려지고 말았다.

그렇게 꼴불견 같은 짓을 하지 말라는 아버지의 편지를 움켜쥔 크레레이아 박사는 침대 위에서 마구 뒹굴었다.

"으으으! 감히 이 몸에게, 하필이면 내 아버지에게 창피를 당하게 하다니……. 용서 못 해! ……어디 보자, 내가 무심코 이 이야기를 해버린 상대 중에 소녀 사인조. 오호, 알겠다! 잡았다, 요놈들!"

침대 위에서 소리치는 크레레이아 박사였지만, 아버지에게 받은 소중한 편지를 마구 구겼다는 사실을 깨닫고 허둥지둥 소중히 편지를 펼쳐서 책상 서랍에 넣었다.

＊　　＊

"엘프는 수명이 얼마나 될까요? 이런저런 책을 많이 읽어 봤지만 그걸 다룬 책은 아직 못 봤어요……."

마일이 그렇게 물었지만, 마일만큼 책을 읽었을 리 없는 평민 레나와 폴린은 대답할 길이 없었다. 하지만 유력 백작가의 딸로, 환심을 사려고 온갖 이야기를 들려주는 아버지와 오빠들에게 늘 둘러싸여 있었던 메비스는 수수께끼가 많은 엘프에 대해서도 어느 정도의 지식을 갖추고 있었다.

"아아, 그건 확실히 밝혀지지 않아서 뭐라고 말할 수 없어. 수명이 긴 엘프는 대부분 노령이어서가 아니라 사고나 질병, 마물과의 싸움 등으로 죽으니까 말이지. 게다가 수명에 의한 죽음을 맞이하는 자도 그 나이에 큰 차이가 있는 모양이야. 마력의 대소에 의해서라든가, 태어날 때 여신이 주사위를 굴려서 정했다든가, 다양한 설이 있는데……. 여하튼 엘프는 태어나서 15~16세까지 인간과 거의 같은 속도로 성장하지만, 그 후로는 아주 천천히 성장하고 인생의 대부분을 15~35세 정도의 모습으로 보낸다고 해. 그러다가 서서히 노화의 속도가 빨라지고 마지막에는 천천히 늙어간대. 그래서 아까 만난 엘사토크 씨는 아주 나이가 많을 거야. 크레레이아 박사의 모습으로 짐작하건대, 할아버지나 증조할아버지 같은 수준이 아니라 그보다 훨씬 더 나이 많은 선조 급의 연대라고 생각해."

"허억~!"

메비스의 설명에 감탄사를 흘리는 마일.

그리고 '젊은 시기가 길다'는 점에서 어느 종족을 떠올렸다.

'……사이어인인가!'

'붉은 맹세' 일행은 이따금 사냥, 채취, 마물 토벌 등을 하며 몇 번의 야영을 거쳐 마침내 바노라크 왕국의 왕도인 샤레이라즈에 도착했다.

이 나라는 마일의 모국인 브란델 왕국의 이웃나라로, 메비스 일행의 모국이자 마일이 헌터가 된 나라 티루스 왕국의 정확히 반대쪽에 위치했다.

이 나라에는 머나먼 나라의 신입 C등급 헌터에 대한 소문 따위야 전혀 돌지 않았을 것이다.

그래서 조금 사고 쳐서 이름이 팔린 파티가 아니라, 완전히 무명인 신인 파티로 이 왕도에서 당분간 활동할 것이다. 그것이 현재 '붉은 맹세'의 활동 방침이었다.

티루스 왕국의 왕도에는 그 졸업 검정 때문에 이름이 너무 팔렸다. 착실히 활동하기에 신분과 맞지 않은 평판은 방해만 될 뿐이다.

"자, 우선 숙소부터 잡자. 당분간 머물 거니까 좋은 곳으로 찾아야 해. 숙소를 정하고 나면 길드에 얼굴을 내밀고 당분간 여기 머물겠다고 인사하고 정보를 모으자. 그런 다음에 우리『붉은 맹세』의 전설적인 제3장의 시작을 축하하며 저녁을 호화롭게 즐기는 거야!"

"""하앗!"""

"……그런데 제1장이랑 제2장은?"

마일의 소박한 질문에 레나는 당연하다는 표정으로 대답했다.

"헌터 양성 학교에서 만난 편이 제1장, 티루스 왕국 왕도편이 제2장이지. 그리고 제10장 정도쯤 됐을 때 왕도를 위기에서 구하고 S등급이 될 예정이야."

"""…………."""

＊　　＊

"여기네!"

어느 여인숙 앞에 멈춰선 '붉은 맹세' 일행.

그렇다, 이곳이 이 도시에서 그녀들이 고른 숙소였다.

처음에는 길드에 살짝 들러 여인숙을 확인하려고 했지만, "길드가 특정 여인숙을 권하는 건 편애 혹은 영업 방해가 될 수 있기 때문에 금지되어 있어요" 하며 소개를 거절당했던 것이다.

뭐, 듣고 보니 일리 있는 말이었다.

작은 마을이면 부자용과 서민용으로 확실히 구분된 두 개의 여인숙이 존재하는 등 불행한 사건을 막기 위한 목적도 있어서 예비지식으로 미리 알려주기도 하지만, 여인숙이 즐비한 왕도에서는 알아서 고르라는 소리이리라.

그렇게 생각하면 그 '소녀의 기도정'과 '황웅정' 때 둘 다 서민용 여인숙인데도 길드 직원이 각자 한쪽을 추천한 건 좀 문제가…….

아니다. 그건 자기들이 물어보니까 사정을 몰라 곤란을 겪고 있는 외지 소녀들을 위해서라며, 괜찮겠지 싶어 알려준 거겠지. 그런 걸로 치고 깊게 생각하기를 그만둔 네 사람이었다.

어쨌든 넷이서 여러 숙소를 밖에서 살펴보고 외관과 청소 및 관리가 잘되고 있는지, 밖에 붙어 있는 요금표, 출입하는 손님층 등을 신중하게 검토한 결과 정한 여인숙이었다.

이렇게 했는데도 꽝이면 자신들의 미숙함을 반성하고 다음 기회에 발휘하면 그만이다.

게다가 처음부터 무턱대로 한 달 계약을 하지는 않으니, 꽝이면 얼른 숙소를 바꾸면 된다.

짤랑

"어서 오세요!"

도어벨을 울리며 네 사람이 안으로 들어가자 접수 카운터에서 한 소녀의 씩씩한 목소리가 들렸다.

……여인숙 접수 카운터는 항상 소녀?

당연하다.

이 세계는 어린이의 사망률이 높기 때문에 다들 아이를 잔뜩 만든다. 아니, 별로 사망률이 높은 게 어린이뿐만은 아니지만, 역시 아이 쪽이 병에 면역력이 약했고 사고를 당했을 때도 죽기 쉽다.

그리고 남자아이와 여자아이가 있을 경우 힘쓰는 일과 더러운 일, 위험한 일, 손님을 상대해야 하는 일이 있다고 하면 여자아이를 그 네 가지 중 어디로 보낼 것인가.

……고민할 것도 없다.

여자아이가 접수 카운터에 있지 않는 여인숙은 가족끼리 운영하는데 어린 딸이 없는 경우뿐이다.

사람을 고용한다면 어린 여자아이를 쓰게 되어 있다. 가능하면 미성년자로. 그편이 임금도 싸고 또, 그런 이유도 있고. ……굳이 설명할 필요도 없다.

그리고 이 여인숙의 접수 카운터 역시 예상을 빗나가지 않고 어린 소녀가 맡고 있었다.

"여, 여기서 장기 체류 해요! 아니, 그냥 쭉 여기 살아요!"

마일이 눈을 번뜩이며 레나의 팔을 붙잡았다.

"니, 너어, 지금 무슨……."

그렇다, 이 여인숙의 카운터 소녀는 대여섯 살 정도로 보이는 어린아이였다.

그리고 머리에는 두 귀가 달려 있었다.

아니, 물론 인간도 누구나 귀가 두 개 달려 있다.

하지만 그 어린아이의 귀는 얼굴의 옆면이 아니라 머리 위에 달려 있었던 것이다. 쫑긋, 하고.

그러니까 흔히 말하는 '고양이 귀'였다.

"""수, 수인……."""

"넌 내꺼야!"

한 명만 말이 달랐다.

그게 누구인지는 말하지 않겠지만…….

"……제 딸이 무슨 실수라도?"

문제라도 일어났나 하고, 주방 안에서 서둘러 남성이 나왔다.

카운터를 보는 어린아이를 딸이라고 부르는 것으로 보아 이 여인숙의 경영자, 즉 주인 같았다.

수인이 카운터에 있으면 시비 거는 자도 결코 적지 않으리라. 즉, 이런 일이 익숙하다는 뜻이겠지.

하지만 겉으로 봤을 때 주인은 평범한 인간인 듯했다.

그럼 어머니 쪽이 수인, 혹은 그 피를 이어받았을까?

하긴, 이 아이는 수인의 피가 약하게 흐르는 것 같았다. 숲에서 만났던 수인들은 좀 더 짐승 같은 분위기를 풍겼던 반면 이 아이는 거의 인간에 가깝다. 귀만 빼고 말이다.

꼬리는? 꼬리는 있을까? 마일은 그게 궁금해서 참을 수 없었다.

"아, 아니, 아무 일도 아니에요. 이 아이가 수인을 좀 좋아해서⋯⋯."

"수, 수인을 좋아한다고?"

레나의 말에 믿을 수 없다는 표정을 짓는 주인.

그렇다, 마일이 케모너(짐승류를 유독 좋아하는 사람)라는 사실을 '붉은 맹세' 멤버들은 이미 다 알고 있었다. 동물 귀를 가진 소녀가 얼마나 멋진지 토하는 열변을 귀에 딱지가 앉도록 들었으니까. 이제는 지긋지긋할 정도로 몇 번이나, 몇 번이나⋯⋯.

"저, 저기, 한 번만 만져 봐도 돼요?"

그렇게 묻는 마일의 게슴츠레한 눈빛에 주인이 무심코 카운터 앞을 가로막았다.

"⋯⋯그, 그래서 숙박을 희망하신다고?"

위험을 감지했는지 딸을 등 뒤로 감추고 직접 응대하는 주인.

"네, 4인실로 하고 기간은 미정이에요. 빈방 있나요?"

마일 쪽을 힐끔 쳐다본 주인은 거절할 듯한 표정을 지었지만 몇 초간 갈등한 끝에 목소리를 짜냈다.

"아, 빈방 있죠. 안타깝게도⋯⋯."

"""""⋯⋯⋯⋯."""""

"마일, 좀 참아, 그렇게 욕망을 있는 그대로 드러내는 거! 망신

망신 개망신이라고!"

방에 들어가자마자 마일에게 불평하는 레나.

"하, 하지만 고양이 귀란 말이에요, 고양이 귀!"

"고양이 귀라면 유적 사건 때도 있었잖아?"

"그, 그거랑은 달라요! 지저분한 아저씨 머리에 달려 있던 그거랑은 다르다고요! 비슷하긴 해도, 그건 아니예요옷!"

레나의 지적에 마일이 욱해서 필사적으로 반론했다.

그리고 뭐가 마일을 그렇게까지 흥분시키는지 이해가 안 돼 멍하니 서 있는 메비스와 폴린이었다.

"잠깐 밑에 좀 갔다 올게요!"

아직 2층의 자기 방에 들어온 지 몇 분도 채 지나지 않는데, 다시 1층으로 내려가려는 마일.

"".............""

말려도 소용없다.

앞으로의 계획을 의논하려고 해도, 이렇게 마음이 콩밭에 가 있는 상태로는 아무런 도움이 되지 않을 것이다.

오늘은 길드에 가는 걸 포기해야겠다.

그렇게 생각하고 마일을 그냥 좋을 대로 내버려두기로 한 레나 일행이었다.

두근거리는 마음으로 1층에 내려간 마일은 주방에 있는 주인이 눈치채지 못하게 살금살금 걸어서 카운터에 가장 가까운 테이블 자리에 앉았다. 그리고 아이템 박스에서 꺼낸 육포와 마른 멸치,

우유, ……그리고 '개다래나무(고양이가 좋아하는 것)'.

야비해! 역시 마일은 야비하다!

마일은 전생에서 언제 고양이나 비둘기를 만나도 줄 수 있도록 늘 가방 안에 어육 소시지와 베이비 스타 치킨 맛 라멘을 넣고 다녔다. ……베이비 스타 치킨 맛 라멘은 비둘기에게 인기가 좋았다.

그리고 이 세계에서도 물론 준비를 게을리하지 않았다.

염분을 뺀 육포와 마른 멸치, 고양이가 분해할 수 없는 '유당'을 빼고 영양분 조절을 한 우유, 그리고 채취 의뢰 수행 중에 발견한 '개다래로 보이는 나무'에서 잘라낸 작은 나뭇가지. 이것들을 항상 아이템 박스에 보관해두었던 것이다.

인간용 육포와 마른 멸치는 고양이가 먹기에 너무 짜다. 또 인간용 우유는 고양이에게 영양소가 부족했고 유당 때문에 설사를 일으켜 자칫 잘못하면 죽을 수도 있다. 그런 실수를 할 마일은 아니었지만, 개다래나무는 조금 위험했다.

개다래나무는 고양이의 중핵 신경을 마비시키기 때문에, 아주 드물기는 하지만 호흡곤란으로 죽음에 이를 가능성이 있다. 뭐, 상태를 보면서 소량만 쓴다면 큰 위험은 없지만…….

마일은 카운터에 있는 어린 소녀를 향해 개다래 나뭇가지를 쥔 손을 휘익 흔들었다.

쫑긋

어린 소녀의 눈과 귀가 마일 쪽으로 돌아갔다.

휘익휘익

쫑긋쫑긋

휘익휘익휘익……

쫑긋쫑긋쫑긋……

휘

타악!

"꺄악!"

"……무슨 짓이야."

뒤에서 마일의 머리를 붙잡은, 분노로 이글거리는 표정의 주인.

"아, 그게, 그러니까…….."

안절부절못하는 마일.

"파릴은 고양이가 아니야! 개다래는 효과 없다고!"

"……이미 시험해본 거예요?"

"헉…….."

아무래도 진짜 해본 모양이었다.

뭐, 개다래나무는 원래 새끼와 암컷에는 그리 효과가 없는 경우가 꽤 많기는 하지만.

그리고 주인과 대화를 나누어 악의가 없음을 겨우 전한 마일.

단, 사심이 없다는 건 믿어주지 않았고, 그건 마일 본인도 믿지 않았다.

"……그나저나 수인의 피를 물려받은 존재를 혐오하기는커녕 이렇게 좋아하다니……. 도대체 무슨 생각을 하는 거야? 바보 아니야?"

"아저씨가 하실 말씀은 아닌 것 같은데요!"

"아, 아니, 그건……."

과연 마일의 말대로 '본인이나 잘 하세요!'라고 할 판이었다.

결국 주인과 '식사를 3회 남길 만큼의 먹을 것은 주지 않는다', '개다래 등 이상한 것은 사용 금지', '업무 방해를 하지 않는다'라는 조건을 지키기로 약속하고 파릴과 놀아도 좋다는 허락을 얻어 냈다.

접수 겸 식사 손님의 계산을 해주는 카운터 일은 밤2의 종(밤9시) 까지였고, 그 후 파릴이 잠들기 전까지는 자기 방에 데려가고 싶다고 하자 주인이 버럭 화를 냈다.

"그럼 난 파릴이랑 언제 놀라고!"

……지당한 의견이었다.

* *

"그래서 데려온 거니……."

레나가 어이없다는 표정으로 말했다.

주인과의 대화 후 마일은 방으로 돌아와 모두와 앞으로의 계획을 논의했다. 그리고 다시 1층에 내려가 식사. 이제나저제나 기다렸던 밤2의 종과 함께 파릴을 '공주님 안기'를 해서 방으로 데려온 것이다.

주인 내외는 지금 주방 뒷정리와 내일 쓸 재료 손질을 하고 있었다. 그게 끝나면 딸을 되찾으러 올 것이다.

뒤에서 파릴을 껴안아 자기 무릎 위에 앉히는 마일.

그리고 귓등의 뿌리 부분을 검지로 마구 간지럽혔다.

"으헤, 간지러워요오……."

몸부림치는 파릴.

"그만두지 못해?!"

쾅!

레나의 손날이 마일의 정수리에 작렬했다.

"다, 다음은 내 차례야!"

그리고 옆에서 끼어든 메비스.

막내여서 오빠들에게 사랑받기만 한 메비스는 당연히 동경해왔다.

……자신이 동생을 사랑하고 귀여워해주는 것을 말이다.

"제, 제 순서는?"

그리고 남동생이 어렸을 적에 장사하느라 바빴던 부모님을 대신해 줄곧 돌보아왔던 폴린 역시 옛날을 회상하자 몸이 근질거렸다.

"너희 말이지……."

그리고 황당해하던 레나가 그녀들에게 버럭 화를 냈다.

"다음은 내 순서지, 당연히!"

＊　　＊

밤2의 종이 친 지 한 시간이 지나자 주인이 파릴을 데리러 왔다.

"뭐야……."

주인은 노크 후 문을 열고 들어왔을 때 펼쳐진 방 안 풍경에 경악해서 눈을 커다랗게 떴다.

그곳에는 마일을 비롯한 네 사람이 놀아줘서 꺄르르 웃고 뒹구는 파릴이 있었다.

"나, 낯가림이 심하고, 내성적인 파릴이 설마……."

그렇다, 이 여인숙을 이용하는 사람은 수인의 피를 그대로 물려받은 파릴을 딱히 차별하거나 괴롭히지는 않았다. 그런 사람은 접수 카운터에 앉아 있는 파릴을 보자마자 그냥 여인숙을 나가거나, 그 시점에서 소란을 피워 주인에게 쫓겨났기 때문이다.

하지만 그렇다고는 해도 역시 미묘한 문제여서 레니와 손님들처럼 서로 허물없이……, 손님을 손님으로 여기지도 않고……, 아니, 친한 사이와는 조금 거리가 먼, 다소 서먹서먹한 느낌이 있었다.

뭐, 열 살인 레니와 달리 파릴은 아직 여섯 살이다. 세상 물정도 잘 모르고 농담도 통하지 않아서 그런 점도 없지는 않겠지만…….

어쨌든 파릴이 가족 말고 다른 사람 앞에서 웃는 모습, 그것도 이렇게 환하게 웃으며 넘어가는 모습 따위 주인은 지금껏 한 번도 본 적 없었다.

아니, 사실대로 말하자면, 부끄럽게도 가족들 앞에서조차 이렇게까지 즐겁게 웃었던 기억이 거의 없었다.

"…………."

아무리 여인숙 일이 바빴다고는 하나 좀 문제가 있었는지도 모르겠다.

그렇게 생각하고 고개를 푹 숙이는 주인이었다.

제45장   수상한 의뢰

다음 날 아침, 마일 일행이 식사를 하려고 1층으로 내려가자 주인은 주방 안에 있는지, 식당에서 요리를 서빙하고 정리하는 사람은 파릴과 그보다 약간 연상으로 보이는 두 남자아이였다.

'삼남매였나? 여주인은 주방에 있나?'

그렇게 여기며 아이들을 관찰하니 남자아이들은 평범한 인간 같았다.

'엥?'

마일 일행은 이상하다고 생각했지만 바쁜 조식 때 이리저리 캐물을 여유는 없었다.

석식과 달리 조식은 짧은 시간대에 손님이 집중되기 때문에 아무리 석식보다 메뉴가 적다고 해도 상당히 바빴다. 이런 때 괜한 일로 종업원을 방해하는 건 상식에 어긋났고, 얼른 먹고 자리를 비워주는 게 손님의 매너였다.

그렇게 생각하고 묵묵히 식사에 전념하는 네 사람이었는데…….

'엥?'

마일은 다시 한 번 고개를 갸우뚱거렸다.

주방 안쪽에서 슬쩍 보인 여성.

분명 그 사람이 여주인, 그러니까 파릴의 어머니겠지.

그런데 그 여성마저도 평범한 인간처럼 보였던 것이다.

그냥 살짝 본 게 전부이고, 파릴은 격세유전인지도 모르며, 무슨 사정이 있을 수도 있다. 단순한 투숙객에 불과한 자신들이 함부로 관여할 일이 아니다.

마일은 아무것도 못 본 걸로 하고 다시 조용히 식사를 이어갔다.

일단 방으로 돌아온 네 사람은 저마다 가짜 짐을 등에 메고 방을 빠져나왔다. 방을 완전히 뺀 것이다.

오늘 밤도 이 여인숙에 묵을 예정이긴 했지만, 어떤 일을 받느냐에 따라 이 도시에서 벗어날 가능성도 있다. 거기에 대비해, 어차피 짐을 두고 가는 것도 아니어서 일단 정산은 끝낼 생각이었던 것이다.

"정산 부탁해."

"엥? 언니들, 벌써 가버리는 거야?!"

레나의 말에 깜짝 놀란 파릴이 슬픈 표정을 짓자, 옆에서 메비스가 당황하며 설명했다.

"그게 아니고, 의뢰에 따라서 멀리 갈 수도 있으니까 일단 정산만 해두는 거야. 할 만한 의뢰가 없거나 당일로 끝나는 의뢰를 한다면 오늘 밤에도 여기서 묵을 거고, 멀리 가더라도 다시 돌아올 거니까."

그 말을 듣자 파릴이 안심한 표정을 지었다.

그 사이에 정이 많이 든 모양이다.

'계획대로야…….'

신세계의 신이라도 된 양 생각한 마일이 문득 카운터 위에 놓인 숙박부를 보니, 마일 일행이 이름을 적은 곳 옆에 어린 글씨로 뭔가가 적혀 있었다. 분명 파릴이 비고란에 메모해 놓은 것이리라.

뭐라고 썼는지 궁금해져서 읽어보니…….

메비스─키가 크고 가슴이 없다. 엘프인 듯.
레나─송곳니가 있다. 수인의 피가 섞인 듯. 나랑 똑같아.
폴린─사악한 기운이 느껴진다. 마족인 듯.
마일─땅딸보. 드워프인 듯.

'시, 시끄러워요!'

인간만 빼고 올스타 캐스팅이냐! 하고 속으로 크르릉거리는 마일이었는데, 아무리 그래도 여섯 살배기 꼬마에게 그렇게 따질 수는 없었다.

하지만 이게 레나나 폴린의 눈에 띄면 큰일이다.

마일은 숙박부 페이지를 넘겨 자기들 이름이 적힌 페이지를 감추었다.

'그나저나 폴린 씨의 본성을 꿰뚫다니! 대단하네요, 수인의 감이란!'

정산을 끝낸 '붉은 맹세' 일행은 헌터 길드 왕도 지부로 향했다.

"티루스 왕국 왕도에 등록된 C등급 헌터『붉은 맹세』입니다. 경험을 쌓기 위해 수행 여행을 떠나, 당분간 이 도시에 머물 예정입니다. 잘 부탁드립니다."

"아, 정말 감사드립니다. 저는 접수를 맡은 페리시아라고 합니다. 왕도 샤레이라즈에 오신 것을 진심으로 환영합니다!"

메비스가 창구에서 '붉은 맹세'가 당분간 이 도시를 거점으로 활동하겠다는 취지를 보고하자 접수원 아가씨가 환한 미소로 환영해주었다.

"원하신다면 담당자에게 말해서 이 도시에 대한 정보와 주변 마물 및 채취 장소 등에 대해 설명 드리도록 하겠습니다. 어떻게 하실 건가요?"

"……그거, 유료예요?"

"아, 아니에요. 멀리서 오셔서 이 도시에서 당분간 활동하시는 분께는 무료로 이런저런 설명과 근처 지도 등의 자료를 드린답니다. 헌터 분들의 안전을 도모하고 괜한 트러블을 사전에 막는 것 또한 저희 길드 직원의 소임이니까요."

무료라면 거절할 까닭이 없다. 질문한 폴린을 비롯해 모두 입을 모았다.

""""그럼 부탁드립니다!""""

그리고 상담용 테이블에서 담당자에게 설명을 들은 '붉은 맹세'에게 많은 이의 시선이 모였다.

17~18세 정도로 보이는 늘씬한 미인.

16~17세 정도로 보이는 거유 미인.

12~13세 정도로 보이는 귀여운 소녀가 둘.

그리고 그중 둘이 귀중한 마술사이다.

게다가 이 구성으로 C등급 파티라면, 적어도 세 사람이 C등급이거나 혹은 어린 둘이 D등급이라고 할 때 성인 둘 중 한쪽 혹은 둘 다 B등급이라는 이야기가 된다.

12~13세 소녀가 C등급이라면 헌터 양성 학교가 없는 이 나라의 사람들이 이상하게 볼 것이다. 아니, 양성 학교가 있는 티루스 왕국조차 그런 사람은 아주 드물었다.

그건 엄청난 재능이 있거나 특수한 능력이 있다고 밖에 생각할 수 없었다. 그렇다, 월등한 마법 재능이라든가…….

또 20세 미만인 미녀가 B등급이라는 건, 그보다 더 말이 안 되는 이야기였다.

그렇게 뛰어난 실력과 지명도를 가진 '미스릴의 포효'가 리더 글렌 이외에는 모두 B등급이니까 말이다. 어린 소녀가 쉽게 오를 수 있는 등급이 아니었다.

즉, 이 파티는 '어리지만 어른에 뒤지지 않을 만큼 강하고 특별한 재능을 가진 미녀, 미소녀 그룹인 데다가 남자가 달라붙지 않은', 그거 어느 음유 시인이 쓴 '남자의 욕망을 갈긴 시곡'인 거야? 싶은 인물들이었던 것이다.

티루스 왕국에서는 왕도를 거점으로 한 헌터들 대부분이 그 졸업 검정을 지켜보았다. 그래서 '붉은 맹세'의 신인으로서는 차원이 다른 능력을 이미 다 알고 있었기에 등급이 낮은 자들이 시비를 걸지도 등급 높은 자들이 치근덕거리지도 않았다.

게다가 괜히 손댔다가는 윗선으로부터 경고를 받을 것 같아 두

렵기도 했으리라.

'윗선'. 그렇다, 높은 등급의 헌터라거나 길드 상위층이라거나 왕궁이라거나…….

그래서 결국 '다 함께 지켜봐주자'는 식으로 정리되었던 것이다.

그런데 그런 경위를 거치지 않은 장소에서는 '붉은 맹세'는 너무도 먹음직스럽게 보였다.

그리고 지금 이곳 헌터 길드 바노라크 왕국 왕도 지부에서는 그때 길드에 있던 남자들로만 구성된 모든 파티가 '붉은 맹세'에 말 걸 타이밍을 노리며 서로 견제하고 있었다.

'붉은 맹세'에게 한 직원의 설명이 끝나자, 마일 일행은 정보 보드의 기사를 확인하기 시작했는데, 헌터에게 그건 아주 중요한 일이어서 방해하면 인상이 나빠지기 때문에 아직은 아무도 말을 걸려고 하지 않았다.

정보 보드 다음에 의뢰 보드로 옮겨 확인을 시작한 '붉은 맹세'.

말을 거는 건 '붉은 맹세'가 어느 의뢰를 받을지 결정하고 수주하기 위해 접수창구로 향하는 순간이다. 거기서 충고를 해주고 사냥터가 어딘지 잘 모를 테니 처음에는 자기들과 합동으로 하지 않겠느냐, 여러 가지로 도와주겠다, 하고 말하면서…….

'붉은 맹세'를 노리고 있는 파티의 대부분이 같은 생각을 하고 있었다. 그리고 서로를 잘 알기에 더욱 격렬한 신경전을…….

"아!"

그때 마일이 무심코 소리 질렀다.

"왜 그래, 갑자기……."

레나가 묻자 마일은 보드에 붙은 의뢰용지 중 하나를 손가락으로 가리켰다.

'조사 의뢰: 골렘의 바위산에서 수상한 행동을 하는 그룹에 대한 조사. 경우에 따라서는 포획 또는 토벌까지.'

그 의뢰를 보고 서로의 얼굴을 마주 보는 네 사람.

유적지에서 본 수인들의 모습이 뇌리를 스치고 지나갔다.

수인들의 유적 조사 사건은 아직 이 근방에는 소문이 돌지 않은 모양이다. 아마도 왕궁 내에서, 다른 나라에 전하는 내용의 검토며 회의 등을 하느라 시간을 할애하고 있겠지.

레나는 그 의뢰용지를 보드에서 떼어냈다.

"……괜찮겠어요?"

마일이 묻자 레나가 어깨를 으쓱했다.

"하고 싶잖아. 검사라고는 했지만, 네 여행의 목적 중 하나이니까. 뭐, 그 사건과는 전혀 상관없을지도 모르고, 만약 그 사건과 관련 있다고 해도 상대가 수인이면 대수롭지 않아. 게다가 만에 하나 그게 나온대도 저번에 그 녀석들의 이름을 대면 어떻게든 수습될 것 같은 느낌이 들어. 그렇게 우연이 겹칠 거라고도 생각하지 않고."

레나의 말에 고개를 끄덕이는 메비스와 폴린.

생각은 그렇게 했지만 다음에도 반드시 잘 되리라는 법은 없는데 너무 낙관적인 면이 있었다.

보수액은 그럭저럭 되었지만, 위험도가 짐작되지 않았고 목적 상대를 만날 수 있을지도 알 수 없는 불확실한 의뢰 내용이어서, 아무도 선뜻 받으려고 나서지 못하고 계속 붙어 있던 의뢰.

아무래도 그 의뢰를 받을 모양인 '붉은 맹세'의 모습에, 합동으로 움직이려던 헌터들이 당황하며, 접수처로 향하는 그녀들에게 말을 걸기를 망설였다.

세상일이 꼭 자기가 바라는 대로 굴러간다고 할 수는 없다.

그리고 그건 고룡이 했던 '각지에서 마족이나 수인에게 대신 조사를 시키고, 작업 상황을 확인하러 가거나'라는 말을 깜박 잊고, 이번 상대도 수인들이라고만 여긴 '붉은 맹세'에게도 해당하는 말이었다…….

"……엥? 저기, 이 의뢰를 받으시겠다고요?"

메비스가 조금 전에 인사한 접수원 아가씨 페리시아에게 의뢰 용지를 내자, 그녀는 깜짝 놀란 얼굴로 그렇게 확인했다.

"네, 그런데요?"

"그만두시는 편이…….."

((((또 이 패턴인가…….))))

과연 세 번째쯤 되니 다들 지겨워졌다.

"위험도가 불명확하다는 점도, 성과가 없어서 의뢰 실패가 될 가능성도, 적자라서 수주자가 없는『붉은 의뢰』로 남았을 가능성도, 전부 고려해서 내린 결정이에요. 미성년자도 있지만『붉은 맹세』는 어엿한 C등급 파티니까 괜한 걱정은 필요 없고, 실패하면

그건 우리 책임입니다."

레나가 옆에서 끼어들어 말하자 페리시아는 어쩔 수 없이 수주 수속을 밟아 주었다.

물론 페리시아도 '붉은 맹세'가 이렇게 어린 나이에 C등급인 의미 정도는 이해했다. 많은 파티가 노리고 있다는 것도.

하지만 남성 파티가 눈을 번뜩이고 있는 건 '붉은 맹세'가 C등급의 능력을 지녔고 어린 데다가 미녀와 미소녀로 구성된 파티이기 때문이다. 그저 C등급 능력을 지닌 게 전부인 파티라면 얼마든지 널렸다. 지금 이곳에 있는 파티는 대부분 그런 수준이다.

그리고 이렇게 어리니 경험이 적어서 아무리 재능이 있어도 중견과 어깨를 나란히 하는 실력은 없을 것이다.

어려서 C등급이 되어 순조롭게 해오면 방심하기 마련이다. 그건 재능 있는 헌터가 요절하는 가장 큰 이유였다.

요컨대 다른 파티가 피하는 의뢰를 그녀들이 무사히 해낼 확률은 낮았다. 페리시아는 논리적인 연역에 따라 그렇게 결론을 내렸다.

헌터로는 드물게도 예의 바르고 길드 직원에게도 정중하게 대하는 귀여운 소녀들.

모처럼 다른 나라에서 이 나라로 왔는데 첫 의뢰에서 전멸한다면 잠자리가 편하지 않을 것 같다. 그렇게 생각한 페리시아는 '붉은 맹세'가 받으려는 의뢰가 의뢰인 만큼 태도가 엉거주춤한 헌터들을 마구 째려보았다. '어떻게 좀 해보라고!' 하는 재촉이었다.

이 왕도에서 페리시아를 거스를 만큼 간 큰 헌터는 존재하지 않는다. 곧바로 어느 오인조 파티가 나섰다.

"잠깐 내 말 좀 들어봐. 너희, 이 나라에 이제 막 온 거지? 낯선 땅에서 갑자기 불확정 요소가 많은 위험한 의뢰를 단독으로 받으려고 하다니 영 탐탁치가 않군. 어때? 다른 의뢰로 바꾸거나, 그래도 꼭 이걸 하고 싶다면 우리와 합동으로 할 생각 없나?"

그 미소 사이로 드러난 새하얀 이가 반짝 빛났다.

이 지부에서 미남 파티로 유명한 '계약의 파수꾼'은 잘생긴 젊은 남자 다섯 명이 모인 파티였는데, 그들은 결코 겉모습만 그런 남자들이 아니었다. 아직 스무 살 전후의 나이에 비해 충분한 실력이 있었고, 여자와 관련된 일 이외에는 꽤 성실했다. 그 파티명이 가리키듯 약속은 지키는 남자들이었다.

하필이면 이들이 선수를 쳤다며 다른 파티가 분해서 발을 동동 굴렀지만, 먼저 말을 꺼내지 못한 자신들의 자업자득이다.

'계약의 파수꾼'의 제안은 타당한 내용이었기에, 페리시아는 고개를 마구 끄덕이며 만족스러운 표정을 지었다. '붉은 맹세'가 대답하기 전까지는 말이다.

"거치적거리니까 필요 없어."

"우리의 이동 속도를 못 따라올 것 같은데……."

"그럼 보상금 몫이 줄어들잖아요!"

"아하하……."

"뭐야……."

'붉은 맹세' 네 사람이 제각각 한 대답에 할 말을 잃은 '계약의 파수꾼'의 리더.

접수원 아가씨 페리시아도 입을 쩍 벌렸다.

"그, 그건, 말이 좀 지나치지 않나?"

리더가 뺨을 조금씩 움찔거리면서도 굳은 미소로 겨우 말을 자아냈다.

하지만 '붉은 맹세'에게 그 제안은 '괜한 참견'이 분명했다. 말 그대로 거치적거리는 짐이었고 전투 방법도 별로 알리고 싶지 않았다.

다른 헌터들을 무시하는 태도는 별로 취하고 싶지 않지만, 한 번쯤 못 박아두지 않으면 앞으로 몇 번이고 이런 식으로 제동을 걸겠지. 그래서 '붉은 맹세'는 어쩔 수 없이, 시범을 살짝 보이기로 했다.

그리고 여느 때처럼 레나가 지시를 내렸다.

"메비스, 그거, 부탁해."

"알았어. 실례지만 누가 동화 한 닢을 포물선으로 던져주실래요?"

"오, 내가 할게."

주변에 있는 사람들을 뒤로 물리치고 자기 주위에 공간을 만들며 메비스가 부탁하자, 헌터 하나가 흥미로워하면서 자처하고 나섰다.

그리고 던져진 동화.

채앵!
휘익!

짤랑

그리고 모두의 시선은 메비스가 내민 손바닥 위에 놓인, 둘로 갈라진 동화에 모였다.

그렇다, 늘 하는 바로 그것. 동화 베기였다.

벤 동화를 왼손으로 쥐고, 오른손으로는 검을 칼자루에 도로 넣는다. 지금껏 수도 없이 연습을 거듭해, 이제는 단련하는 데에는 효과가 없어지고 말아서 시범용으로만 전락한 기술이었다.

"""""뭐야……."""""

경악해서 눈을 동그랗게 뜬 헌터와 길드 직원들이었는데, '계약의 파수꾼'의 리더는 마찬가지로 깜짝 놀라면서도 아직은 물러서지 않았다.

"네, 네가 B등급이냐……. 하지만 아무리 B등급이 한 사람 있다고 해도 마술사와 D등급 미성년자를 둘이나 껴안고 있어서는 만족스러운 활동이 불가능할 텐데. 이번에는 역시 전위가 충실한 우리와 함께 하는 편이 좋겠지."

그 말에 오잉, 하는 표정을 짓는 메비스.

"무슨 말씀을 하시는 건지 잘 모르겠는데요……. 저희는 모두 C등급이고, 저는 이중에서 제일 약한 존재로서 마음껏 누리는……, 아, 아니, 아무것도 아니에요."

자기가 말해놓고 주눅 드는 메비스.

그리고 레나가 추가 주문을 던졌다.

"마일!"

"아, 네! 죄송한데 한 번만 더 동화를 던져주시겠어요?"

마일이 부탁하자 조금 전에 동화를 던져주었던 남자가 다시 한 번 주머니를 꺼냈다.

채앵!
휘익!
짤랑

조금 전과 똑같은 일이 다시 한 번 반복된 후, 앞으로 쭉 나온 마일의 왼손.

조금 전과 유일하게 다른 점이라면, 동화가 둘이 아닌 네 개로 쪼개졌다는 사실이었다.

"""""".............""""""".

이번에는 리더도 말을 잇지 못했다.

길드 내의 전위조는 완전히 침묵했는데, 어디에선가 후위 마술사로 보이는 자가 입을 열었다.

"마술사의 실력도 보여주지 않겠나?"

하지만 동화 베기는 단순한 시범으로 끝나도, 마술사는 마법을 선보이게 되면 여러 가지로 가진 무기가 읽히게 된다. 특기 마법, 영창 속도, 마법 행사의 효율 등 아무리 페이크를 써도 잘 아는 사람이 본다면 어느 정도 추측이 가능하다. 전철의 나사 하나를 가지고 그 전철의 성능을 대충 파악할 수 있다는 이야기는 그저 도시전설에 불과할지도 모르지만, 과연 일말의 진실을 포함하고 있었다.

그 제안에 대해 폴린이 대답했다.

"선보이는 건 좋은데, 무너진 건물의 복원이나 죽은 자를 되살리는 것 좀 부탁드려도 될까요? 저희는 파괴는 가능하지만 아무리 그래도 복원이나 사자의 소생은 불가능하니까요."

그런 게 가능할 사람 따위, 이 세상에 존재할 리 없었다. 신을 제외하고.

""………….""

마술사조마저 침묵했다.

"그럼 실례하겠습니다."

폴린이 페리시아에게 그렇게 말하고 가볍게 고개를 숙인 후, 수주 수속을 마친 '붉은 맹세'는 길드를 빠져 나왔다.

얼마간 멍하니 있던 페리시아는 퍼뜩 정신을 차리고, 일련의 소동을 구석 테이블 자리에서 지켜보고 있던 B등급 파티 '백은의 손톱'을 향해 턱을 끄덕했다.

그 신호에 곧바로 자리에서 일어서는 남자 다섯 명.

검사가 둘, 창사가 하나, 그리고 마술사가 둘.

전위에서부터 후위 마술사까지, 모두 레더 아머(가죽 갑옷) 위에 은백색 브레스트 아머를 걸쳤으며, 물론 그것이 파티명의 유래였다.

B등급인 만큼 재정 상황에는 여유가 있었고 전원이 장년층인 점도 있어서 어린 소녀에게 치근덕거리지도 않았다. 그래서 일련

의 소동을 그저 미소 지으며 지켜보고 있었는데, 과연 그 동화 베기에는 놀라지 않을 수 없었다.

그리고 지금, '일명 사망각 페리시아'가 턱으로 한 '따라 붙어'라는 지시를 받고 허둥지둥 일어선 것이다.

'사망각'.

그건 '이 사람에게 찍힌 자는 모든 희망을 버려라'의 줄임말이었다.

그리고 물론 그들에게는 턱으로 표시한 그 지시를 거스를 생각이 없었다. 눈곱만큼도 말이다.

조금 먼 길을 떠나볼까 싶어 필요한 물자를 준비하고 마지막으로 길드에 얼굴을 내비친 참이었던 '백은의 손톱'은 언제든 출발 가능한 상태였다. 페리시아는 당연히 그 사실을 알고 그들을 지명한 것이다.

서둘러 길드를 빠져나온 '백은의 손톱'은 곧바로 '붉은 맹세'를 찾아냈다.

그녀들은 멈춰 서서 이야기를 나누던 중이었는데, 조금 전 길드에서 들은 이야기의 흐름으로 볼 때 '백은의 손톱' 멤버들은 그녀들에게 직접 접촉하는 것을 피하고 일정 거리를 벌린 채 뒤를 밟기로 했다.

"자, 『소닉 무브』로 가자."

"""하앗!"""

레나의 말에 모두 입을 모아 대답한 후 마일이 발안한 '붉은 맹세' 고속 이동 모드, '소닉 무브' 태세를 이행하는 네 사람.

우선 레나, 메비스, 폴린이 검과 지팡이, 그리고 등에 메고 있던 보여주기식 짐을 전부 마일 앞에 내려놓았다.

마일은 자신의 검과 짐을 그것과 함께 수납에 넣고, 그 대신 소형 물통을 꺼내 모두에게 나눠주었다.

그렇다, 들고 갈 짐을 최소한으로 줄여 이동 속도를 높이는 것이다.

갑자기 적이 나타나도 마일이 수납에서 무기를 꺼내 모두에게 주기까지 1초도 채 걸리지 않는다. 게다가 마법을 쓰는 것과는 무관하기 때문에, 시야가 좋은 도로 위를 걷는 한 위험이 늘어날 일도 없었다.

"목적지는 골렘의 바위산. 『붉은 맹세』, 출발!"

"아, 걷기 시작했다. 도대체 뭘 한 걸까?"

"글쎄. 자, 따라가자!"

그리고 일정 간격을 벌려 '붉은 맹세'의 뒤를 따라가는 '백은의 손톱'.

하지만 걷기 시작하자마자 곧 그들은 이상한 점을 깨달았다.

"빠, 빨라……."

"이 페이스면 못 따라 가!"

"하, 하지만 소녀의 다리로 이런 속도를 계속 유지할 리가 없지! 무슨 사정이 있어서 일시적으로 빨리 가고 있을 뿐일 거야. 곧 속도가 떨어질 게 틀림없어."

그렇게 희망적으로 관측하는 '백은의 손톱' 멤버들이었지만, 그 중 한 사람이 어떠한 사실을 알아차렸다.

"……그런데 말이야, 저 녀석들, 짐이 없는 것 같은데 나만의 착각인가?"

추적을 눈치 채지 못하게, 그리고 설령 눈치 챘다고 해도 불평들을 이유가 없다고 따질 수 있을 만큼의 간격을 벌려두었기 때문에 그녀들의 자세한 모습까지는 판별할 수 없었다. 하지만 듣고 보니 과연 짐을 짊어진 것처럼은 보이지 않았다.

"길드를 나갔을 때는 분명 모두 짐을 어깨에 메고 있었잖아?"

"응. 게다가 애초에 빈손으로 골렘의 바위산까지 갈 리가 없는데."

"""""……………""""".

그리고 언제까지고 줄어들 기미가 보이지 않는 '붉은 맹세'의 이동 속도.

아무리 장년 남성이라고는 하나 무기와 방어구를 몸에 갖추고, 물과 음료, 의약품, 야영도구, 그 밖의 기타 등등을 짊어진 도보 이동은 그 만큼의 속도를 낼 수 있을 리 없었다. 그렇다, 이를테면 작은 물통 하나를 허리춤에 찬 것이 전부인 소녀들의 가벼운 걸음 속도는…….

'백은의 손톱'. 그 파티명의 유래가 된, 은백색 브레스트 아머.

모두 통일한 그 방어구는 방어력을 높일 뿐만 아니라 파티가 결속했다는 증거이며 모두의 자긍심이기도 했다. 하지만 지금, 그게 '백은의 손톱'의 발목을 붙잡았다.

아름답게 빛나는 그 금속제 방어구는 그만큼 무거웠다.

헌터 대부분이 가죽 방어구만 걸치는 데에는 다 이유가 있다. 하지만 그걸 알면서도 후위 마술사까지 모두가 금속제 브레스트 아머를 착용한 건 파티의 방침이었고 기동력 저하보다 방어력을 중시한 그 방침은 전원 생존해서 B등급이 된 것을 봤을 때 결코 잘못된 선택이 아니었다. 아니, 오히려 이 파티에는 최선의 선택 이었으리라.

하지만 지금은 그게 역효과를 불러왔다.

"……안 되겠다. 미안하지만 먼저 가라. 그녀들이 휴식을 취하 는 사이에 따라잡을게……."

마술사 하나가 탈락했다.

"……미안. 나는 두고 가. 그녀들이 야영 장소를 정하면 가도까 지 돌아와서 우리가 따라잡는 걸 기다려줘."

그리고 두 명째 마술사 역시 탈락했다.

원래 마술사는 전위조만큼 체력이 되지 않았다. 다른 파티와 달리 마술사도 금속제 브레스트 아머를 입고 있었기 때문에 싸울 때에는 든든해도 짐을 짊어진 이동 시에는 그 부담이 엄청났다.

"젠장, 속도가 떨어질 생각이 전혀 없잖아……."

마술사가 둘이나 탈락한 후로 시간이 좀 흘러가고 리더가 그렇 게 투덜거렸을 때, 앞쪽에 있던 '붉은 맹세'가 갑자기 달리기 시작했다.

""뭐얏!""

거리는 점점 더 벌어졌다.

"안 되겠어, 더는 못 쫓아가겠다! 한계야!"

"헉! 하지만 이대로 순순히 돌아가면 페리시아한테……. 알잖아! 그거라고, 그거!『사망각 페리시아』라고!"

"하지만……. 그럼 리더는 계속 뒤쫓아 가세요. 그래서 야영 장소가 정해지면 안내하려 돌아와 주세요."

"…………."

'백은의 손톱' 멤버들은 모두 그제야 이해했다.

그때 그녀들 '붉은 맹세'의 리더로 보인 여자 검사가 말했던, 그 말의 의미를.

'우리의 이동 속도를 못 따라올 것 같은데…….'

그건 다른 헌터들을 무시한 거만한 발언이 아니라 그저 단순히 사실을 말한 것에 불과했다는 걸…….

"마일, 이만 하면 따돌렸으려나?"

"엥……?"

"다른 파티가 따라오고 있었잖아. 나도 그 정도는 안다고. 그렇지 않았다면 네가 갑자기『잠깐 달리기 시합 하지 않을래요?』라는 말을 할 리가 없잖아."

"아하하……."

레나가 정확히 알아맞히자 머리를 긁적이는 마일.

"힘들어요. 이제 그만 걸으면 안 될까요?"

네 사람 중에서는 체력이 가장 약한 폴린이 울먹거려서 슬슬 괜찮겠다고 생각한 마일이 모두에게 다시 걷자고 말했다.

*　　*

"여기네……."

그리고 다음 날 해 질 녘, '붉은 맹세'는 골렘의 바위산이라고 부르는 곳에 당도했다. 길드 지부에서 받은 지도와 도중에 만난 여행자에게 길을 물어본 덕분이다.

보통 헌터라면 조금 더 시간이 걸리기 때문에 어두워지기 전에는 도착하지 못하고 하루 더 야영한 후 다음 날 오전에나 도착했으리라. 반나절 차이에 지나지 않지만, 지친 몸으로 오후부터 행동하는 것과 푹 쉬고 아침부터 행동하는 것의 차이는 크다.

"자, 그럼 내일에 대비해서 오늘은 푹 쉬자. 우선 식사 준비를 하고……."

"그런 다음에는 일본 전래 허풍동화죠!"

무엇이 마일을 이렇게까지 '허풍동화'에 집착하게 만들었을까…….

*　　*

'늑대 소년'

옛날 옛적에 켄이라는 이름을 가진 늑대 소년이 살았습니다……

'개미와 베짱이'
베짱이 "개미 님, 조금이라도 좋으니 뭔가 먹을거리를 좀 나눠 주시면 안 될까요?"
개미 "아, 하지만 우리 먹을 것도 개미 똥구멍만 해서."
베짱이 "에잇, 배 째라!"

'성냥팔이 소녀'
"그렇지! 얼어 죽을 바에야 차라리 이 성냥으로 온 마을을 불바다로!

"""…………"""
오늘 밤의 '일본 전래 허풍동화'도 무사히 끝나고 잠자리에 드는 네 사람이었다.

              *   *

다음 날 아침, 마법으로 물을 끓이고 간단한 아침 식사를 마친 '붉은 맹세' 일행.
텐트는 마일이 그대로 수납했고, 일반 헌터들의 몇 배에 달하는 속도로 출발 준비를 마쳤다. 목적지는 이 바위산의 정상. 다른 헌터들이 수상한 자들을 목격했다는 정보는 정상으로 향하는 자들이 알아낸 것이니 당연하다.

게다가 만약 잘못된 정보라고 해도 그 헌터들의 목적이었던 것, 즉 바위도마뱀과 바위산 정상에서 자라는 약초인 '바위산 정상초'를 채취할 수 있다.

……그나저나 좀 더 뭐랄까 이름을 좀 신경 써서 지을 수는 없나, 하고 마일은 생각했다.

"두 시 방향, 30미터. 바위 도마뱀 한 마리, 중형!"

"잡자! 메비스, 마일, 돌격 준비! 폴린, 동결 마법을 영창, 그런 후 홀드!"

""""오케이!""""

마일의 색적 보고에 신속하게 지시를 내리는 레나. 이제는 익숙해진 것이다.

지난번에 대량으로 잡았을 때에 이어서 이미 이번에도 상당히 많은 바위도마뱀이 마일의 아이템 박스에 수납되어 있다. 이 정도라면 받은 의뢰가 실패로 끝나도 적자는 안 될 것이다.

바위도마뱀을 얼른 장리한 후 다시 정상으로 향하고 있는데 또 마일이 보고했다.

"열두 시 반, 엥……, 고, 골렘이에요! 수는 셋! 그런가, 바위도마뱀이 있으니까 저번 예를 생각하면 골렘도 예상했어야 했네요……."

""""엥?""""

마일의 말에 어리둥절해하는 레나와 나머지 멤버들.

그리고 메비스가 주뼛거리며 물었다.

"마, 마일, 너 이곳의 이름이 뭔지 알고는 있니?"

"네? 아, 네. 알고 있는데요……."

"그럼 말해봐."

레나가 관자놀이를 문지르며 잔뜩 구겨진 얼굴로 말했다.

"네. 그게 그러니까『골렘의 바위산』, ……아."

싸우기도 전에 격심한 피로감이 몰려오는 세 사람이었다.

쿵!

채앵!

꾸에엑!

끝났다.

바위로 된 땅을 구르는 세 마리 록 골렘은 다들 다리 부분이 부서졌다. 그래서 팔을 사용해 질질 기는 그들의 머리통을 마일과 메비스가 검으로 찌르자 완전히 움직임을 멈췄다.

"역시 머리에 있는 눈이랑 청음 기관으로 보이는 걸 파괴하면 움직이지 않게 되네요. 활동에 치명적인 부분이 아닌가 싶은데, 이유가 뭘까요……."

마일이 고개를 갸우뚱거렸지만 다른 세 사람은 전혀 궁금해하지 않았다.

"뭐 하는 거야, 빨리 가기나 하자고!"

"아, 네!"

그 후 바위도마뱀과 록 골렘을 쓰러트리며 바위산의 정상을 향하던 '붉은 맹세'였는데, 마일과 레나는 왠지 모를 위화감을 느꼈다.

"……보고 있는 건가?"

마일의 말에 고개를 끄덕이는 레나.

메비스와 폴린은 그쪽으로 감이 좀 부족해서 어리둥절한 표정이었다.

"이상하네. 길드에서 들은 이야기로는 얼굴을 가린 수상한 자들이 몇 조로 나뉘어 뭔가를 몰래 하고 있다고 했잖아. 헌터를 만나면 허둥지둥 달아난다고. 망을 선다는 이야기는 안 했는데."

"……저쪽의 활동이 다음 단계로 진행되어서 상황이 바뀌었다거나?"

레나에게 그렇게 대답하는 마일.

"아니, 그러니까 어째서 이럴 때만 머리가 잘 돌아가는 거냐고!"

레나가 외치자 메비스와 폴린도 고개를 끄덕였다.

"마, 말씀이 너무 심하시네! 헌터 양성 학교에서도 저, 이론 성적은 여러분보다 더 좋았거든요?!"

"그, 그건 그렇긴 하지만……."

납득이 안 간다는 표정인 메비스와 폴린.

그리고 너무도 노골적인 그 표정에 뾰로통해진 마일.

"납득이 안 가는 건 오히려 저라고요!"

폴린이 마일을 겨우 달래서 원래 하던 이야기로 돌아온 네 사람.
"그럼 이렇게 그냥 있어도 답이 안 나오니까, 해볼게요."
"부탁해."
레나에게 확인을 받은 마일은 누가 보고 있다고 가정하고 주머니에서 꺼내는 척하면서 아이템 박스에서 슬링쇼트를 꺼냈다.
주머니의 크기와 슬링쇼트의 크기가 안 맞았지만 깊게 생각해서는 안 된다.
그리고 마찬가지로 주머니에서 꺼낸 쇠구슬을 패드에 끼운 후 재빨리 발사했다.
쉽게 주울 수 있는 조약돌이 아니라 일부러 만든 쇠구슬을 쓴 이유는 돌의 경우 모양이 울퉁불퉁 불규칙해서 명중 정밀도가 대폭 줄어들기 때문이기도 하지만, 만약 위력이 너무 강했을 경우 명중과 동시에 갈라지거나 깨지면서 대참사가 벌어지고 말기 때문이다. 쇠구슬이라면 급소만 피한다면 살에 꽂히거나 관통되는 선에서 끝난다.

슈웅!
"으아아악!"

명중했다.
아무래도 쇠구슬은 관통된 모양이었다.

관통은 그리 심각한 부상이 아니다. 잘못해서 파편이 몸에 남기보다는 그 편이 훨씬 낫다. 만약 쇠구슬이 몸속에 남아 있을 경우에는 살을 확 찢어서 꺼낼 수밖에 없으니까.

물론 급소는 빗나가게 했다.

이는 '붉은 맹세'가 일방적으로 선제공격을 한 것처럼 보이지만, 이 세계에서는 근거리에서 숨어 정찰하는 것이 기습공격의 의도가 있으며 경고 없이 갑자기 공격당해도 불만을 표할 수 없었다.

좌우지간 기습 공격을 받으면 압도적으로 불리한 것이다. 그 조짐이 있으면 전력을 다해 부숴버리는 게 당연하다. '공격을 받은 후여야만 반격할 수 있다'라거나, '정당방위로서의 요건을 만족할 때까지는' 등 잠꼬대 같은 소리를 하는 사람은 빨리 죽는다. 그렇지 않은 사람이 살아남는다.

그래서 여론이 어느 쪽의 편을 들어주는지는 굳이 말할 것도 없다. 죽은 자는 의견을 표명할 수 없으니까.

정찰했을 뿐 해칠 생각은 없었다? 아니, 숨어서 정찰하는 시점에서 충분히 적대행위이므로, 쓰러트리거나 붙잡아도 전혀 문제되지 않는다.

"자, 붙잡아서 심문을⋯⋯."

"움직이지 마!"

"플레임!"

"뭐야! 마법장벽!"

뒤에서 갑자기 들려온 말리는 목소리에 보류해둔 불꽃마법을 곧바로 쏘는 레나, 그리고 허둥지둥 그걸 막기 위해 장벽을 치는 수상한 자. 불꽃미법은 물질화한 얼음이 날아가는 얼음창과 달리서, 방어마법으로 막을 수 있다.

그래서 레나와 마찬가지로 보류해둔 모양인 마법장벽을 제때 치는 데 성공한, 리더로 보이는 남자가 마법을 쏜 레나를 향해 소리쳤다.

"가, 갑자기 공격하다니, 뭘 어쩔 셈이야!"

그렇게 화를 내는 수상한 자들은 남자 사인조였다. '붉은 맹세'와 같은 숫자로 모두 후드를 걸치고 있었다.

언뜻 봐서는 인간 같았지만, 후드 위로 볼록한 두 개의 돌기물.

((((동물 귀잖아! 다 들켰다고!))))

그 발굴 현장에서 봤던 수인들은 조금 더 짐승에 가까운 자가 많았지만, 그중에는 상당히 인간에 근접한 자도 없었던 건 아니었다.

게다가 여인숙의 파릴을 본 지 얼마 안 된 마일 일행은 속지 않았다.

인간들에게 수인이라는 걸 들키지 않게, 은밀한 행동을 하는 자들로 인간과 비슷한 외모를 가진 자, 필시 인간의 피를 많이 받은 혼혈을 골랐겠지.

"무슨 소릴 하는 거야, 당연하잖아! 이렇게 가까운 거리에서 몰래 숨은 정찰 행위에 갑작스러운 습격.『움직이지 마』라고 말하는 건 너희를 붙잡겠다, 라는 선언 아닌가? 그걸 누가 가만히 따라?

이대로 같이 왕도로 가서 경관에게 신고할래? 우린 그래도 전혀 상관없는데."

"윽……."

레나가 추궁하자 말문이 막힌 남자 리더.

"무슨 속셈으로 우리를 습격했는지 솔직히 말해. 안 그러면 도적으로 간주하고 토벌할 거니까."

"뭐?! 우리더러 도적이라고 하다니! 인간 놈들, 이렇게 심한 모욕을……."

"멍청아, 입 닫아!"

레나에게 반론하는 남자를 리더가 당황하며 말렸지만 이미 늦었다. 벌써 자신들이 인간이 아니라는 걸 자백한 것이나 마찬가지다. 뭐, 머리에 쓴 후드 위로 돌기가 볼록 나온 시점에서 처음부터 다 들켰지만.

"왠지 전에도 들은 적 있는 듯한 대화네요……. 뭐, 다른 나라에서 여러분의 동료가 유적을 조사하고 있는 걸 봐서 대충 다 알거든요. 그리고 여러분의 그 후드 위로 볼록한 그거. 다 들켰다고요. 날도 더운데 그냥 벗는 게 어때요?"

"네, 네놈들, 어디까지 알고 있어?!"

이제 정체를 숨기는 건 포기했는지, 마일의 말에 그렇게 말하며 후드를 벗는 리더. 그 모습을 보고 나머지 셋도 후드를 벗었다. 역시 귀를 덮고 있으면 소리나 말을 알아듣기 힘들기도 하고 귀를 압박하면 불쾌감이……, 하고 마일이 생각하고 있는데.

벗은 후드 아래에서 나타난, 뿔…….

"소, 소 수인!"

무심코 그렇게 중얼거리는 마일에게 남자들이 동시에 외쳤다.

"마족이거드으으은! 수인이 아니라고오오오오!"

"헉?"

""허억?""

"""""허어어어어어어억?!"""""

마족과 수인은 우호적이라고 들었는데, 아무래도 마족은 수인으로 오해받는 걸 참을 수 없어 하는 모양이다. 인종 문제란 참으로 어렵다…….

여러분, 오랜만에 인사드립니다. FUNA입니다.

본 시리즈의 다섯 권째가 되는 『저, 능력은 평균치로 해달라고 말했잖아요! ⑤』를 여러분께 전해드립니다.

브란델 왕국을 떠나 수행의 여행을 떠난 마일과 '붉은 맹세' 멤버들.

언젠가 왔던 마을, 그리고 그리운 친구들과의 재회. 진기한 여행과 새로운 생활, 새로 사귀는 사람을, 그리고 동물 귀를 가진 어린 소녀와의 만남. 마지막으로 살짝, 새로 등장하는 적?

'붉은 맹세'의 미래는 어디로?

여러분 덕분에 이 작품도 벌써 5권을 맞이하게 되었습니다.

5권이라고요, 5권! 무려, 10권의 절반이라고요!! (당연한 소리를.)

그리고 1권 발간, 그러니까 제가 소설가로 데뷔한 지 1년이 지났습니다. 슬슬 '햇병아리'에서 '신인' 정도로 레벨 업 했을까요?

그 기념할 만한 작가 생활 1주년이었던 지난 달, 무려 제 지난 작품의 서적화가 발표되었습니다.

출판사 코단샤에서 '소설가가 되자'를 비롯한 웹소설을 서적화하기 위해 창간한 신레벨 'K라노베북스'의 영광스러운 창간 타이틀 중 하나로, 제 '소설가가 되자' 데뷔작인 『포션만 믿고 살아남겠습니다!(ポーション頼みで生き延びます!)』가 6월 2일에, 그리고 또 다른 데뷔작인(두 권 동시에 연재했거든요)『노후에 대비해 이세계에서 8만 닢의 금화를 모읍니다(老後に備えて異世界で8万枚の金貨を貯めます)』가 7월 2일에 각각 출간될 예정이라고 합니다.

또 그와 병행해서 두 작품 모두 웹코믹스지 '목요일의 시리우스'를 통해 만화 연재도 시작됩니다.

이 작품이 일찍부터 주목 받아 서적화로 이어지게 된 이유이면서도, 서적화되지 않고 제 추억 속으로 점점 잊혀져갈 줄만 알았던, 제 원점이자 깊은 마음이 담긴 두 작품.

그 녀석들이 "에헤, 나도 왔다~!", "많이 기다렸지?" 하면서 '평균치'를 뒤따라 같은 장소에 와주었습니다.

정말이지 감개무량합니다. 눈물 나요!

……아, 여기는 '평균치' 작가 후기란인가요? '포션'의 작가 후기란이 아닌가요? 출판사도 다르다고요? 죄송합니다.

여하튼 그런 느낌으로 드디어 소설가로서의 생활 패턴에 차츰 적응되어서 이제부터는 중단했던 책 마저 읽기, 예약녹화 한 것 보기 등을 하려던 찰나에 세 작품 동시 연재 및 동시 서적화 작업에 들어가게 되어, 소설가가 되고 허둥거리던 첫 해에 이어서 또 바쁜 2년차가 될 듯한 예감이 듭니다.

아니, 물론 감사한 일이지만요.

절대 불만 같은 건 없으니까요.

다음 6권에서는(나오게 해주신다면) 새로 등장하는 적, 새로운 싸움이!

기대 많이 해 주세요!

그럼 중판을 거듭하며 좋은 반응을 보이고 있는 이 작품과 코믹스, 그리고 코단샤에서 나올 '포션'과 '8만 냥' 및 그 만화 연재까지 모두 잘 부탁드립니다.

아, '평균치' 만화 연재는 웹지 '코믹 어스 스타'에서 만나보실 수 있어요.

마지막으로 담당 편집자님, 일러스트레이터 아카타 이츠키 님, 책 디자이너 야마카미 요이치 님, 교정교열 및 인쇄, 제본, 유통, 서점 등에 종사하시는 관계자 여러분, 감상과 지적, 제안, 충고, 아이디어 등을 아낌없이 주시는 '소설가가 되자' 감상란의 여러분, 그리고 무엇보다도 이 작품을 인터넷이나 책으로 읽어주신 모든 분께 진심으로 감사드립니다.

정말 감사합니다.

앞으로도 소설과 만화 모두 아낌없는 성원을 보내 주세요.

여러분의 도움으로 다음 권도 무사히 나올 수 있기를 바라며.

그리고 또 한 걸음, 저의 야망에 가까워지기를 바라며······.

FUNA

후기?

외톨이 미소녀

'아키하라 미사토의 오타쿠 같은 일상'

마일이 전생하기 전,
여유로운 일상과 오타쿠 이야기
같은 것도 보고 싶어요,
어때요, FUNA 선생님!

저, 능력은 평균치로 해달라고 말했잖아요! 5

2018년 1월 1일 1판 1쇄 발행
2018년 3월 15일 1판 2쇄 발행

저　　　자 FUNA
일 러 스 트 아카타 이츠키
옮 긴 이 조민정
발 행 인 유재옥
본 부 장 조병권
담당편집자 조찬희
편　　　집 김다솜 김민지 권오범 박찬솔 이문영 정영길 조찬희
라이츠담당 오유진
디 지 털 홍승범 박지혜
발 행 처 ㈜소미미디어
등　　　록 제2015-000008호
주　　　소 서울시 마포구 토정로222, 403호 (신수동, 한국출판콘텐츠센터)
판　　　매 ㈜소미미디어
마 케 팅 한민지
전　　　화 편집부 (070)4164-3962, 3963　기획실 (02)567-3388
　　　　　 판매 및 마케팅 (070)4165-6888, Fax (02)322-7665

ISBN 979-11-6190-293-7 04830
ISBN 979-11-5710-478-9 (세트)